KB263422

한국 근대 신문 최초 삽화 게재 소설 자료집

춘외춘 春外春

감수

김영민(金榮敏, Kim, Young Min)
연세대 국어국문학과 및 동 대학원 졸업. 문학박사, 문학평론가. 전북대 조교수와 미국 하버드대 옌칭연구소 객원교수, 일본 릿교대 교환 교수 역임. 현 연세대 교수. 연세학술상, 한국백상출판문화상 저작상 수상. 주요 저서로『한국문학비평논쟁사』(한길사, 1992),『한국근대소설사』(솔출판사, 1997),『한국근대문학비평사』(소명출판, 1999),『한국현대문학비평사』(소명출판, 2000),『한국 근대소설의 형성 과정』(소명출판, 2005),『한국의 근대신문과 근대소설1-대한매일신보』(소명출판, 2006),『한국의 근대신문과 근대소설2-한성신보』(소명출판, 2008),『문학제도 및 민족어의 형성과 한국 근대문학(1890~1945)』(소명출판, 2012),『한국의 근대신문과 근대소설3-만세보』(소명출판, 2014) 등이 있다.

배정상(裵定祥, Bae, Jeong Sang)
연세대 문리대 국어국문학과 및 동 대학원 졸업. 문학박사. 성균관대 국어국문학과 박사후연구원 역임. 현 연세대 원주캠퍼스 국어국문학과 조교수. 주요 논저로『이해조 문학 연구』(소명출판, 2015),「근대 신문 '기자 / 작가'의 초상」(『동방학지』171집, 2015),「개화기 서포의 소설 출판과 상품화 전략」(『민족문화연구』72집, 2016) 등이 있다.

교열 및 해제

배현자(裵賢子, Bae, Hyun Ja)
연세대 문리대 국어국문학과 및 동 대학원 졸업. 문학박사. 현 연세대 강사. 주요 논문으로「근대계몽기 한글 신문의 환상적 단형서사 연구」(『국학연구론총』9집, 2012),「이상 문학의 환상성 연구」(연세대, 2016) 등이 있다.

이혜진(李惠眞, Lee, Hye Jin)
연세대 문리대 국어국문학과 및 동 대학원 수료. 현 연세대 강사. 주요 논문으로「1910년대 초『매일신보』의 '가정' 담론 생산과 글쓰기 특징」(『현대문학의 연구』41집, 2010),「신여성의 근대적 글쓰기-『여자계』의 여성담론을 중심으로」(『동양학』55집, 2014) 등이 있다.

춘외춘 春外春

초판인쇄 2017년 1월 13일 **초판발행** 2017년 1월 31일
엮은이 연세대학교 인문예술대학 국어국문학과 CK사업단
펴낸이 박성모 **펴낸곳** 소명출판 **출판등록** 제13-522호
주소 서울시 서초구 서초중앙로6길 15, 1층
전화 02-585-7840 **팩스** 02-585-7848 **전자우편** somyungbooks@daum.net **홈페이지** www.somyong.co.kr

값 20,000원   ⓒ 연세대학교 인문예술대학 국어국문학과 CK사업단, 2017
ISBN 979-11-5905-139-5 93810

연세ICK자료총서 02

한국 근대 신문 최초 삽화 게재 소설 자료집

춘외춘 春外春

THE FIRST ILLUSTRATIONS NOVEL
IN KOREAN MODERN NEWSPAPER *CHUNOECHUN*

교열 및 해제_ **배현자·이혜진**
감수_ **김영민·배정상**

소명출판

일러두기

1. 이 책은 1912년 1월 1일부터 3월 14일까지 『매일신보』에 58회 연재된 「춘외춘」을 모은 자료집이다.
2. 원문에서 소설 중간에 배치한 삽화를 자료집에서는 본문 앞으로 배치하였다.
3. 표기는 원문에 충실하되 띄어쓰기만 현대 어문규정에 맞게 고쳤다. 들여쓰기와 줄바꾸기에 오류가 있는 경우에는 바로잡아 표기했다.
4. 자료 본문에서 사용된 부호와 기호는 다음과 같다.
   ① 본문 가운데 해독 곤란한 글자 : □
   ② 자료 본문에서 사용되는 ◀, ○, □나 발화자 표시에 사용된 ( ), 한자 표기시의 ( ), 글자 반복에 사용된 々, 대화문 표시에 사용된 「 」, 『 』 등은 원문을 그대로 따랐다.
5. 원문에서 해독 불가능한 글자 중 추정 복원이 가능한 경우와 명백한 인쇄상의 오류인 글자는 주석을 통해 바로잡았다.

한국 근대 신문 최초의 삽화 게재 소설
「춘외춘(春外春)」

배현자, 이혜진

1. 게재 현황 개괄

「춘외춘(春外春)」은 1912년 1월 1일부터 3월 14일까지『매일신보(每日申報)』에 총 58회 연재된 장편소설이다. 작가는 이해조(李海朝, 1869~1927)로, 작품 연재 당시 '이열재(怡悅齋)'라는 필명으로 게재되었다. 이 작품의 특기할 점은 한국 근대사에서 신문에 연재된 소설 중 최초로 삽화를 게재한 소설이라는 점이다. 삽화가는 츠루타 고로(鶴田吾郎, 1890~1969)로 알려져 있었는데, 최근 야마시타 히토시(山下鈞, 1886~1969)라는 설이 제기된 바 있다. 게재될 당시 삽화가는 이름을 부기하지 않았다. 다만 오른쪽과 같은 낙관이 삽화에 새겨져 있다.

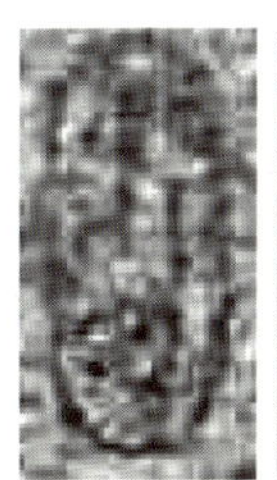

1회 삽화	1회~3회 삽화	21회 삽화

「춘외춘」은 연재 전 여러 차례에 걸쳐 홍보를 한다. 처음에는 4면의 1단에 홍보를 하였다. 4면은 주로 광고가 실리던 난이었는데, 「춘외춘」은 바로 이 4면에 게재된다. 즉 작품을 게재할 공간에 미리 예고를 실은 것이다. 1911년 12월 19일부터 23일까지 총 5회에 걸쳐 '예고' 형태로 게재한 홍보문은 다음과 같다.

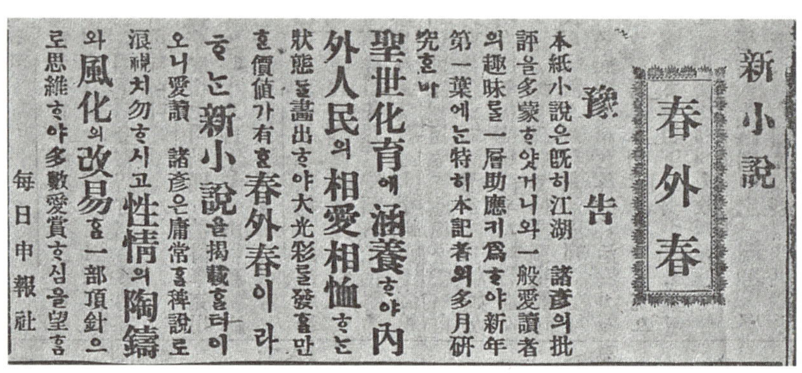

『매일신보』, 1911년 12월 19일, 4면 1단

이 홍보문에는 몇 가지 강조점이 있다. 먼저 '자기 신문의 소설들에 대한 여러 사람의 비평을 듣고 일반 애독자의 취미에 한층 더 조응하기 위하여 수개월을 연구한 작품'이라는 것. 둘째는 '성세화육(聖世化育)에 함양하여 내외인민의 상애상휼(相愛相恤)하는 상태를 그려낸다'는 것. 셋째는 '성정을 다듬고 풍화를 고치는 정침(頂針)으로 사유하여 애독하길 바란다'는 것.

이렇게 4면에 게재하던 작품 홍보를 12월 24일과 26일에는 제1면으로 옮기고 4단과 5단에 걸쳐 두드러지게 눈에 띌 수 있도록 두 단으로 배치하고 있다.

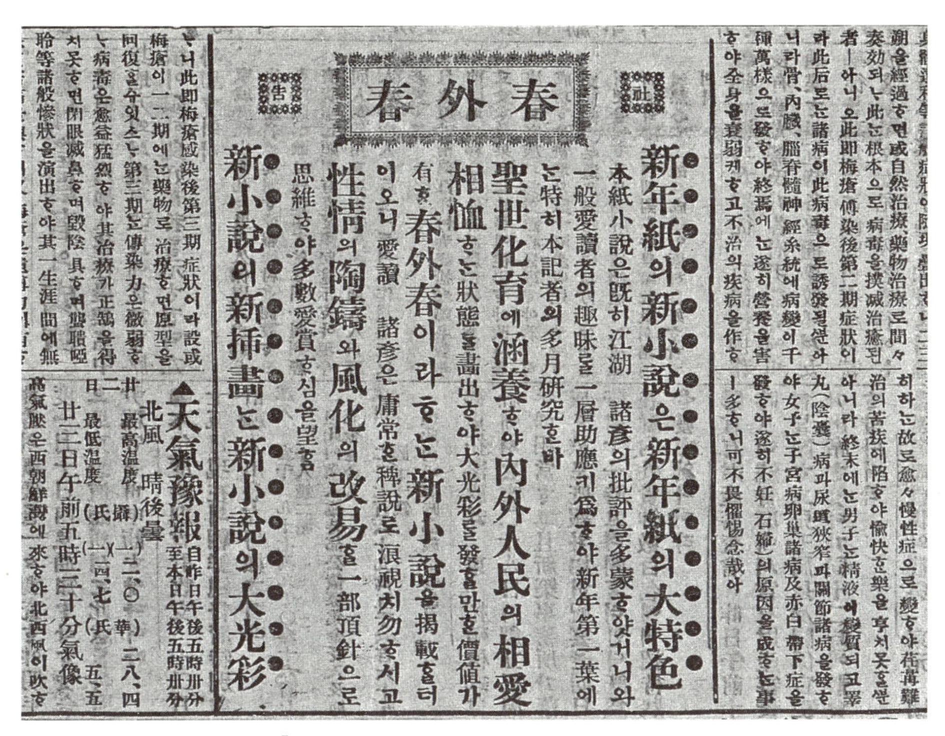

新小說의 新揷畵ᄂᆞᆫ 新小說의 大光彩

性情의 陶鑄와 風化의 改易ᄒᆞᆯ 一部頂針으로

春外春

社告

新年紙의 新小說은 新年紙의 大特色

本紙小說은 旣히 江湖 諸彦의 批評을 多蒙ᄒᆞ얏거니와 一般愛讀者의 趣味를 一層助應키爲ᄒᆞ야 新年第一葉에 特히 本記者의 多月研究ᄒᆞᆫ바ᄂᆞᆫ 聖世化育에 涵養ᄒᆞ야 內外人民의 相愛相恤ᄒᆞᄂᆞᆫ 狀態를 畵出ᄒᆞ야 大光彩를 發ᄒᆞᆯ만ᄒᆞᆫ 價値가 有ᄒᆞᆫ 春外春이라ᄒᆞᄂᆞᆫ 新小說을 揭載ᄒᆞᆯ터이오니 愛讀 諸彦은 庸常ᄒᆞᆫ 稗說로 浪視치勿ᄒᆞ시고 思惟ᄒᆞ야 多數愛賞ᄒᆞ심을望ᄒᆞᆷ

△天氣豫報
北風 晴後曇
自昨日午後五時卅分 至本日午後五時卅分
最高溫度 (氏)(華) 二〇、二八、四
最低溫度 (氏)(華) 一四、七 五、五
廿二日午前五時三十分氣像
高氣壓은 西朝鮮海에 來ᄒᆞ야 北西風이 吹ᄒᆞ

此即梅瘡感染後 第三期 症狀이라 設或 瘡이 一二期에ᄂᆞᆫ 藥物로 治療ᄒᆞ면 原型을 回復ᄒᆞᆯ수잇스나 第三期ᄂᆞᆫ 傳染力은 微弱ᄒᆞ나 病毒은 愈益猛烈ᄒᆞ야 其治療가 正ᄒᆞᆷ을 得지못ᄒᆞ면 閉眼滅鼻ᄒᆞ며 毀陰具ᄒᆞ며 聾聵啞 等諸般慘狀을 演出ᄒᆞ야 其一生涯 間에 無

潮를 經過ᄒᆞ면 或 自然治療、藥物治療로 間々 奏効되ᄂᆞ 此ᄂᆞᆫ 根本으로 病毒을 撲滅治癒된 者ㅣ아니오 此即梅瘡傳染後 第二期症狀이 아니라 終末에ᄂᆞᆫ 男子ᄂᆞᆫ 精液이 變質되고 果 此后로ᄂᆞᆫ 諸病이 此病毒으로 誘發될ᄭᅵ라 骨、內臟、腦脊髓神經系統에 病變이 千 야 女子ᄂᆞᆫ 子宮病卵巢諸病及赤白帶下症을 發ᄒᆞ 種萬樣으로 發ᄒᆞ야 終焉에ᄂᆞᆫ 逐히 營養을 害 發ᄒᆞ야 逐히 不姙(石婦)의 原因을 成ᄒᆞᄂᆞᆫ事 ᄒᆞ야 全身을 衰弱케ᄒᆞ고 不治의 疾病을 作ᄒᆞ ㅣ多ᄒᆞ니 可不畏懼愓念哉아
히하ᄂᆞᆫ故로 愈々慢性症으로 變ᄒᆞ야 治癒難 治의苦痎에陷ᄒᆞ야 愉快ᄒᆞᆫ樂을享치못ᄒᆞᆯ샌 九(陰囊)病과尿道狹窄과關節諸病을發ᄒᆞ

『매일신보』, 1911년 12월 24일, 1면 4~5단

　　본문은 앞선 홍보문과 전체적으로는 비슷하나, 몇 가지 다른 점이 있다. 첫째는 "예고(豫告)"가 아니라 "사고(社告)"로 변경한 것. 둘째는 본문 앞뒤로 큰 활자를 활용하고, 거기에 방점을 찍고, 운까지 맞추며 "신년지의 신소설은 신년지의 대특색"(앞)과 "신소설의 신삽화는 신소설의 대광채"(뒤)라는 홍보문구를 넣은 점. 이를 보면 당시 『매일신보』가 이 작품 연재에 얼마나 공을 들이고 있는가를 알 수 있다. 「춘외춘」 연재 이전 다른 작품들을 연재할 때는 아예 홍보가 없거나 있어도 1회 정도 기사문처럼 내던 것과 비교하면 그 차이를 확연하게 느낄 수 있다. 일례를 보면 다음과 같다.

▲▲ 小說豫告 ▼▼
쇼셜예고

변ᄒᆞᄂᆞᆫ 것은 텬디의 ᄌ연ᄒ
리치라 그림으로 무슴 물건
이던지 궁흠이 오리면 반ᄃ
시 통ᄒ교 나홈이 오리면
반ᄃ시 합ᄒ고 그 남아 치란,
흥망, 셩쇠, 강약, 부귀, 빈
쳔이 ᄆᆞᄭᅡ 슌환홈을 말지
안이ᄒ야 무궁ᄒ 조화가 ᄣᅢ
마다 셩기거늘 만일 한가
지를 교슈(膠守)ᄒ고 변
ᄒᆞᆯ줄을 모로는 쟈는 텬디리

치를 위반ᄒ고 스ᄉᆞ로 부
패홈을 취홈이로다 본긔쟈
섭여년 광음을 쇼셜에 종
스ᄒᆞᆯ시 구쇼셜의 부패ᄒ 언
론이 지금 이십셰긔 시ᄃᆡ에
맛지 안임을 셔닷고 한번
변ᄒᆞ기를 위쥬ᄒ야 신쇼셜
톄ᄌᆡ를 발명ᄒ야 임의 이삼
섭즁의 쇼셜을 져술ᄒᆞᆫ바 의
독ᄒ시ᄂᆞᆫ 강호졔군의 격졀
탄샹ᄒᆞᆷ을 엇엇스오나 속언
에 됴ᄒ 노릭도 오릭 부르면
듯기실타ᄒᆞᆫ것과ᄀᆞ치 신쇼셜
도 여러히를 날마다 ᄐᆞᄒᆞ면
지리ᄒᆞ셩각이 ᄌ연 싱기ᄂᆞ니
이ᄂᆞᆫ 독쟈졔군만 그러실ᄲᅮᆫ
안이라 져술쟈도 날로 붓을
잡음이 지리ᄒᆞ셩각을 금치못
ᄒᆞ니 이ᄂᆞᆫ 다름이 안이라
셔것이 오랙의 변ᄒᆞ 긔회가
너름이로다 그럼으로 긔쟈가

연구ᄒ고 ᄯᅩ 연구ᄒ야 쇼셜
톄ᄌᆡ를 ᄯᅩ한번 변ᄒᆞ되 신구
를 참쟉ᄒ야 구쇼셜의 허탄
림랑ᄒᆞᆷ은 ᄇᆞ리고 졍대ᄒᆞ 문
법만 취ᄒᆞ며 신쇼셜의 쳔
근 ᄭᅡᆨ삭ᄒᆞᆷ은 ᄇᆞ리고 졍밀ᄒ
의 취만 취ᄒᆞ야 쇼양뎡(昭
陽亭)이라ᄂᆞᆫ 쇼셜을 져술ᄒ
노니 이 쇼셜의 지료ᄂᆞᆫ 긔쟈
가 졍신을 오ᄃᆡ 허비ᄒᆞ야
비로소 엇은바이라 모범될
만ᄒ 힝실과 감갑ᄒᆞᆯ만ᄒ ᄉᆞ
졍이 젼ᄉᆞᄒ 흥미를 족히
도을만ᄒᆞ오니 독쟈졔씨ᄂᆞᆫ 쳥
창졍쾌하(晴牕靜几下)에셔
초호를 열람ᄒᆞ시오.

『매일신보』, 1911년 9월 29일. 1면 4∼5단

　　기사처럼 보이는 위 '소설예고'는 「춘외춘」 연재 직전 『매일신보』에 연재된 「소양정」이라는 작품의 예고문이다. 내용이 비교적 길지만, 단 한 차례, 그것도 강조하는 글자체 없이 기사문처럼 예고문을 게재하였다. 이때 1면에 예고를 한 것은 이 당시에는 소설이 1면에 연재되었기 때문이다. 「춘외춘」은 작품이 게재될 4면에 다섯 차례, 또 1면으로 옮겨 새 판형을 짜면서까지 두 차례에 걸쳐 홍보를 하고 있다. 이전과 비교해 보면 「춘외춘」 홍보는 당시로서는 그야말로 파격에 가까울 만큼 대대적으로 이루어진 셈이다. 그 중에서도 특히 삽화 게재를 집중적으로 홍보하고 있음을 눈여겨 볼 필요가 있다. 이는 체제 개편을 알리는 홍보 문구에서도 이루어졌다.

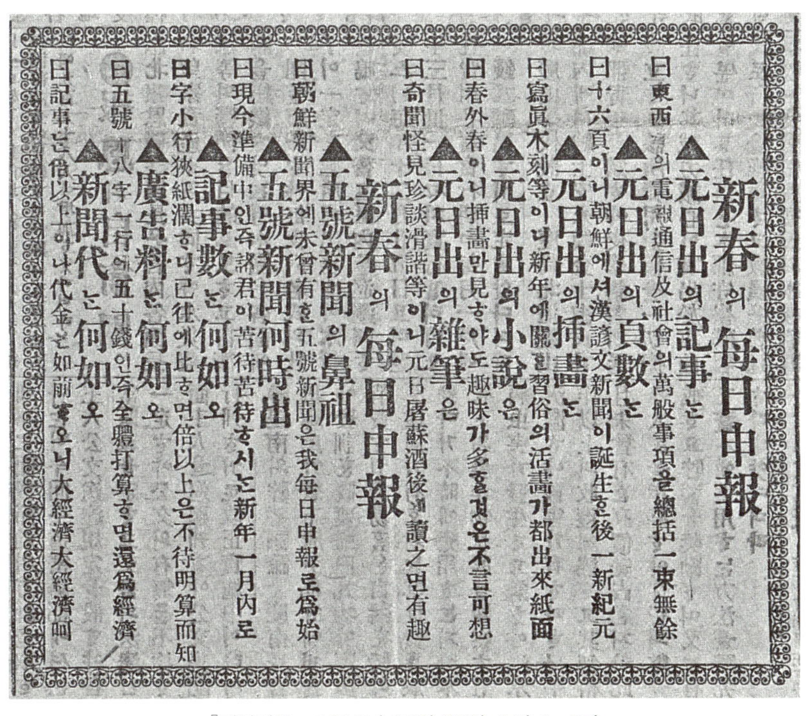

新春의 每日申報

▲元日出의 記事는
日東西의 電報通信及社會의萬般事項을總括一束無餘
▲元日出의 頁數는
日十六頁이니朝鮮에셔漢諺文新聞이誕生훈後一新紀元
▲元日出의 揷畵는
日寫員木刻等이니新年에麗훈習俗의活畵가都出來紙面
▲元日出의 小說은
日春外春이니揷畵만見ᄒ야도趣味가多훌것은不言可想
▲元日出의 雜筆은
日奇聞怪見珍談滑諧等이니元日屠蘇酒後에讀之면有趣
▲新春의 每日申報
▲五號新聞의 鼻祖
日朝鮮新聞界에未曾有훈五號新聞은我每日申報로爲始
▲五號新聞何時出
日現今準備中인즉諸君이苦待ᄒ시눈新年一月內로
▲記事數는 何如오
日字小行狹紙潤ᄒ니已往에比ᄒ면倍以上은不待明算而知
▲廣告料는 何如오
日五號十八字一行에五十錢인즉全體打算ᄒ면還爲經濟
▲新聞代는 何如오
日記事눈倍以上이나代金은如前ᄒ오니大經濟大經濟이

『매일신보』, 1911년 12월 27일. 1면 4~5단

「춘외춘」 게재 당시 『매일신보』는 체제 개편을 단행하였다. 원래는 1월로 예정했었으나 시기가 늦춰져 3월 1일에 전면 개편이 이루어졌다. 그에 앞서 위와 같은 홍보 문구를 게재하여 개편을 예고하였는데, 세 번째와 네 번째에서 '삽화'에 대해 강조하고 있다. '삽화는 사진목각 등으로 신년에 관한 습속의 살아있는 그림을 드러낼 것이라는 것과 「춘외춘」이라는 소설에 있는 삽화만 보아도 취미가 많아질 것'임을 설파한다. 그만큼 삽화 게재는 새로운 시도였고, 그것을 여실하게 부각하고 있는 것이다.

『매일신보』는 1912년 3월 1일 체제 개편을 하면서 4호 활자를 크기가 작은 5호 활자로 바꾸고, 단수를 7단에서 8단으로 늘렸다. 체제 변화 전후의 지면을 전체적으로 비교해 보면 다음과 같다.

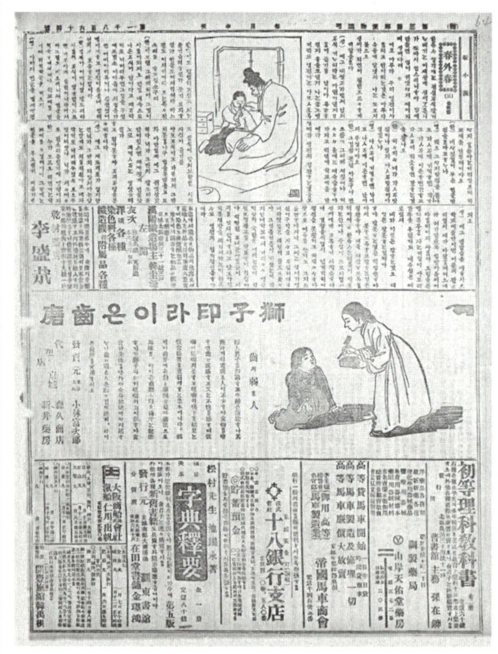

『매일신보』. 1912년 1월 7일. 4면

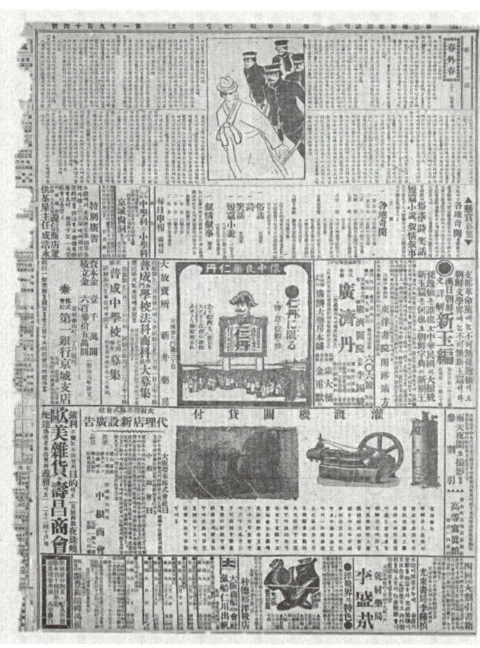

『매일신보』. 1912년 3월 7일. 4면

한눈에 보아도, 체제 변화 전보다 후에 활자가 훨씬 빼곡하게 채워진 것을 알 수 있다. 「춘외춘」은 게재 당시 난은 4면에 고정되었지만, 게재 단과 각 회차의 길이는 일정하지 않았다. 보통은 2,000자 내외(체제 변화 전 세 단을 활용한 경우)였으나, 작게는 1,300자(체제 변화 전 두 단을 활용한 경우)도 채되지 않는 회차가 있는가 하면 많게는 3,000자(체제 변화 후 두 단 활용의 경우) 가까이 이르는 회차도 있다. 특히 체제 개편과 맞물려 활자가 작아지고, 이전에 이루어지던 띄어쓰기까지 하지 않으면서 게재량이 늘었다. 체제 변화로 인한 양의 변화도 있지만, 게재 단 역시 일정하지 않았다. 어느 때는 두 단을 다 채우지 않는 때도 있었으며 어느 때는 세 단에 걸쳐 게재하는 경우도 있었다. 각 회차별 게재단은 다음과 같다.

회차	게재 일자	게재 단	회차	게재 일자	게재 단
1	1월 1일	1~2	2	6일	1~2
3	7일	1~3	4	9일	1~3
5	10일	1~3	6	11일	1~3
7	12일	1~3	8	13일	1~3
9	14일	1~3	10	16일	1~3
11	17일	1~3	12	18일	1~3
13	19일	1~3	14	20일	1~3
15	21일	1~3	16	23일	1~3
17	24일	1~3	18	25일	1~3
19	26일	1~3	20	27일	1~3
21	28일	1~3	22	30일	1~3
23	2월 1일	1~3	24	2일	1~3
25	3일	3~5	26	4일	3~5
27	6일	3~5	28	7일	3~5
29	8일	3~5	30	2월 9일	3~5
31	10일	1~3	32	11일	3~5
33	13일	1~3	34	14일	3~5
35	15일	1~3	36	16일	1~3

37	17일	1~3	38	18일	3~5
39	20일	3~5	40	21일	3~5
41	22일	3~5	42	23일	3~6
43	24일	3~6	44	25일	3~6
45	27일	3~5	46	29일	3~5
47	3월 1일	3~4	48	2일	3~4
49	3일	1~2	50	5일	3~4
51	6일	3~4	52	7일	1~2
53	8일	3~4	54	9일	3~4
55	10일	4~5	56	12일	3~4
57	13일	1~2	58	14일	3~4

보통 세 단을 활용할 경우, 1단에서 3단까지 배치된 경우가 가장 많으며, 그 다음에는 3~5단이다. 두 단을 활용할 경우에는 1~2단, 혹은 3~4단인 경우가 많은데, 예외적으로 4~5단에 배치한 경우도 있다. 특기할 것은 네 단을 활용한 경우인데, 42회차인 2월 23일부터 44회차인 25일까지는 3단에서 6단까지 소설이 배치되었다. 이때는 네 단 전부 소설이 게재된 것이 아니라 5단 중앙에 '현상모집' 공고가 배치되면서 그만큼의 분량이 6단으로 밀린 경우이다. 『매일신보』는 이때 독자를 대상으로 한 '현상모집'을 대대적으로 하였는데, 그 공고문을 연재되는 소설 중간에 배치함으로써, 소설 독자에게 조금 더 효과적인 홍보를 하고자 한 것이다.

「춘외춘」은 모든 회차에 삽화가 들어있는 것은 아니다. 소설 연재가 58회 되었는데, 그 중 23회 연재분에는 삽화가 빠져 있으며, 42회와 43회는 같은 삽화가 반복 삽입되어 있어, 삽화는 총 56개가 활용된 셈이다. 삽화는 보통 그 회차 내용의 한 부분을 그리는 것이 보편적이지만, 그 회차의 서사 내용에서 말해지지 않은 것이 그려진 것도 있는가 하면, 서사 내용과 다르게 삽화가 그려진 것도 있다.

「춘외춘」은 1912년과 1918년에 신구서림(新舊書林)에서 단행본으로 출판되었다. 1912년에 출판된 책이 1918년에 재판된 것을 보면 당시 이 소설이 인기가 없지 않았던 것으로 추정된다.

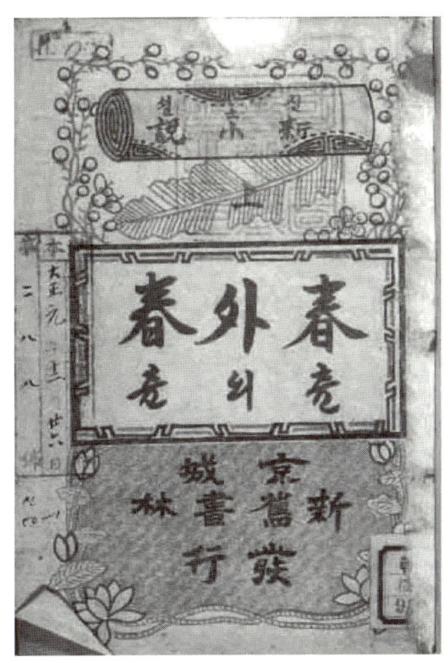

『춘외춘』 상편 단행본 1912년판 표지
(국립중앙도서관 소장본)

『춘외춘』 하편 단행본 1918년판 표지
(국립중앙도서관 소장본)

『매일신보』는 『대한매일신보』를 인수하여 일본 총독부 기관지처럼 발행한 신문인데, 발간 초기에 서사적 전략을 적극적으로 활용하였다. 특히 체제 개편과 함께 서사의 지면 점유도 늘어났으며, 창작 주체 역시 작가만이 아니라 독자로 확대되기도 했다. 그런 상황 속에서 기획된 「춘외춘」은 삽화의 게재와 함께 더욱 주목을 끌며 독자에게 유입되었다. 따라서 이 「춘외춘」의 서사와 삽화를 면밀히 파악한다면 식민시기 담론의 생성과 유포가 어떻게 이루어졌는지 파악하는 데 도움이 될 수 있다.

삽화가 처음으로 게재된 연재소설이라는 점에서 소설에 삽화가 들어 갈 때, 소설의 스토리와 삽화가 어떤 관계를 맺고 있는지, 그리고 읽는 소설에서 보는 소설로의 변화가 어떤 의미를 가질 수 있는지 등에 대해서 생각해 볼 수도 있다. 또한 이 소설의 서사와 삽화에는 신구의 문화가 교차되는 지점에서 이루어지는 복색, 공간, 제도 등의 변화 양상을 볼 수 있을 뿐만 아니라, 신문화가 유입될 당시 여성들의 모습이 어떻게 분화되고 변화되는지 그 한 양상을 볼 수도 있다.

2. 주요 등장인물

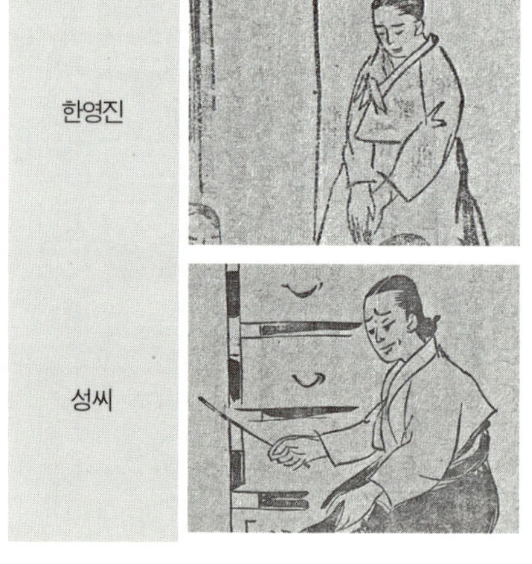

한영진

한주사의 딸.
일찍 모친을 잃고 계모 밑에서 자라면서 갖은 구박을 당하는 인물.
계모의 계략으로 호춘식에게 팔려가지만 착하고 총명하여
주변인들의 도움을 받아 어려움을 극복함.

성씨

한영진의 계모.
성선달의 딸로 어려서부터 성품이 편협하고 시기하는 마음이 많음.
이십일 세에 영진의 아버지 한주사에게 후취로 들어와 영진을 구박하다, 결국 혼인을 빙자하여 팔아넘김.

한영진의 아버지.
부인 이씨가 영진을 낳고 산후별증으로 죽자 성씨를 후취로 들임.
성씨의 농간에 딸이 구박받다 팔아넘겨진 것도 모름.

한주사의 유모.
성씨의 미움을 받으면서도 한주사의 집에 드나들며 영진을 보살핌.
영진이 사라진 뒤 찾겠다고 방물장수까지 하고 다님.
팔려간 영진을 찾아내 구하고 호춘식 일당에게 잡혀 곤욕을 치름.

개진여학교에 재직하는 영진의 선생.
팔려갔다 구출된 영진이를 동경으로 불러들여 공부를 시키고
강학수와 혼인하게 하는 다리 역할을 함.

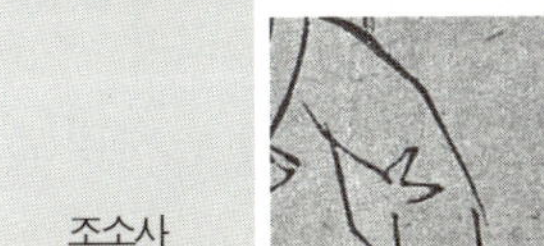

색주가 퇴기(退妓).
성씨와 모의하여 호춘식에게 영진을 팔아넘긴 장본인.
호춘식의 말을 잘 따르라고 영진을 구슬리기도 함.

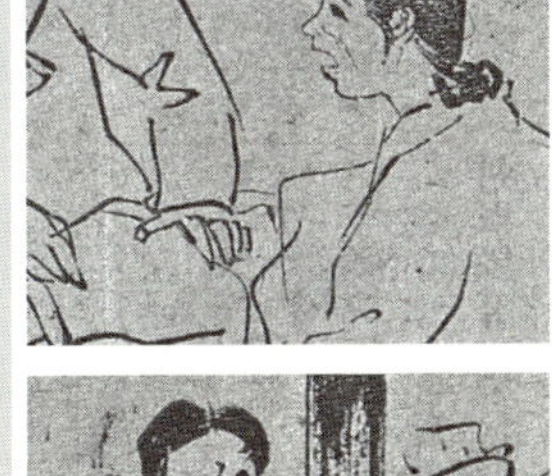

집안 재산을 기생질로 탕진한 호색한.
궁색함을 벗어나려고 기생장사를 하기 위해 조소사와 모사해
영진을 돈 주고 사옴.
도망친 영진을 잡기 위해 동분서주함.

길이어멈	석이어멈의 동생. 석이어멈이 호춘식 일당에게 잡힌 뒤, 영진을 도와줌. 석이어멈과 닮아 호춘식 일당에게 뒤를 밟히지만, 옆집에 부탁해 피신시키는 등 영진의 일에 발 벗고 나섬.
강학수	영진을 숨겨주었던 오씨 부인의 아들. 일본에서 하나다 하루꼬의 집에서 영진과 만나 사모하게 됨. 조선에 잠깐 다니러 나온 사이 영진이를 궁지에 빠뜨렸던 일을 해결함.
김경무관	방장동서 경무관. 공부할 때 만났던 강학수의 청으로 호춘식 일당 및 조소사, 성씨 등을 잡아들이는 역할을 함.

3. 줄거리

호동 뒷골목에 한주사라는 이가 살았다. 그 부인 이씨가 나이 스물다섯에 초산으로 딸 영진이를 낳고 산후 조리를 제대로 하지 못하여 죽었다. 영진이 네 살 되던 해, 한주사는 동문 밖 봉우재 사는 성선달의 스물한 살 된 딸을 후처로 맞았다. 영진의 계모 성씨는 어려서부터 성품이 고약하였는데, 영진의 계모로 들어와서도 한주사 앞에서는 영진을 사랑하는 척하고, 뒤에서는 그에게 온갖 일을 다 시키며 매질을 하고 구박하였다. 영진은 구박을 받으면서도 남들 앞에서 전혀 내색을 하지 않는다.

영진은 매우 총명하여 학교에 입학한 후 시험 때마다 좋은 성적을 받는다. 학교를 다니면서도 계모 구박에 밥도 제대로 못 먹지만, 한주사는 그런 사실을 모른다. 오히려 그는 성씨의 농간에 영진이 못된 아이로 자라는 줄로만 안다. 영진은 기질이 약한 데다 수년 간 갖은 고초를 당하다보니 병이 나고 만다. 영진이 병이 들었는데도 계모는 약을 지어다주기는커녕 방에 불도 넣지 않아 영진의 병은 더욱 깊어진다. 한주사의 유모였던 석이어멈은 영진이 병 난 것을 알고 그 집에 드나들며 간호를 한다. 성씨는 그런 노파가 밉지만, 한주사를 키운 공로가 있는 석이어멈을 어쩌지는 못하고 한주사에게 말을 지어 이간질을 한다. 하루는 영진이 다니던 개진여학교 교사, 하나다 하루꼬가 영진의 병문안을 왔다. 영진의 병이 위중한 것을 보고 성씨에게 입원을 권유한다. 성씨가 돈이 없다고 하자 하나다는 자신이 치료비를 대겠다고 한다. 입원을 시키기 싫은 성씨는 한주사에게는 용한 의원의 아들에게 시집보내는 걸로 속이고, 평소 알고 지내던 색주가 퇴기 조소사와 일을 꾸며 영진을 호춘식이라는 이에게 팔아 넘긴다.

호춘식이라는 인물은 원래 부자였으나, 기생질로 재산을 다 탕진하고 거지꼴이 되다시피 하자, 마지막 재산으로 계집을 사서 기생장사를 하려고 마음 먹고 평소 알던 조소사에게 마땅한 이를 알아봐달라고 부탁해 놓았는데, 영진이가 그 대상이 된 것이다. 춘식은 영진을 데려와 간호하여 병을 낫게 한 뒤, 자신의 친구들을 데려와 원래 계획했던 일을 시작하려 한다. 영진은 자신이 덫에 걸린 것을 알고, 욕을 당하기 전에 목매달아 죽으려고 한다. 이때 방물장수로 집집을 돌며 영진을 찾아다니던 석이어멈을 만나, 호춘식의 집을 탈출한다.

　석이어멈은 자신의 동생 길이어멈 집에 영진을 맡긴 뒤, 자초지종을 알아 원수를 갚아주겠다고 길을 나선다. 석이어멈은 모든 일이 성씨와 조소사의 계략인 것을 알게 되지만, 호춘식 일당에게 잡혀 매질을 당하고 호춘식 집에 드러눕는다. 석이어멈이 돌아오지 않자, 영진은 길이어멈을 통해 하나다 선생을 찾지만 하나다는 방학이라 일본에 건너간 상태였다. 길을 나섰던 길이어멈은 호춘식 일당에게 미행을 당하고, 호춘식 일당에게 잡힐 위기에 처한 영진은 길이어멈 옆집으로 피신을 한다. 그 집은 군인이었던 강참위의 집으로, 강참위는 죽고 그 부인 오씨가 외아들 학수를 키우고 살다, 아들마저 일본 유학을 가서 계집 하인 하나와 살고 있었다. 길이어멈을 통해 영진의 사정을 들은 오씨 부인은 영진을 불쌍히 여겨 데리고 있게 된다. 영진은 오씨 부인을 어머니처럼 섬기고, 오씨는 얌전한 영진을 기특하게 여기게 된다.

　그러던 중 일본에 있는 오씨 부인 아들 강학수에게서 온 편지를 통해 영진은 하나다 하루꼬의 소식을 듣게 된다. 영진은 하나다에게 편지를 쓰게 되고 그 편지를 받은 하나다는 여비를 보내어 영진을 동경으로 오게 한다. 동경에 도착한 영진은 거기에서 하나다와 학수를 만나고, 하나다의 도움으로 다시 공부를 시작한다. 학수와 영진은 하나다의 집에서 함께 살며 공부를 하는 동안 서로 흠모하는 마음을 지니게 된다. 하루는 학수가 흉몽을 꾸고 모친 생각이 간절하여 조선에 다녀오기로 마음먹는다.

　조선에 도착한 학수는 호춘식 일당이 자기 집에서 난리를 피우는 모습을 보고 경찰서로 가서, 공부할 때 만났던 김경무관을 찾아 도움을 청한다. 학수는 모친에게서 그간의 사정을 듣고 김경무관에게 수사를 부탁한다. 이미 잡혀간 호춘식은 물론 조소사, 성씨 등도 잡히고, 모든 일이 낱낱이 밝혀진다. 저간의 일을 알게 된 한주사는 자신의 잘못을 깨닫는다. 일이 정리되자 학수는 자신의 모친과 상의하여 한주사에게 통혼을 하고 한주사는 기꺼이 허락한다. 학수는 공부를 마치고 영진과 함께 돌아와 혼인을 하기로 하고 다시 동경으로 돌아간다.

차례

춘외춘 春外春

1912.1.1. 〈1〉

1912년 1월 1일

(一)

박동마루길에 종치는 소리가 쎙쎙 들니더니 반양복 닙은 녀학도 한쎄가 제각기 칙보 한아ㅅ식을 엽헤다 끼고 압셔거니 뒤셔거니 둘ㅅ식 셋식 짝을 지어 안동별궁 모통이로 도라오며 희희락락ㅎ야 뎌희끼리

이이 슌경(□卿)아 이번 시험은 대단히 어렵더라

글ㅅ셰다 문뎨도 단々히 닛거니와 션싱님들이 엇더케 단속을 ㅎ는지 쏨싹도 못ㅎ겟더라 정슉(貞淑)아 너는 산슐을 잘ㅎ닛가 아마 일공공을 힛슬걸

슌경이는 그런 소리는 얼수 잘ㅎ지 뎌는 산슐이 누구만 못ㅎ 걱졍인가 시험마다 우등만 ㅎ데 그러치마는 우리는 다 소용업다 이번 시험에 잇지방 될 사름은 짜로 한아 잇느니라

그게 누구란 말이냐 김효경(金孝卿) 유옥슌(兪玉純) 박정희(朴貞姬) 리내경(李乃卿) 올치올치 한영진(韓英珍)이 말이로구나 그 익는 직됴도 잇셔 공부도 잘ㅎ려니와 션싱님 여러분이 특별히 알아주시닛가 어련히 잇지방을 ㅎ겟늬

이이 요란스럽다 영진이 듯는다

드르면 엇듸 누가 제 흉을 보앗나 그럿탄 말이지

이와 굿치 울ㅅ가지에 안즌 참ㅅ새 일반으로 졔각기 한마듸식은 다 짓거리며 가는듸 그즁 뒤에 써러져 가는 쳐녀 한아는 년광이 불과 십이삼 세 가

량밧긔 안이 되야 뵈이는듸 의복도 뎨일 초라ᄒ고 긋쓰도 못 신고 헌신짝을 신엇는듸 다른 학도ᄋᆡ히들 짓거리는 것을 드럿는지 못 드럿는지 얼골에 화긔가 조곰도 업시 고기만 다슈곳ᄒ고 화긔동편으로도 가고 ᄉ동으로도 가고 교동으로도 가고 ᄌᆡ동으로도 가는 동모ᄋᆡ히들을 ᄎᆞ례로 다 작별ᄒ고 져홀로 동관으로 나셔셔 슌라ㅅ골로 드러셔더니 호동 뒤ㅅ골목 남향 와가 평대문집으로 드러가다가 즁문간에 가 우두커니 셧더니 초마자락으로 두 눈을 이리뎌리 씻고 안으로 드러가며 긔침을 련히ᄒ니 안방에셔 두런々々 무슴 말을 한참 ᄒ다가 쑥 긋치며 방문을 덜컥 열고

    영진이 오늬 오늘은 일ㅅ즉 오는구나

영진이 유슌ᄒᆞᆫ 말로

    오늘은 시험과졍이 적어셔 일ㅅ즉 칠웟소

방에셔 늬다보며 뭇던 사름은 별사름이 안이라 즉 영진의 계모 셩씨니 셩씨가 인물도 박식은 안이오 ᄌᆡ질도 과히 업지는 안이ᄒ지마는 다만 셩픔이 편협ᄒᆞᆫ 즁 ᄉ긔긔ᄒᆞᆫ ᄆᆞ음이 만하 십 셰 젼 자랄 ᄱᆡ브터 속곱동도[1]를 싸리고 할퀴기 어룬에게 고ᄌᆞ질ᄒᆞ야 ᄆᆡ 맛치기 남의 ᄉᆡ 옷 닙은 것 보면 침 빗기 흙칠ᄒᆡ주기 남을 욕ᄒ고 졔가 울기 열에 한 가지 될ㅅ셩부른 짓이 업스닛가 그 부모되는 이는 □졍에 가리워 몰낫던지 알고도 덥허두던지 별말이 업셔도

---

1 '모'의 오류.

빈 쪽입니다

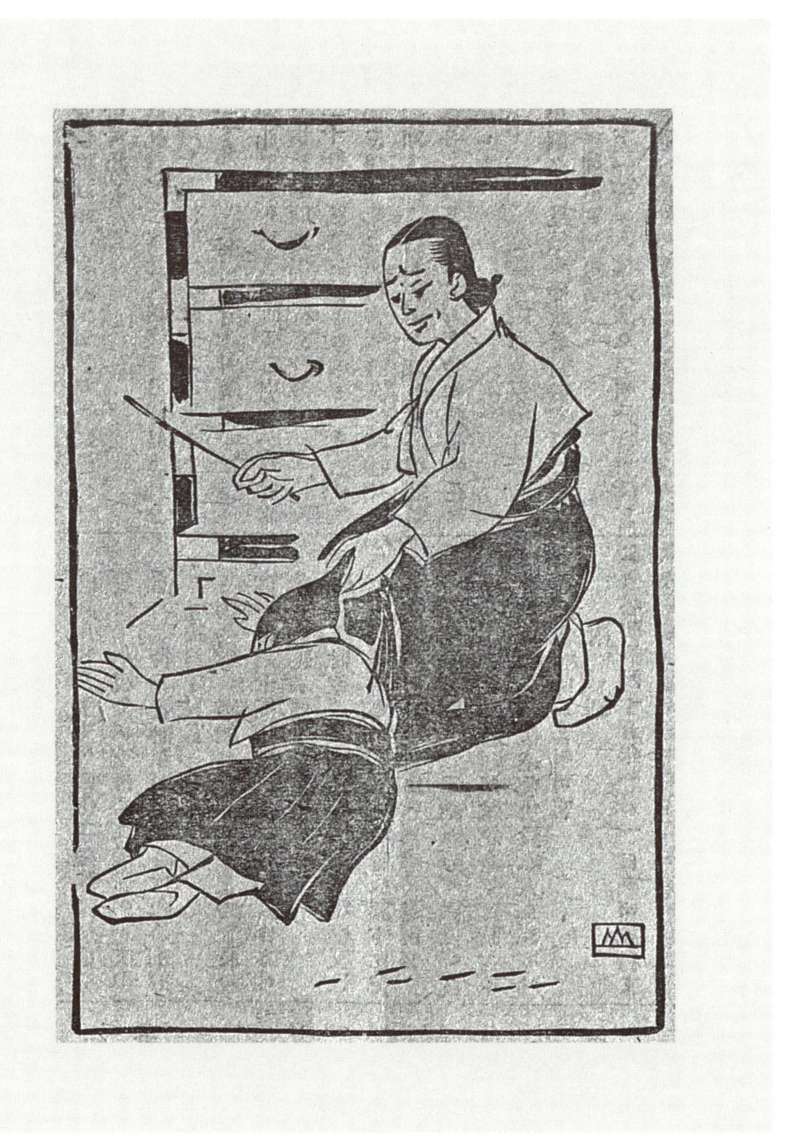

1912.1.6. 〈2〉

1912년 1월 6일

(二)

동리 사람들은 만구일담[2]이

뎌것은 아모 싹에도 못쓸 계집ᄋ히라 이 다음에 싀집을 가면 남의 집 기동샊리를 업허 노흘걸

져희 부모 못 듯는 디 한마듸ㅅ식이라도 다 ᄒ던 터이라 급기 당혼[3]을 ᄒ야 예셔도 퇴혼[4]을 ᄒ고 뎌셔도 퇴혼을 ᄒ고 쳔신만고ᄒ야 뢰뎡[5]을 ᄒ얏다가도 간혼[6]이 번々히 드러 어언간 이십일 세가 되엿스니 조혼ᄒ는 풍속에 신랑이 십 세만 되면 벌셔 뎡혼을 ᄒ야 십이삼 세에는 의례히 셩례를 식여 십오 세 이샹 되는 랑지[7]라고는 잡아 약에 쓰랴도 업슨 즉 ㅅ셰부득[8]이 호동 사는 한쥬ㅅ에게 후취로 싀집을 보닛더라

한쥬ㅅ가 가셰는 과히 어렵지를 안이ᄒ나 그 부인 리씨가 이십오 세나 되야 겨오 초산으로 영진이를 낫코 산후별ㅅ징[9]으로 히포[10]를 신음신음 알타가 맛츰닉 빅 가지 약이 효험이 업셧는디 영진이가 아들이라도

---

2 만구일담(萬口一談). 많은 사람의 의견이 일치함.
3 당혼(當婚). 혼인할 나이가 됨.
4 퇴혼(退婚). 정한 혼인을 어느 한쪽에서 물림.
5 뇌정(牢定). 자리를 잡아서 확실하게 정함.
6 간혼(間婚). 남의 혼사(婚事)를 중간에서 이간질하여 방해함.
7 낭재(郎材). 신랑감.
8 사세부득(事勢不得). 어쩔 수 없는 상황 때문에 그렇게 할 수밖에 없음. 또는 그런 일.
9 산후별증(産後別症). 아이를 낳은 뒤에 조리를 제대로 하지 못하여 생기는 여러 가지 병.
10 해포. 한 해가 조금 넘는 동안.

삼십 젼 홀아비라 그딕로 늙을 리가 만무ᄒᆞ려던 ᄒᆞᆷ을며 슬하에 쓸 ᄌᆞ식 한아 업스니 무슨 졍졀로 쇽현[11]을 안이ᄒᆞ리오 가합ᄒᆞᆫ[12] 혼쳐를 ᄉᆞ면 듯보나 모다 나이 어린 규슈쌘이더니 동문 밧 봉우지 사는 셩션달의 ᄯᆞᆯ의 년광이 이십일 세에 외모 ᄌᆡ질이 ᄆᆡ오 극가ᄒᆞ다[13]는 말을 즁ᄆᆡᄒᆞ는 쟈에게 말을 듯고 즉시 뎡혼 셩례를 ᄒᆞ야 당일 신부례를 ᄒᆞ얏는ᄃᆡ 셩씨가 싀집오던 그 잇흔날브터 조곰도 ᄉᆞ투른 것 업시 이왕 ᄌᆞ긔가 살던 살님ᄀᆞᆺ치 두고 쓸 ᄃᆡ 써셔 한쥬ᄉᆞ의 가슴이 시원ᄒᆞ게 ᄒᆞ는 즁 뎨일 네 살 먹은 영진이를 극히사랑ᄒᆞ는 모양이닛가 만분 다힝히 녁이더라

셩씨가 진졍 현쳘ᄒᆞᆫ 터이면 어려셔 ᄌᆞ모를 일은 영진이를 ᄲᅧ에 사모치도록 불샹히 알아 ᄌᆞ긔는 못 입어도 영진이는 입히고 ᄌᆞ긔는 못 먹어도 영진이는 먹여가며 바느질가지 언문ᄉᆞᄌᆞ라도 졍셩시럽게 가ᄅᆞ쳐 이 다음 싀집을 가더ᄅᆡ도 칭찬을 듯도록 ᄒᆞᆯ 터이어늘 그러키는 고샤ᄒᆞ고 한쥬ᄉᆞ 눈압헤셔만 ᄀᆞ장 영진이 ᄉᆞᄉᆞᄉᆞ □[14]며 위ᄒᆞ는 톄□[15]다가 한쥬ᄉᆞ 발뒤굼치만 돌아□[16]면 불을 ᄶᅬ라 걸네질을 ᄒᆡ라 담ᄇᆡ를 사오너라 셕양을 사오너라 툭ᄒᆞ면 귀퉁이도 쥐어박고 대강이도 ᄭᅳᆯ들으며 하로 몃 ᄎᆞ례ᄉᆞ식 비자루, 방망이 손에 잡히는 ᄃᆡ로 함부루 ᄶᅡ려주니 영진이가 시쇽 쳘모로는 ᄋᆞᄒᆡ들 ᄀᆞᆺ흐면 그 ᄆᆡ마즐 ᄲᅢ마다 엄살을 ᄒᆞ야가며 시ᄉᆞᄲᅢᄉᆞ로 수업시 울엇슬 것이오 뎌의 아바지에게 하슈연도 여러 번 ᄒᆡᆺ슬 것이지마는 죄는 잇고 업고 쑬걱 소리 업시 한구셕에 업ᄃᆡ려 그 몹슬 ᄆᆡ를 마즈며

11 속현(續絃). 거문고와 비파의 끊어진 줄을 다시 잇는다는 뜻으로, 아내를 여읜 뒤에 다시 새 아내를 맞는 일을 비유적으로 이르는 말.

12 가합(可合)하다. 무던히 합당하다.

13 극가(極可)하다. 아주 좋다.

14 문맥상 'ᄒᆞ'로 추정.

15 문맥상 'ᄒᆞ'로 추정.

16 문맥상 '셔'로 추정.

에구 어머니 잘못힛슴니다 살녀주십시오 다시는 안니 그리겟슴니다
익걸복걸만 흐다가 뎌의 아바지만 드러오면 분주히 눈물을 흔젹 업시 씨셔
그딕 눈치는 조곰도 안이 뵈이고 일샹 웃는 얼골로 압헤셔 오락가락흐니

1912.1.7. ⟨3⟩

(三)

한쥬스 싱각에는 젼실[17] 주식 잘 거느리기는 이 세샹에 셩씨 굿흔 니가 쏘
다시 업스려니 흐야 집에만 들면 입이 귀밋신지 씨어지며 셩씨다려

　여보 마루라 우리 영진이 사름 되고 안이 되는 것은 마루라 슈즁에 달
　넛지 나는 도모지 몰으오

셩씨가 외면이 질번즈르々흐게 되답을 흔다

　(셩) 에그 내 팔즈가 벌셔 남의 주식 거느리라는 마련이던지 모음이 들
　기를 남이야 욕을 흐던지 흉을 보던지 나는 굼고 벗더리도 영진이는 아
　모스조록 잘 먹이고 잘 입히고 십고 져는 듯기 슬려흐던가 듯기 됴화흐
　던가 언문도 어셔 익혀라 바느질도 어셔 빅여라 보는 족々 잔소리를 흐
　고 십소구려

　(한) 아모렴 그러케 히야 그것이 사름이 되지오 만일 내 속으로 나은 주
　식이 안이라고 졔 주락되로 닉버려 두면 그것을 무엇에 쓰겟소 이 다음
　에 싀집을 가면 어미아비 욕이나 실컨 엇어멕이지

흐고 영진이를 불너 압헤 안치고 효유흐는 말이라

　(한) 영진아 어머니 말 잘드러라 사름의 주식이 말을 안이 드르면 긔도
　야지 일반이니라 어셔 바느질도 빅오리니와 언문을 익슉흐게 씨쳐야
　학교에를 단이며 각식 학문을 빅오지

17　전실(前室). 남의 전처(前妻)를 높여 이르는 말.

(영) 아바지 언문을 벌셔 밧침지 홀 줄 아는디 뢰일브터 학교에를 단

일 터이야오

(한) 네짓 것이 무슨 언문 밧침을 흔다고 흐느냐

(영) 웨오 그지 밧침을 몰나오 가ㅅ즈에 기역흐면 각흐고 가ㅅ즈에

이은흐면 간흐고 가ㅅ즈에 직읏흐면 갓흐는 것을 몰나오

(한) 허々허々 네가 가ㅅ즈 밧침이나 알지 나ㅅ즈 밧침이야 알겟느냐

(영) 나ㅅ즈에 기역흐면 낙이고 나ㅅ즈에 이은흐면 난이지 무엇이야오

(한) 그것 참 곳잘 아는구나 언으 틈에 그러케 씌쳣더냐 허々々々 올에

는 더 숙습[18]을 흐야가지고 뢰년에 학교에를 단여라

셩씨가 영진의 칭찬흐는 것을 보고 물식에 당치도 안인 시긔지심이 들기를

아모 즈식이고 가르쳐셔 그만치 못 홀나구 입을 못 담울고 묘화 야단일

셰 에그 쥐밋살 갓히라 늬가 그만치 잡도리[19]를 안이 힛스면 졔까짓 게

언문 낫 노코 긔역ㅅ즈는 알앗슬 터인가

흐고 참다 못흐야 즈긔즈랑을 분々히 흐더라

(셩) 에그 져도 직죠가 업지 안인닛가 그만치 되얏지마는 닷는 말게도

치를 치친다고 졔 자락디로 늬버려두엇소 보오 무엇이 되얏나 늬가

시々째々로 잔소리를 힛기에 망졍이지

(한) 누가 모르오 뢰년에는 학교에를 보닐 터이니 그 안에는 언문을 부

즈런히 더 좀 가르치오

(셩) 에그 별말슴을 다 흐시오 학교에를 단이면 어룬의 잔소리 업시 졔

가 다 잘홀 터이오 내가 혀가 달토록 입방아를 찌어야 홀 터이지

사름이 오힝을 분명히 픔부흔 쟈는 계집이 아모리 간특을 부린디도 내 쥬

심은 짜로 잇셔

　　네가 이 일은 잘ᄒᆞᄂᆞᆫ 것오 뎌 일은 잘못ᄒᆞᄂᆞᆫ 것이다
ᄒᆞ야 잘못ᄒᆞᄂᆞᆫ 것은 최망을 ᄒᆞ야 다시 못 ᄒᆞ도록 ᄒᆞ고 잘ᄒᆞᄂᆞᆫ 것은 칭찬
을 ᄒᆞ야 더욱 더 잘ᄒᆞ도록 홀 터이어늘 한쥬ᄉᆞᄂᆞᆫ 텬픔이 악ᄒᆞᆫ 쟈ᄂᆞᆫ 안이
나 즁심이 도모지 업시 셩씨에게 고혹ᄒᆞ기[20] 시작을 ᄒᆞ더니 것잡을 ᄉᆡ 업
시 넘겨박히여 졍신을 못 찰히고 허덕ㄨㄨᄒᆞ야 팟으로 며쥬를 쑨듸도 고
지드를 만ᄒᆞ야지니 그계ᄂᆞᆫ 셩씨가 영진이 구박을 시ㄨ로 즈심히 더ᄒᆞ더
라 덧업ᄂᆞᆫ 세월이 물 흐르듯 ᄒᆞ야 그 잇음히 봄이 되얏ᄂᆞᆫ듸 각쳐 남녀 학
교에셔 거리ㄨㄨ 병문벽상[21]과 국한문 여러 신문에 학원모집 광고를 발
표ᄒᆞ니 집집마다 학령[22]된 즈녀 둔 사ᄅᆞᆷ들이 시긔를 일치 안이ᄒᆞ랴고 닷
호아 입학픔청[23]쟝을 써 가져가ᄂᆞᆫ듸 한쥬ᄉᆞ도 영진의 입학쳥원을 ᄒᆞ얏더라

20　고혹(蠱惑)하다. 아름다움이나 매력 같은 것에 홀려서 정신을 못 차리다.
21　병문벽상(屛門壁上). 골목 어귀의 길가 벽면의 위쪽 부분.
22　학령(學齡). 초등학교에 들어가야 할 나이.
23　품청(稟請). 윗사람이나 관청 따위에 여쭈어 청함.

1912.1.9. 〈4〉

1912년 1월 9일

(四)

시험날을 당ᄒ야 영진이가 학교에를 드러가 과정마다 어렵지 안이ᄒ게 시험을 치루고 도라오더니 과연 뎨일 우등으로 입격[24]을 ᄒ얏ᄂᆞᆫ지라 한쥬ᄉᆞᄂᆞᆫ 긔특ᄒ고 귀히셔 영[25]의 머리를 씨다듬으며

허々 그것 밍랑ᄒ다 너보다 나이 갑졀이나 되ᄂᆞᆫ ᄋᆞ히들이 모다 락뎨를 ᄒ얏ᄂᆞᆫ디 네가 우등을 ᄒ얏단 말이냐 오냐 시험은 요힝으로 우등을 ᄒ얏다마ᄂᆞᆫ 인졔 날마다 샹학[26]을 부즈런히 잘ᄒ여야 이 다음 졸업ᄒᆞᆯ ᄶᅢ에 졍말 우등을 ᄒᆞᄂᆞ니라

셩씨가 공연히 눈고리가 실쥭ᄒ야지더니 즈긔 남편 못 보ᄂᆞᆫ디 입을 빗쥭빗쥭ᄒ며 혼자 ᄒᆞᄂᆞᆫ말이라

압다 유난도 시러워라 인졔 이 집에 녀 대뎨학[27] 한나 나겟구면 그 잘난 시험에 좀 쐽헛기로 뎌리 야단ᄒᆞᆯ 것이 무엇 잇소 계집익가 공부ᄂᆞᆫ 잘ᄒ면 무엇ᄒᆞ노 계집년이 엇줍지 안케 글ㅅᄌᆞ나 ᄒ면 어미 아비 낫 싹길 짓이나 ᄒ지 에그 내가 어셔 옥동 ᄀᆞᆺ흔 아들 한아를 나셔 물 쥐어먹고 공부를 열심으로 식여야 뎌런 모양이 쑤ㄱ 드러가겟구면 삼신이 눈 쌀이 먼 게야

---

24 입격(入格). 시험에 뽑힘.
25 '영진'의 탈자 오류.
26 상학(上學). 학교에서 그날의 공부를 시작함.
27 대제학(大提學). 조선 시대에 둔, 홍문관과 예문관의 으뜸 벼슬.

그리ᄒ자 한쥬ᄉ가 사랑으로 막 나가닛가 볼멘소리로 영진이를 불으니

(셩) 공부인지 막ᄉ걸닌지 걸네 쌀아가지고 와 방이나 치워라 학교에
를 들더니 도당록[28]이나 한 듯십으냐 몬지가 발이 쌔져도 못 본 체ᄒ고
턱 써러진 ᄀ 지리산 쳐다보듯[29] ᄒ고 안젓게

(영) 방을 아ᄉ 말것케 치웟것마ᄂ 오날 바름이 몹시 불더니 몬지가 쏘
드러왓나 보이다

(셩) 한번 치면 쏘ᄂ 못 칠ᄉ 뎌 년은 웨 아츰밥 먹고 져녁밥을 쏘 먹으
려 드노

영진이가 공부ᄒ던 ᄎ은 덥허 한편으로 치워노코 비를 벳겨들더니 이
구셕 뎌 구셕 고로고로 쓸어ᄂᄂ디 셩씨가 무단히 영진의 다ᄀ이를 함부
루 쥐어박으며

이년아 비 싯을 홰ᄀᄼ 쑤리지 말고 골고로 좀 쓸지 못ᄒᄂ냐

이것이 다 무엇이냐 쳐삼촌의 벌초ᄒ듯 ᄉᄎ[30]만 ᄒ노라고 이리뎌리
쒸어단이며 쓸게

될셩부른 풀은 쎡입브터 알아본다고 사름 될 것은 연골 쌔브터 아ᄂ니라
뎌 년이 뎌 쓸인 줄은 모로고 져의 아바지브터 나다려 심히 군다고 흘
터이지—

영진이가 그 학ᄃ를 당ᄒ면셔도 다만

잘못힛슴니다 다시ᄂ 안이 그리오리다

흘 쑨이오 한마디 말 ᄃ답이 업더라

---

28 도당록(都堂綠). 조선 시대에, 홍문관에서 교리(校理) 이하의 벼슬아치를 임명할 때의 기록.
부제학 이하의 벼슬아치들이 자격 있는 사람을 골라 올린 명단에 영의정 등이 다시 각각 적
격자를 골라 권점을 찍어 임금에게 올렸다.
29 턱 떨어진 개 지리산 쳐다보듯. 공연히 무엇을 바라보기만 하는 것을 비난조로 이르는 속담.
30 색책(塞責). 책임을 면하기 위하여 겉으로만 둘러대어 꾸밈.

셩씨가 한춤 그 모양으로 야단을 ᄒ다가도 한쥬ᄉ만 드러오면 씨슨 듯 부
신 듯 흑각으로 갈닌 듯 아모 혼젹도 안이 뵈이고 인졍이 쑥쑥 듯ᄂ 말로
　이이 영진아 내가 아모쪼록 너 사름 되라고 닐으ᄂ 것이니 아예 야속히
　듯지 말어라
　네가 집에 드라[31] 힝동 범졀이라던지 학교에 가셔 공부 과졍이라던지
　남들이 칭찬ᄒᄂ 것을 드르면 내가 엇지 됴흔지 츔이라도 츄고십더라
한쥬ᄉᄂ 아모 물식 모로고
　아모렴 어머니 교훈을 잘 드러야 사름이 되지 인졔ᄂ 집에 드러 잇슬 째
　와 다르다 아츰이면 일즉 이러나 셰슈를 얼풋 ᄒ고 학교에를 샹학 시간
　젼에 부즈런히 가거라 늣게 가면 만진으로 이다음 셩젹에 해가 된다더라
셩씨를 도라보며
　여보 뎌이 아츰밥을 일즉 먹여셔 학교를 보ᄂ이오 그리고 변쏘 한아를 사
　올 것이니 뎜심밥을 짭잘ᄒ 반찬이나 너어셔 싸주오
셩씨가 안이 나오ᄂ 우슘을 즈긔 남편 보ᄂ듸 ᄀ쟝 즈미나 잇ᄂ 듯이 우스며
　(셩) 어셔 샤랑으로 나가시오 사ᄂ량반이 별소리를 다 ᄒ고 계시지
　　내 어련히 잘 알아셔 아츰도 일즉 먹이고 뎜심도 싸줄나고 그리ᄒ시오
　(한) 예 나가리다
한쥬ᄉᄂ 벼슬에 인이 박힌 사름이라 날 곳 밝으면 눈을 부뷔고 모 대신 모
협판집으로 딕딕령[32]을 ᄒ야 도라단이노라고 집에 잇슬 시간이 얼마가 못
되니

31　'러'의 오류.
32　댁대령(宅待令). 대갓집에 늘 대령해 있다시피 붙어 있는 것을 이르는 말.

1912.1.10. 〈5〉

1912년 1월 10일

(五)

셩씨가 영진이 구박을 아모도 고긔ᄒ리[33] 업시 알쓸히 ᄒ것마는 영진이가 그만 소견이 업는 오히 굿ᄒ면 셜운 ᄉ졍을 져의 아바지에게 고자질로 ᄒ랴마는 졔 살이 써러지거니 ᄲ여가 부러지거니 혀를 씹을고 참으며 져의 아바지 보는 ᄃᆡ 일호[34] 불평ᄒᆞᆫ 눈치가 업시 일상 됴흔 낫빗으로 지ᄂᆡ니 한 쥬ᄉᆞ는 꿈인지 잠인지 도모지 졍신 모로고 지ᄂᆡ더라

학교라 ᄒᆞ는 ᄃᆡ는 이왕 촌학구[35]가 관이나 모로 쓰고 스ᄃᆡᆨ거리며 텬황씨는 이목덕으로 왕이니 이십삼 년이라 초명진대부 위ᄉ 죠격 한건이니 ᄒᆞ는 소리로 고릐ㅅㅅ 질으며 규칙 업시 가ᄅᆞ치던 글과 굿지 안이ᄒᆞ야셔 샹학[36] 시간이 가량 샹오[37] 아홉 시면 그 시간 전에 의례히 학교에를 가야지 만일 그 시간이 오 분만 지나도 샹학을 허락지 안이ᄒᆞ고 츌셕부에 만진을 달고 하로만 츌셕을 못 ᄒᆡ도 흠뎜을 쏙ㅅ 달앗다가 학긔 시험 ᄲᅢ 근만뎜[38]을 감ᄒᆞ는 고로 남녀간 ᄌᆞ식을 학교에 보ᄂᆡ는 집에셔는 ᄉᆡ벽 이러나 아츰 밥을 지어 지쵹ᄒᆞ야 멕여 보ᄂᆡ고 교과셔는 과졍이 변ᄒᆞ는 ᄃᆡ로 공칙 연필은 얼마간 쓰는 ᄃᆡ로 소졍의 월슈돈[39]을 ᄂᆡ셔라도 군식홈이 업도록 련히

---

33 고긔(顧忌)하다. 뒷일을 염려하고 꺼리다.
34 일호(一毫). 한 가닥의 털이라는 뜻으로, 극히 작은 정도를 이르는 말.
35 촌학구(村學究). 시골 글방의 스승.
36 상학(上學). 학교에서 그날의 공부를 시작함.
37 상오(上午). 오전.
38 근만점(勤慢點). 학교나 직장에서 구성원의 부지런함과 게으름에 대하여 매기는 점수.
39 월슛(月收)돈. 원금과 이자를 다달이 나누어서 갚아 나가기로 하고 빚을 얻어 쓰는 돈.

사쥬고 시험 째를 당ᄒ면 육미 부치를 아못조록 든々히 멕여가며 부즈
러니 복습을 식여 락뎨를 안이ᄒ도록 ᄒ야도 미거ᄒ[40] 즈식은 공부를 셩
실히 못 ᄒ거던 영진이는 입학 이후 몃々 히를 아츰 한 번 졔째에 엇어먹
어 보지를 못 ᄒ고 오즉 엇져녁에 져 먹던 찬밥덩이를 찬물에 쑥々 쩌셔
먹고 단일 짜름이지 졔법 남의 집 ᄋ히들 모양으로 더운밥이라고는 웃노
라고 한 번 구경도 못 ᄒ야 보앗슬 쑨외라 삼ᄉ 월 길고 긴 히에 뎜심 한째
슝늉 한 목음 못 마셔 보니 ᄋ히가 즈연 들피[41]도 날 터이오 교과셔가 갓
츄 잇나 공칙연필이 남과 ᄀᆺ치 잇나 억기넘어로 동모 ᄋ히의 칙도 보고
습독ᄒ고 헌 휴지쪽 닉버린 연필 동강을 엇어 가지고 열심으로 공부를 ᄒ
ᄂᆫ듸 한쥬ᄉ가 그 쓸을 위ᄒ야 그 뒤를 넉々히 되여쥬지 안이ᄒᆯ 즈이는
안이언마는 셩씨가 즈긔 남편다려 일샹 ᄒᄂᆫ 말이

　영진이 공부ᄒᄂᆫ 젼후 범빅[42]은 내가 다 알아 담당ᄒᆯ 것이니 도모지 알
　안곳 말으시고 이다음 ᄉᆫ긔즈식이 나셔 학교에를 단이거던 그것이나
　담당ᄒ야 보아쥬시오 내가 아모리 변々치는 안이ᄒ나 그이 한나의 학
　교 뒷바릇지야 잘ᄒ야 쥬지 못ᄒ릿가

한쥬ᄉ가 감아니 싱각ᄒᆫ즉 즈긔 소싱도 안인듸 그쯤 곰압게 싱각ᄒᄂᆫ 것
을 부즐 업시 이리 히라 뎌리 히라 간셥을 ᄒ면 도로혀 유소여하히 알 뜻
십어 눈 짝 감ᄉ고 아조 쓰러맛겨 둔 탓으로 영진의 그 고싱ᄒᄂᆫ 것을 젼
연히 몰낫더라

문쟝은 곤궁ᄒᆫ 듸셔 난다는 녯말이 쏙 올토다 영진이 그 구ᄎᆞ홈을 견듸며
엇더케 공부를 잘ᄒ던지 시험 과졍마다 럭락업시 쏙々 일공々을 ᄒ니 일

반 교수 임원은 뎨일 긔특 신통ᄒ게 녁이고 ᄀᆞᆺ흔 반 학도들은 은근히 싀 긔도 ᄒ고 미워도 ᄒ나 감히 듯ᄂᆞᆫ 듸ᄂᆞᆫ 무에라 말을 못 ᄒ고 못 듯ᄂᆞᆫ 듸ᄂᆞᆫ 져의씨리

영진이ᄂᆞᆫ 션싱님이 특별히 알아쥬셔〻 시험은 잘 치루거니 못 치루니 우등을 의례 식이ᄂᆞᆫ 것 우리도 웃지면 영진이쳐럼 션싱님게 잘 뵈야 우 등을 ᄒ야볼ㅅ고

남학도와 달나 녀학도ᄂᆞᆫ 소견이 편협ᄒ야 이런 만불근리[43]흔 말을 일슈 잘 ᄒ더라

이날 영진이가 학교 시험을 치루고 여러 동모 학도와 ᄀᆞᆺ치 오다가 다른 학도들은 제각기 제 집으로 가고 져 홀노 슌라ㅅ골 긴 담을 도라 곱흔 비 를 움켜잡고 간신히 호동 져의 집에를 드러오노라니 즁문턱에를 겨오 발 ㅅ길이 당도ᄒᆞᆽ 져의 어머니가 녁이야 신이야 ᄒ며 빅판 터문이 업ᄂᆞᆫ 말 로 졔 흉을 잡아늬ᄂᆞᆫ듸 져의 아바지조ᄎ 무음이 변ᄒ얏ᄂᆞᆫ지

에— 고약흔 년 에— 요망흔 년 뎌것을 쟝ᄎ 무엇에다 쓰나 싀집이라고 보늬면 제 어미아비 낫을 여디업시 ᄭᆞᆨ기게 홀 터이지

ᄒᆞᆫ 말을 드르니

에그 인졔ᄂᆞᆫ 아바지마ᄌ 나를 그른 것으로 알으시니 이 신셰가 살아 무 엇ᄒ나

십은 무음이 드러 텬디가 아득ᄒ야지며 하염업ᄂᆞᆫ 눈물이 나ᄂᆞᆫ 것을 억 지로 진뎡을 ᄒ야

1912.1.11. 〈6〉

(六)

초마ㅅ자락으로 두 눈을 흔젹 업시 이리뎌리 씻고 안으로 드러간 것이라 이째 성씨가 마조 미다지를 열고

　　오날은 일즉 나오ᄂᆞᆫ구나 어셔 드러오너라

ᄒᆞ며 늬다보다가 영진의 얼골을 유심히 다시 보다가 별안간에 두 쌤이 붉으락 푸르락ᄒᆞ며

　　(성) 이 이 너 웨 울엇늬 엇의가 압흐냐

　　(영) 아모 듸도 압푸지 안이ᄒᆞᆷ니다

　　(성) 그러면 시험을 치루다가 교ᄉᆞ에게 칙망을 드럿늬

　　(영) 교ᄉᆞ에게 아모 칙망도 안이 드럿셔오

　　(성) 압흐도 안코 칙망도 안이 드럿다며 얼골이 물 푼 쪽박이 되도록 울기ᄂᆞᆫ 무슨 곡졀이냐

　　(영) 울지 안이ᄒᆞᆻ슴니다 칠판 밋헤 가 넘오 갓가히 안져 쳐다보앗더니 분필ㅅ가루가 눈으로 드러가 거북ᄒᆞᆸ기 한춤 부볏더니 울은 것 ᄀᆞᆺ힛나 보이다

성씨가 혀를 툭々 츠며

　　(성) 나ᄂᆞᆫ 일상 뎌 이 뎌려ᄂᆞᆫ 것 졍쎠러지더라 내가 아모리 졔 눈에 차지를 못 ᄒᆞ더릭도 ᄆᆞᄋᆞᆷ에 익쳐러워서 지셩으로 무럿스니 션은 이러ᄒᆞ고 후ᄂᆞᆫ 이러히셔 울엇다고 바로 말을 ᄒᆞᆯ 것이지 학교가 예셔 엇원듸

게셔 부빈 눈이 집에섯지 오도록 눈물이 덜 말낫셔 나는 아조 텬치로만
아는구나

한쥬스가 영진이 드러오기 전브터 셩씨의 알ㅅ소ᄒᆞᆫ 말을 듯고 쑤짓고
잇던 추에 모녀가 셔로 문답ᄒᆞᄂᆞᆫ 거동을 보더니 엇줍지 안인 불ㅅ덩이가
와락 치밀어셔 무죄ᄒᆞᆫ 영진을 죽일 것 잡도리ᄒᆞ듯 ᄒᆞᆫ다

이년 진작 뒤어져 어미 아비의 낫 싹기지 말어라 웨 계집이 년이 툭ᄒᆞ
면 홀짝ㅅㅅ 울면셔 엇지히 우ᄂᆞ냐 히도 듸답도 안이ᄒᆞᄂᆞ냐 정녕 뎌 년
이 집에셔처럼 소견 업시 ᄒᆞ다가 동모 학도와 싸홈을 ᄒᆞᆫ 것이지

이년 싸홈은 무슨 승젼고나 울닐 일 잇더냐 그러케 싸홈을 즐길 터이면
일아 젼징 째에 엇의 갓더냐 ᄌᆞ원츌젼을 못 ᄒᆞᆺ스니

ᄒᆞ며 미를 들어 씨려쥬랴 ᄒᆞ니 셩씨가 달녀드러 그 미를 쎼앗스며

(셩) 여보 좀 춤으시오 춤을인ᄌᆞ 셋이면 살인도 도모ᄒᆞᆫ다오 번연히[44]
져 잘못히셔 미를 맛것마는 못된 바름은 슈구문[45]으로만 분다고 팔ᄌᆞ
사오나온 이년에게만 원망이 도라올 터이오

에그 내 속 썩는 것을 누가 알아 하나님이나 알고 쌍이나 알지 내가 그
러케 져를 언소반에 밧들듯 ᄒᆞᆫ것마는 하로 몇 번식 뎌 모양을 ᄒᆞ니 아
모것도 모로는 남들이야 나를 오즉 욕을 홀나구

(한) 욕은 누가 욕을 ᄒᆞᆫ단 말이오 고만두오 요란시럽소 그려기에 ᄌᆞ식
을 잘 두면 늙기에 호강도 ᄒᆞ고 ᄌᆞ식을 잘못 두면 욕급션조[46]를 홉닌다

(셩) 그려기에 누가 평싱에 무엇이라고 ᄒᆞ오 말이 낫스닛가 몇 마듸를
ᄒᆞ얏지

44　번연하다. '번하다'의 본말. 어떤 일의 결과나 상태 따위가 훤하게 들여다보이듯이 분명하다.
45　수구문(水口門). 성안의 물이 성 밖으로 흘러 나가는 수구에 만든 문.
46　욕급선조(辱及先祖). 자손의 잘못된 욕이 조상에게 미침.

에그 내가 한 가지 굽이쥐는 것은 졔게 향ᄒ야 의복 범졀에 턱々 돈을 드려 남의게 쒸어나게 히쥬지 못흔 것밧게 업소 그 역시 내가 어린 ᄌ식이 층々이 ᄌ라거나 친졍부치가 쥬례々々 잇스면 틈々이 ᄭ이고 멕이고 쌘돌녀 쥬노라고나 그리흔다지마ᄂ 아모ᄉ록[47] 죠반셕쥭[48]이라도 남의 집의[49] 가 구ᄎᆞ흔 소리 안이ᄒ고 ᄭᆯ려먹ᄌᄂ 싀[50]각으로 져를 겨오 헐볏기고 굼기지만 안이ᄒ[51]얏ᄂᄃ 지금 싱각ᄒ닛가 그것이 다 후회오구려

(한) 말을 안이히도 내가 임의 알앗소 요란시러우니 고만두오
이와 ᄀᆺ흔 풍파가 하로가 멀다 ᄒ고 나니 셜운 ᄉ졍 한 마듸 향ᄒ야 할 ᄃ 업ᄂ 영진의 간쟝이 엇더ᄒ리오

우즁지 사름의 참아 못 견딀 일은 셩씨가 외면이 번즈구러ᄒ게 ᄒ고
공부ᄒᄂ 으히를 여러 사름이 펼ᄉ젹 들낙 날낙ᄒᄂ 안ᄉ방에 둘ᄉ 슈가 잇나 해공[52] 안이 되도록 죵용흔 ᄃ에셔 거쳐ᄒ게 ᄒ여야지
ᄒ고 뒤ᄉ방 구셕에다 두고 날이 치우니 불을 덥게 ᄯᅵ여쥬나 밤이 되니 등유를 넉々히 ᄃᆡ여쥬나

---

47 ‘아모ᄉ조록’의 탈자 오류.

48 조반석죽(朝飯夕粥). 아침에는 밥을 먹고, 저녁에는 죽을 먹는다는 뜻으로, 몹시 가난한 살림을 이르는 말.

49 ‘에’의 오류.

50 ‘싱’의 오류.

51 ‘ᄒ’의 오류.

52 해공(害工). 힘써 하는 일을 방해함.

1912. 1. 12. 〈7〉

 한국 근대 신문 최초 삽화 게재 소설 자료집—춘외춘(春外春)

1912년 1월 12일

(七)

겨울이면 열 놈이 부듯는[53] 호게 찬바롬이 휘이 돌아 네 벽에는 성에가 눈 싸이듯 혼중[54] 방ㅅ바닥은 쎄가 저리게 치곳아 올나오고 여름이면 희여진 방ㅅ바닥 쓸러진 벽틈에셔 벼룩 빈듸가 들셕々々호야 젼신이 콩멍셕이 되더라

고초를 그와 굿치 격는 일로 호야 영진의 무던흠을 더욱 알니로다 학교에를 가나 집에 잇스나 일샹 흔연호 얼골이오 조곰도 불평호 ㅅ식을 뵈이지 안이흠으로 동리 사름이나 학교의 교ㅅ도 한쥬ㅅ의 가늬지ㅅ는 김히 모로고 그 부모가 착히셔 뎌 으희가 뎌리호거니 할 따름이러니

약호 긔질에 빅 가지 고초를 모다 당호니 병인들 엇지 나지 안이호리오 영진이가 하로는 학교에 가셔 곱흔 빅를 억지로 춤ㅅ고 샹학을 호다가 시간을 간신히 맞친 후 집으로 도라와 걸네를 쎄라 방을 치우노라니 별안간에 머리를 휘잡아 늬둘으며 정신이 앗득호야 그 자리에가 그듸로 쓰러 빅힐 디경이라 간신히 ㅈ긔 쳐소로 긔여와셔는 인히 툭 쓰러져 불셩인ㅅ[55]를 호고 알는듸

병이라 호는 것은 완급이 잇셔 완々호[56] 병은 완々호게 치료를 호듸도 큰

---

53 '눈듯'의 글자 배열 오류.
54 한중(寒中). 가장 추운 계절.
55 불성인사(不省人事). 제 몸에 벌어지는 일을 모를 만큼 정신을 잃은 상태.
56 완완(緩緩)하다. 동작이 느리고 더디다.

탈은 업스려니와 급속ㅎ면 병은 급히 치료치 안이흔 첨병[57]되기가 십상
팔구[58]어늘 불상타 영진이가 그 모양으로 혼도[59]를 ㅎ얏스니 불공ㄷㅣ텬지
슈[60] 안인 바에 아모라도 급々히 셔들러서 일변 빅비탕[61]을 쎠넛는다 통
긔흘 약을 구ㅎ ㅣ멕인다 일변 슈죡쟝심[62]을 문질은다 의ㅅ 불너 ㅅ관을 튼
다 흘 터인듸 소위 셩씨는 엇지된 위인인지 영진이가 그 모양으로 다 죽
게 되야 제 쳐소로 긔어가는 모양을 보고도 모로는 체 늬버려두고 방에
불 한 것음 너어쥬라 분별 한 마듸 업시 시침이를 쑥 쎄여 그 밤이 지나 그
잇흔날 한나졀 되도록 이럿탄 말이 업스니 계집에 한바리에 실을 싹이 업
시 고혹흔 한쥬ㅅ는 아츰밥을 ㄷㅣ ㅎ야 그제야 싱각이 나던지

  (한) 엇지히 영진이를 볼 슈가 업소 벌셔 학교에ㄹ 갓소 안이 오날이 쥬일
  인듸

  (셩) 학교가 다 무엇이오 어졋게 학교에서 나오다가 제 동모에 집에 가
  무엇을 과식ㅎ얏던지 체히셔 알는다오

  (한) 계집이 년이 학교에서 나아오면 바로 집으로 올 것이지 남의 집에
  ㄹ 단이면 비탈이 나도록 쳐먹고 단여 사름 못된 것은 ㅅ록々々 못된
  짓만 ㅎ지 안나

  (셩) 에그 요란시럽소 자셰 알으시도 못ㅎ고 웨이리 쎠드시오 ㅅ즉ㅎ
  고 밥을 안이 먹는 것을 보닛가 내 료량에 그런듯 십다는 말이지 제가
  리약이를 힛소 내 눈으로 보기를 힛소 에그 그럿턴지 뎌럿턴지 어셔 낫

기나 ᄒᆞ엿스면 됴킷구면 여러 날 알커나 ᄒᆞ면 엇더케 ᄒᆞ나

그 집에 로파 하나이 다니ᄂᆞᆫ듸 바른말 잘ᄒᆞ기로 유명ᄒᆞ야 셩씨의 미움을 한업시 밧ᄂᆞᆫ듸 그미운 듸로 말ᄒᆞ면 셩씨가 벌셔 싸리말을 티엿스련마ᄂᆞᆫ 그 로파가 한쥬ᄉᆞ 아버지 졋동싱[63]으로 인히 눌너 한쥬ᄉᆞ의 유모가 되야 한쥬ᄉᆞ를 업어 길는 공로가 잇슴으로 감히 괄시를 못 ᄒᆞᄂᆞᆫ 터이라 셩씨의 힝동을 보면 그집 문젼에 발을 드리드릴 싱각이 업지마ᄂᆞᆫ 졍슉이가 보고 십어 몃칠에 한 번식을 의례히 단여가더니 그날 맛춤 ᄯᅩ 오다가 영진이 알ᄂᆞᆫ다ᄂᆞᆫ 말을 듯고 급히 뒤ㅅ방으로 드러가 본즉 영진이가 졉친 듯이 누어 알ᄂᆞᆫ듸 방안이 빙셜 ᄀᆞᆺ고 약 한 첩 못 엇더먹은 모양이라 머리도 집허쥬고 다리도 줌을너쥬며 비죽々々 울다가 그 길로 안ㅅ방으로 쮜여드러와셔

여보 싱사름 죽겟소 자근ᄋᆞ씨가 대단히 위중ᄒᆞ게 알ᄂᆞᆫ 모양인듸 방에 불이나 덥게 ᄯᅵ여 드리지오 미음이나 좀 쑤어 쥬셧나요

셩씨가 자긔 남편 입에셔 말이 나오기 젼에 발씸브터 ᄒᆞ노라고 분쥬불가[64] ᄒᆞ다

(셩) 어멈은 호통도 씀즉이ᄂᆞᆫ ᄒᆞ네 그 방이 소견업시 그러케 쉬 식ᄂᆞᆫ다네 ᄯᅩ 그려고 그 의가 방이 더운 것을 됴화 안이ᄒᆞ기에 아즉 ᄯᅵ지를 안이힛다네

어멈도 지ᄂᆞᆫ보앗거니와 그의가 엇의룰 좀 알키만 ᄒᆞ면 미음 말고 아모 것은 입에나 된다던가 좀 감셰[65]가 잇셔 입맛이 돌라야 미음이고 무엇이고 ᄒᆞ야쥬지

로파가 화를 버럭 ᄂᆡ며

---

63 젖동생. 자기의 유모(乳母)가 낳은 아들이나 딸.
64 분주불가(奔走不暇). 몹시 바빠서 겨를이 없음.
65 감세(減勢). 권력이나 바람, 병 따위의 기운이 수그러듦.

1912.1.13. 〈8〉

(八)

방이 쉬 식기는 언졔 불을 쩌기나 ᄒ셧슴닛가 알는 사름이 구미가 업셔 먹기 실틔도 아모ㅅ조록 이것뎌것 먹도록 권히야 ᄎᄎ 입맛을 붓잡을 터인듸 실타고 흔다 ᄒ고 늬버려 두오 어셔 좁쌀이나 좀 쥬시오 속미음을 쑤어다 드려보게 나모는 엇의 잇소 방에 거닝[66]이나 ᄒ게

ᄒ고 나모ㅅ광을 뎌의 집 광 열듯 턱ᄾ 열어 졧치고 일변 불을 덥도록 쩌며 일변 속미음을 졍ᄒ게 쑤어 영진에게 간졀히 권ᄒ야 얼마쯤 마시게 흔 후 다리 팔을 시원ᄒ도록 쥼을너 쥬다가 밤이 이슥흔[67] 후 ᄌ긔 집으로 도라 왓더라 로파가 그와 ᄀᆺ치 지셩시럽게 ᄒ니 셩씨는 영진을 아모리 ᄌ긔 속으로 낫치는 안이힛더리도 모녀의 명의가 잇스니 십분 곰아올 쯧ᄒ것마는 곰압기는 고샤ᄒ고 도로혀[68] 소리 업는 총이 잇스면 탕 노아 죽이고 십은 ᄆᆞ음이 나셔 한쥬ㅅ 들을 만치 외방포로

우리집은 뎌 늙으니로 ᄒ야 큰 망신홀썰 ᄀᆞ쟝 영진에게 졍셩이나 대단히 쌔치는 듯이 불을 쩌네 미음을 듸려다 쥬네 야단법셕을 달늬 힛나 쳣ᄌᆞ는 내 모양 ᄉᆞ오납게 만들고 둘ㅅᄌᆞ는 졔 랑탁[69]ᄒᄌᆞ는 경륜[70]이지 에그 셰샹에 별 위인도 다 보앗지 졔가 쌀 나모가 구간ᄒ거던[71] 바로 션

은 이러뎌러ᄒ고 후ᄂᆞᆫ 이러뎌러ᄒ니 쌀ㅅ되라던지 나모ㅅ단을 달나고
ᄒᆞ얏스면 등으로 보나 날로 보나 다쇼간 구졔 안이ᄒᆞ야 줄나구

그 본식로 닝방에다 두엇ᄂᆞ니 먹을 것을 안이 쥬엇ᄂᆞ니 뒤써드러 쳘모
르ᄂᆞᆫ ᄋᆞ히 듯ᄂᆞᆫ듸 내가 몹시 굼ᄂᆞᆫ 모양을 만들고 불을 쩌ᄂᆞᆫ 쳬 나모도
훔치고 미음을 쑤ᄂᆞᆫ 쳬 쌀도 훔치ᄂᆞᆫ 것을 내가 모로고 아모 말도 안이
ᄒᆞᄂᆞᆫ 줄 알더라마ᄂᆞᆫ 내가 비록 어슈룩은 ᄒᆞᆯ지언졍 먼져 알고 잇스나 졔
가 무안히 ᄒᆞᆯ갑아 눈을 감아 두엇ᄂᆞᆫ듸

그러나 뎌러나 집에셔나 그 모양으로 써들고 밧게 나가 남 듯ᄂᆞᆫ 듸나
짓거리지 말앗스면 샹덕이련마ᄂᆞᆫ 그 수다스러온 입으로 봉인□ 셜을
ᄒᆞ면 나의 쏭친 막듸 되ᄂᆞᆫ 것은 시들ᄒᆞ고머ᄂᆞᆫ ᄉᆞ늬량반ᄉᆞ지 갓을 못 쓰
고 나셔시게 믿드러 놋켓지

에그 그 마누라 드러오ᄂᆞᆫ 발ㅅ자최만 드러도 지긋지긋ᄒᆞ지

한쥬ᄉᆞ가 듯다가 마쥬 나오며 쳐엄에ᄂᆞᆫ 톄통을 츠려서

한)[72] 에— 요란시럽소 쏘 드러오다가 드르리다 그 늙으니가 우리집에ᄂᆞᆫ
대단히 유공ᄒᆞᆫ[73] 사름이오 망령이 나셔 그러ᄂᆞᆫ 것을 ᄀᆞ랠 것이 무엇 잇소

(셩) 여보 듯기 실소 유공ᄒᆞᆫ 사름이면 아모러케 ᄒᆞ야도 관계치 안탄 말
이오 망령은 그 나에 망령이 나면 몃 히만 더 지늬면 집에다 불을 싸노
아도 아모 말을 못 ᄒᆞ겟구려 졍 각ᄽ 흉 각각[74]으로 잘못ᄒᆞᄂᆞᆫ 일이 잇
거던 싹 무질너 남으랫스면 다시 그런 버릇을 못 ᄒᆞ지오

(한) 내 ᄌᆞ식 병구원ᄒᆞᆫ다고 그러ᄂᆞᆫ 것을 무엇이라고 남으런단 말이오
아모럿케 짓거린듸도 눌너 드럿스면 고만이 안이오

---

71 구간(苟艱)하다. 몹시 구차하고 가난하다.
72 '한' 앞에 '(' 누락.
73 유공(有功)하다. 공로가 있다.
74 정 각각 흉 각각. 정이 있어도 흉이 보일 수 있고 흉이 있어도 정이 깊어질 수 있다는 말.

(셩) 열ㅅ 번 찍어 안이 넘어가는 나모 잇답더닛가 한 번 들어 두 번 들
으면 그 마누라 말을 졈々 올케 듯고 나만 그른 년으로 넉일 터이오구
려 에그 싱각되로 ㅎ시구려 나ㄱ치 쓸 ㅈ식 하나 못 난 년을 그런 데일
가게 유공흔 마누라만치 알으시겟소
 소경 기천 남으리 무엇ㅎ나 눈먼 졔 탓이나 ㅎ지[75] 나 중미ㅎ던 년놈이
엽헤 잇스면 쌤 안이 씌릴 쇠쌀[76]년 업셔 쟝안[77] 만호[78] 허구만은 혼쳐
를 다 늬버리고 하필 나를 젼실[79] ㅈ식 잇는 이 집에 후취로 지시를 하
야 밤낮 속이 타다타다 못ㅎ야 아조 슛등걸[80]이 되게 ㅎ야쥬지
 (한) 밋치나 달음 업는 것의 말을 고지들을 리가 잇소 고만두오
그 로파는 셩씨가 미워ㅎ나 어엽ㅅ버ㅎ나 다 샹관 안이ㅎ고 날마다 영진의
병셕에를 죵々 와 잇셔 한갈ㄱ치 슈응[81]을 ㅎ야 쥬는되
셩씨는 로파가 영진의 방에 드러 안진 것만 보면 열ㅅ 가지 볼 일을 다 졋쳐
노코 보션발로 감안々々히 가셔 창밧게 귀를 기우리고 엿듯다가

---

75 소경 개천 나무랄 것 있나 제 눈 탓이나 하지. '소경 개천 나무란다'와 비슷한 속담. 개천에 빠
   진 소경이 제 결함은 생각지 아니하고 개천만 나무란다는 뜻으로 자기 결함을 생각지 아니
   하고 애꿎은 사람이나 조건만 탓하는 경우를 비유적으로 이르는 말.

76 쇠딸. 수양딸.

77 장안(長安). 수도라는 뜻으로, '서울'을 이르는 말.

78 만호(萬戶). 아주 많은 집.

79 전실(前室). 남의 전처(前妻)를 높여 이르는 말.

80 숫등걸. '등걸숯(나무뿌리나 등걸을 구워 만든 숯)'의 옛말.

81 수응(酬應). 요구에 응함.

1912.1.14. ⟨9⟩

(九)

하로는 무슨 말을 드럿는지 얼골빗이 싀파랏케 질니어 안ㅅ방으로 드러
오더니 머리를 싸고 아리목에 가 벽을 안고 도라누어 니를 보도독 ㅅㅅㅅ
갈며 안ㅅ간님만 쏭ㅅ 쓰는듸 한쥬ㅅ가 엇의를 갓다가 시장ㅎ던지 분주
히 옷 섿을 썰으며 드러오면셔

　밥이 다 되얏소 어셔 좀 츠려 쥬오

젼 굿ㅎ면 마조 나오며

　웨 시쟝ㅎ시오 어셔 드러와 안지시오구려 진지를 츠려올 것이니

ㅎ얏슬 셩씨가 이럿타 듸답이 도모지 업는지라 심중에 쑬의 방에 병치료
를 ㅎ러 가고 업나 ㅎ야 쏘 한 마듸를

　방에 사름이 업나 아모 듸답이 업게

역여시[82] 아모 말이 업는지라 그 방에 사름이 업거니 ㅎ고 방문을 드르륵
열고 드러가니 셩씨가 아리목에 가 졉친 듯이 누어 잇는듸 듸답을 안이ㅎ
얏는지라 한쥬ㅅ가

　녀편네가 무슨 낫잠을 사름이 드는지 나는지 모로고 ㅈ느냐

칙망을 ㅎ랴다가 다시 싱각이 들기를

　허ㅅ 영진이가 셩히셔는 잘ㅎ느니 못ㅎ느니 히도 틈ㅅ이 쓸레질도 ㅎ고
　물 신부름도 ㅎ야 쥬더니 일ㅅㅈ 그것이 알아누은 이후로 ㅈ긔가 약ㅎ 긔

---

[82]　역여시(亦如是). 이것도 또한 마찬가지로.

질에 겸노샹뎐[83]으로 잠시 편히 안져보지 못ᄒ더니 필경 몸살이 난 것이 로구

ᄒ야 옷도 밋쳐 못 벗고 갓가히 안져 머리를 집허보며

　(한) 엇의가 압ᄒ오 아마 몸살이 낫나보오구려

　(셩) · · · · ·

　(한) 잠이 드럿소 듸답이 업게

　(셩) · · · · ·

　(한) 글셰 웨 말을 안이ᄒ오

　(셩) · · · · ·

한쥬ᄉ가 슬몃이 화가 나셔 소리를 버럭 질너

　사름이 이럴 수가 잇나 긔 ᄭ거니 돗 ᄭ거니 소위 가쟝이 지지지삼[84] 무르니 바로 당쟝 죽을 병이 들기 젼에는 무슨 듸답이 잇겟지

셩씨가 그졔야 니를 보도독 갈고 줌억으로 벽 한 번을 쌍 치며

　에구 나 ᄀ튼 인싱이 살아 무엇ᄒ나

한쥬ᄉ가 엇진 곡졀은 모로고 심히 당황ᄒ셔 셩씨의 억기를 잡아 돌니며

　(한) 여보 나 좀 보오 무슨 곡졀이 잇길ᄂ 이리ᄒ오

　(셩) 에구 곡졀은 알아 무엇ᄒ오 나 하나 죽엇스면 다 관계치 안이ᄒ걸

　(한) 그게 무슨 소리란 말이오 누가 무엇이라 흡더닛가 쳔이 웨자ᄒ더린도 내가 아모 말을 안이ᄒ거던 감아니 잇소

셩씨가 쌍ᄉ벌 쏘듯ᄒ는 소릐로

　(셩) 감안이 잇셔오 아모 못 드를 말을 드러도 감아니 잇슬가오 감아니 잇지 나 ᄀ치 권리 업고 잔피흔[85] 년이 감아니 잇지 아니ᄒ면 별슈가 잇겟소

83　겸노샹젼(兼奴上典). 종을 거느릴 형편이 못 되어 종이 할 일까지 몸소 하는 가난한 양반.

84　지재지삼(至再至三). 두 번 세 번이라는 뜻으로, 여러 차례를 이르는 말.

(한) 아모리 분졍지도기로 무슨 말을 그러케 ㅎ오 누가 권리 업고 찬[86]
피ㅎ다고 말을 흡더닛가

(셩) 말은 드러 무엇ㅎ시랴오 곳득이나 뒤ㅅ공론이 심흔 집안에 에그
말 무셥소

(한) 이 집안에 뒤ㅅ공론 홀 사름이 누구란 말이오 영진이 년이 무엇이
라고 ㅎ던가 보구려

(셩) 당신 모음에도 그럴 쯧은 십소 나 곳흔 어미가 졔게 샹관이 잇소
조샹 늙으니보다 더흔 마누라님 한 분이 졔일이지 그리기에 밤낫 마쥬
붓허 안져셔 업는 흉 잇는 흉 만슈바지[87]를 ㅎ지

오냐 너의들이 흉 말고 아모것을 본듸도 내 죄 업스닛가 아모 겁 업다
오날 밤이라도 모진 목숨 하나 슨어졋스면 녀의들 오쟝이 시원흘 터이지

(한) 도모지 셕이어멈을 우리 집에 얼신을 못ㅎ게 ㅎ여야지 그 마누라
가 공연히 펄젹 드나들더니 계집으희신지 버려노앗셔 젼에는 그다지
괴악지는ㅅ[88] 안이ㅎ던 즈식이 아조 망칙ㅎ야졋셔 그릭 무엇이라고 마
누라 말을 ㅎ더란 말이오

(셩) 속 시원ㅎ게 좀 드러 보랴오 계집이가 「내가 웨 이러케 알는 줄 알
오 어머니가 나를 미워 시ㅅ째ㅅ로 방즈[89]를 한 탓으로 이 모양으로 셩
치를 못ㅎ지」ㅎ닛가 마누라쟝이는 「어머니가 다 무엇이오 그분네가
자근으씨를 낫소 어머니라고 ㅎ게

1912.1.16. 〈10〉

1912년 1월 16일

(十)

풀 속에 머리를 너은 동나무 쟝ᄉᆞ의 ᄯᆞᆯ로 량반의 ᄃᆡᆨ으로 싀집을 왓스니 ᄀᆡ골리 올창이ᄉ 적 ᄉᆡᆼ각을 좀 ᄒᆞ얏스면 됴흐련마는 ᄀᆞ쟝 ᄌᆞ긔가 뎨일인 쳑ᄒᆞ고 에구 안이ᄭᅩ아라 열흘 붉은 ᄭᅩᆺ이 업고 십 년 셰도가 업다고 나으리 한 분만 도라셔 가보아 ᄀᆡ밥에 도토리가 될 터인ᄃᆡ」 ᄒᆞ며 져의ᄭᅵ리 쎗코 ᄶᅡᆸ으르고 별ᄉᆞ ᄉᆡᆼ사ᄅᆞᆷ 잡을 소리를 다 짓거리ᄂᆞᆫ 것을 들엇소마ᄂᆞᆫ 내 가슴이 메여지게 분심이 팅즁히셔 말을 못 다ᄒᆞ겟소

한쥬ᄉᆞ가 그 말을 듯더니 눈ᄉ귀가 실쪽ᄒᆞ야지고 입ᄉ살이 벌넝ᄉᆞᄉᆞᄒᆞ더니 당쟝 사ᄅᆞᆷ을 몃치나 박술을 ᄂᆡᆯ 듯이 방 웃목 구셕에 잇ᄂᆞᆫ 방망이를 집어 들고 ᄆᆡᆼ셰 한 마ᄃᆡ를 쥬홍ᄉ덩이ᄀᆞᆺ치 ᄶᅦ어부친다

에— 망ᄒᆞᆫ 놈의 집안도 잇다 한 박[90]망이로 모조리 ᄶᅵ려 부슈고 이놈의 집안을 둘너업헛스면 도모지 이ᄭᅩᆯ더ᄭᅩᆯ 안이 볼 터이다

ᄒᆞ며 뒤문을 열고 영진의 쳐소로 쒸어가랴 ᄒᆞ니 셩씨가 부녀간 리간을 붓치랴고 셕이어멈의 대쇼롭지 안인 말에 챠포오졸 몃 갑졀을 보ᄐᆡ여 말질을 ᄒᆞ얏ᄂᆞᆫᄃᆡ 한쥬ᄉᆞ의 셔드ᄂᆞᆫ 픔을 보닛가 말 한마ᄃᆡ 참ᄉ지를 안이ᄒᆞᆯ 모양인ᄃᆡ 만일 ᄌᆞ긔의 증연부익[91] ᄒᆞᆫ 소리를 발포 곳 ᄒᆞ면 고긔[92] 업ᄂᆞᆫ 셕이어멈이 감아니 당ᄒᆞᆯ 리가 만무ᄒᆞᆯ지라 와락 달녀드러 허리ᄭᅴ를 검쳐 잡으며

90 '방'의 오류.

91 증연부익(增衍附益). 더 늘려서 보태어 말함.

92 고기(顧忌). 뒷일을 염려하고 꺼리는 것.

(셩) 웨 이리 야단이오 갓득이나 못 먹겟다고들 ㅎ는 나를 아조 몹슬 고에다 너으랴남 글세 춤고 이리로 드러오셔오

(한) 에— 춤ㅅ기는 무엇을 춤아 불으터 난 김에 무슨 본보기를 늬고 말어야지

(셩) 본보기 말고 아모것을 늬신듸도 내 말을 좀 드르시고 츠々 ㅎ시구려

(한) 말이 무슨 말이오

ㅎ며 말지 못ㅎ야 쓸녀 드러가 아레목에 가 안지며 입맛만 쎅々 다시고 담빗ㅅ듸를 싹々 털다가 혼ㅈ 한탄의 말이라

어— 집안이 쇠운[93]이 드닛가 쏠ㅈ식이남아 남의 ㅈ식들 곳지를 못ㅎ고 그 쇠락신니로 싱기어셔 시々로 내 속을 샹히 노으니 사름이 슬 슈가 잇나 진작 그 년을 죽여 업시던지 내가 죽어 모로던지 량단간에 ㅎ여야지

셩씨가 한슘을 휘이 쉬며

에구 요란시럽소 고만두시오 이탓뎌탓 홀 것 업시 다 내 괄[94]ㅈ소관[95]으로 그럿소

뎌는 내게 향ㅎ야 그 모양으로 졍이 쑥々 쩌러지게 뒤ㅅ공론을 ㅎ나 보오마는 압헤 눈먼 ㅈ식 한나 업는 내 ㅁ음에는 뎌를 내가 나으니에셔 조곰이라도 분간이 잇게 구럿스면 이 ㅈ리에셔 벼락을 오직 근々々々 말질 터이오

내외간이라도 내 속 이런 줄은 모로고 젼실 소싱[96]을 몹시 굴거니 ㅎ시리다마는 언으 몹슬 년이 어머니 업시 잘아나는 것을 불샹히 알지를 안이ㅎ겟소

---

93 쇠운(衰運). 점점 줄어서 약해진 운수.

94 '팔'의 오류.

95 팔자소관(八字所關). 타고난 운수로 인하여 어쩔 수 없이 당하는 일.

96 소생(所生). 자기가 낳은 아들이나 딸.

내 속은 일호[97] 거짓말 업시 이러ᄒᆞ니 즉금 죽더ᅡ도 가슴에 숫등걸이
다 된 것을 알아나 쥬시오

눈물은 어셔 그리 맛츰 ᄃᆡ령을 ᄒᆞ얏던지 두 눈에셔 닭의 똥굿치 쑥々 써
러지ᄂᆞᆫ지라 오장륙부에 일부ᄂᆞᆫ 업ᄂᆞᆫ 한쥬ᄉᆞ가 슬졈을 에이ᄂᆞᆫ 듯 간쟝이
말으ᄂᆞᆫ 듯ᄒᆞ야 마조 울며 안유ᄒᆞᄂᆞᆫ[98] 말이라

　여보 춤우 제 병이나 웨만치 낫거던 셤진 놈에게고 먹진 놈에게고 싀집
을 보내버렷스면 고만이오 분흔들 엇덧케 ᄒᆞ오

　(셩) 늬외간에 엇지면 뎌러케 ᄆᆞ음을 몰나 춤씨를 젹지안이 춤앗ᄂᆞᆫᄃᆡ
시슴시럽게 쏘 춤으라고 부탁이오 내가 원통ᄒᆞ고 분ᄒᆞᆯ 째마다 춤씨를
안이힛셔 보오 집안이 쟝도감[99]이 하로도 몃 번식 낫슬 터인ᄃᆡ 그런 줄
은 모로고 춤으라고 당부가 무슨 당부란 말슴이오

한춤 이 모양으로 졍신 업시 말을 쥬고밧ᄂᆞᆫᄃᆡ

별안간에 마당에셔 나모신 소리가 쓸각々々 나며

　쇠멩 々々

소리를 ᄒᆞᄂᆞᆫ지라 셩씨가 ᄒᆞ던 말을 쑥 긋치며 영창[100]을 방긋시 열고 늬
다보더니 ᄌᆞ긔 남편을 도라보며

　(셩) 에그 웬 옥가미샹[101]이 왓소

　(한) 물건 쟝ᄉᆞ인 게지 우리 집에 올 옥가미샹이 엇의 잇나

ᄒᆞ며 마루로 마쥬 나오니 엇더ᄒᆞᆫ 일본 부인이 고기를 조아례를 ᄒᆞ며

97　일호(一毫). 한 가닥의 털이라는 뜻으로, 극히 작은 정도를 이르는 말.

98　안유(安諭)하다. 안심하도록 위로하고 타이르다.

99　쟝도감(張都監). 큰 말썽이나 풍파를 이르는 말. 〈수호지〉에 나오는 장도감의 집이 풍파를
　　만나서 큰 피해를 입고 뒤죽박죽이 되었다는 데서 유래한다.

100　영창(映窓). 방을 밝게 하기 위하여 방과 마루 사이에 낸 두 쪽의 미닫이.

101　오카미상(おかみさん). 여주인, 여편네, 마누라 등을 이르는 일본어.

1912.1.17. 〈11〉

1912년 1월 17일

(十一)

써듬ﾉﾉ하는 죠션말로

　처음뵙습니다

셩씨가 졔법 교졔를 하야본 위인 ゛하면 아모리 초면이라도 어셔 이리 올나오라고 인도를 하련마는 남은 공슌히 인ᄉ를 하는듸 ᄌ긔는 덤ﾉ히 그듸로 셔셔

　어셔 왓소 누구를 보랴오

그 부인은 죠션에 여러 히 와 잇셔셔 습관(習慣)을 깁히 아는지라 조곰도 긔의치 안이하고 다졍한 말소리로

　예 나는 긔진녀학교 교ᄉ 하나다, 하루ᄉ고(花田春子) 올시다

셩씨가 그쌔는 괄셰하기가 어렵던지 강잉히[102] 우스며

　(셩) 예— 그러시오닛가 우리 영진이에게 말슴은 익히 드럿슴니다 어셔 드러오시오

하나다가 방으로 드러가 안져 련히 머리를 조아 례를 하며

　(하) 영진이 병이 좀 낫슴닛가 오틱 학교에 츌셕을 못하기로 궁금히셔 왓슴니다

　(셩) 에그 감샤하여라 하나다상이 안이시면 누가 그쳐럼 하심닛가 그 익가 우연히 알키 시작을 하더니 그져 낫지를 못하담니다

　(하) 영진이가 언의 방에 누어 알슴닛가 시간이 밧바 지체하고 잇슬 수

---

102 강잉(强仍)하다. 억지로 참다. 또는 마지못하여 그대로 하다.

업슨즉 잠간 보고 가겟슴니다

셩씨가 하나다의 영진을 보겟다ᄂᆞᆫ 말에 ᄃᆡᄒᆞ야 무엇이라 방셕은 ᄒᆞᄂᆞᆫ 수 업고 금침[103] 한아 변변치 못ᄒᆞᆫ ᄃᆡ셔 알코 드러누은 것을 뵈이기는 싹ᄒᆞ나 엇지ᄒᆞᆯ 도리가 업셔 은근히 입맛만 다시고 쥬져々々ᄒᆞ다가

  (샹[104]) 에그 쳔만 의외 말슴도 ᄒᆞ시지 내 집에 오신 것도 미안ᄒᆞᆫᄃᆡ 제 방 신지 엇지 차져가셔오 여긔 안져 계시면 뎌다려 와셔 뵈오라고 ᄒᆞ지오

  (하) 관계치 안소이다 내가 가셔 잠시 보고 가지오 알는 ᄋᆞ희다려 엇더케 오라고 ᄒᆞ여오

ᄒᆞ며 붓셕 가보겟다고 말을 ᄒᆞ니 셩씨가 ᄉᆞ셰부득[105]이 하나다[ ][106] 인도 ᄒᆞ야 영진의 쳐소로 가더라

그ᄊᆡ 영진이ᄂᆞᆫ 로파가 팔다리 줌을너 주ᄂᆞᆫ 것이 시원ᄒᆞ야 잠이 혼곤히[107] 들다가 셩씨가 드러오며

  이이 영진아 々々々々々 학교에셔 너의 션싱님이 오셧다

영진이가 션싱님 오셧다ᄂᆞᆫ 말에 깜짝 놀나며 반가온 ᄆᆞ음이 나셔 눈을 번쩍 써셔 하나다상을 쳐다보더니 몃 번을 니러나랴다가 현긔가 나며 방 안을 핑 잡아 늬둘너셔 도로 누으며 눈물만 흘니니 하나다상이 영진의 형상을 보고 대경소괴[108]ᄒᆞ야 머리맛헤 와 갓가히 안즈며 다졍ᄒᆞᆫ 말소리로

  (하) 이이 영진아 엇의가 옳하 그리ᄒᆞ늬 니러나지 말고 그ᄃᆡ로 누어 잇거라

  (영) 에구 션싱님이 오셧ᄂᆞᆫᄃᆡ 니러나지를 못ᄒᆞ겟네

---

103 금침(衾枕). 이부자리와 베개를 아울러 이르는 말.
104 '셩'의 오류.
105 사세부득(事勢不得). 어쩔 수 없는 상황 때문에 그렇게 할 수밖에 없음. 또는 그런 일.
106 문맥상 '롤'로 추정.
107 혼곤(昏困)하다. 정신이 흐릿하고 고달프다.
108 대경소괴(大驚小怪). 몹시 놀라서 좀 괴이쩍게 생각함.

(하) 오냐 관계치 안타 몸이 앏흔듸 엇지 니러나겟늬

그 다음브터는 영진의 머리도 집허보고 손도 만져보며 져 듯기 됴흔 말만 하야 ᄆᆞ음을 위로한다

네가 알키는 즁하게 알는다마는 좀 잇스면 ᄎᆞ々 낫겟다 네가 뎌 모양으로 병이 나도록 공부를 열심하야 하더니 이번 시험에 잇지방[109]으로 우등을 하얏더라 어서 조섭[110]을 잘 하야 니러나셔 포증장[111]도 밧고 진급 증도 밧어라 우리 학교 교쟝씌셔든지 교감 학감이시던지 여러 교수가 모다 네 칭찬을 쟈々히 하시더라

졔가 지리히셔 항혀나 텸병[112]이 될가 하야 그쯤 말을 하고 밧그로 나아와 셩씨다려

(하) 그런 줄을 몰낫더니 영진의 병이 대단히 위즁하오이다그려 진시 입원을 식이여 고명흔 의ᄉᆞ에게 진찰을 밧아야지 야미흔 쇽의의 약만 쓰다는 병도 못 치료하고 사름을 잡기가 십샹팔구인즉 부듸 하로밧비 입원을 식이시오

(셩) 졔 부모된 ᄆᆞ음에 입원 말고 무엇은 식이고 십지 안이하오릿가마는 붓그러온 말슴이나 간난이 원슈라고 양약은커녕 죠션 약텹도 ᄆᆞ음ᄃᆡ로 못 지어다 먹임니다 져를 위하야 누가그쳐럼 넘려를 하야 주시겟슴닛가 말슴만 드러도 감샤 무디하오이다

하나다가 교육계(敎育界)의 츌신으로 ᄌᆞ션심이 츙만하야 늬외디를 분간업시 동포를 극히 ᄉᆞ랑홀 뿐 안이라 ᄌᆞ긔의 뎨일 ᄉᆞ랑하는 데ᄌᆞ 영진이가 그곳치 병세가 침즁흔듸

---

109 이찌방(いちばん, 一番). 첫번째, 으뜸, 최고를 뜻하는 일본어.
110 조섭(調攝). 건강이 회복되도록 몸을 보살피고 병을 다스림.
111 '장증'의 글자 배열 오류. 포장증(襃奬證). 칭찬하고 장려하는 뜻으로 주는 증서.
112 첨병(添病). 앓고 있는 병에 다른 병이 겹침.

1912.1.18. 〈12〉

(十二)

치료를 쯧과 굿치 못 ᄒ여 주는 일이 극히 익셕ᄒ야 지체 안이ᄒ고 쳣디 말ᄒ기를

　(하) 여보 치료 걱정은 일호도 마르시고 릭일 곳 한성병원으로 입원을 식이시면 몃 날이 되나 몃 둘이 되나 젼후 부비[113]는 내가 다 담당ᄒ오리다

　(셩) 예그 곰아오셔라 지금 셰샹에 동긔간이라도 직리샹에는 모다 인식들 ᄒ되 치료비ᄭ지 당히주시며 입원을 식이라 홀 사름이 누구오닛가 져와 의론을 ᄒ야 됴토록 홀 터이오니 걱정 마르시오

　(하) 병든 져와 의론ᄒ실 필요가 업ᄉ오니 두말슴 말고 아모됴록 입원을 식이시오 병원에셔는 지어부지간 진심것 치료를 ᄒ야주는 터이라 부탁 여부가 업슴니다마는 원쟝이 나와 친분이 믹오 잇는 터이온즉 이 길로 가보고 특별 치료를 ᄒ야달나고 신々부탁을 ᄒ오리니　부딕 자져치 마르시오

하나다가 작별을 ᄒ고 나아간 뒤에 셩씨가 혼즛 싱각ᄒ기를

　영진이를 입원을 식이고 보면 아모리 하나다가 치료비를 당히준다 ᄒ얏스나 남의 면목을 보기로 소위 계 부모라며 모로는 톄ᄒ고 잇슬 수 업고 여간 알안곳ᄒ자 ᄒ즉 돈이 하불실[114] 몃 관 몃 빅식은 들 터이니

---

113 부비(浮費). 일을 하는 데 써서 없어지는 돈.
114 하불실(下不失). 아무리 적어도.

찰하리 집구석에 그듸로 늬버려두고 약텹을 쓰면 쓰고 말면 마럿스면 됴흐련마는 하나다가 즈긔 돈을 늬여 노아가며 입원을 식이라는 것을 무에라 방식흘[115] 수 업고 이 일을 쟝츳 엇지흐면 됴흘쏘

흐며 곰곰 싱각을 흐다가 웃목에 걸닌 초마를 쎄여 머리에다 뒤집어 쓰고 한다름에 엇의를 갓다가 한 식경은 된 후에 도라오더니 무슨 목뎍을 달흐게 되얏는지 나오는 우슘을 억지로 춤으며 즈긔 남편을 향흐야

(셩) 우리 영진이를 엇더케 흐시랴오 하나다의 말듸로 입원을 식이시랴오

(한) 글셰 그 말이 대단히 곰압기는 흐구면은

(셩) 곰압기야 곰압고 말고 지금 셰샹에 누가 졔 돈 드려가며 남의 즈식 병을 치료흐야 주랴고 흐겟소 다시 업시 곰압지마는 그 곰아온 싱각만 흐고 덤썩 입원을 식엿다가 그 이 병이 얼풋 낫기나 흐면 됴흐려니와 만일 여러 들포 오릭 쓰러가면 하나다도 지리흔 무음이 날 터인듸 즛々 늬 치료비를 당히 주기를 엇지 확실히 브라오 그새 가셔는 내 즈식 병 치료흐면셔 남의 탓 흘 수 업고 쏨싹 업시 치료비를 들들이 무러 보늬야 흘 터인듸 우리 이 모양으로 간신히 지늬는 살님에 믹 삭 일이쳔 량 식을 무슨 수로 변통흔단 말솜이오 그 안이 싹흐오 그러타고 입원을 안이 식이고 집에셔 알케 두엇다는 하나다가 남의 속은 모로고 웨 치료비를 당히 줌익도 듯지 안느냐 칙망을 흘 터인즉 이 곳에 츔츄기도 어렵고 안이 츄기도 어렵지 안이흐오

(한) 쏜은 그 넘려도 업지 안이흐오구려 그리면은 뎌 노릇을 엇지흐면 됴탄 말이오 방정 마즌 년 병은 웨 나셔 어미아비의 속을 이리 틱오노

<hr>

성씨가 속 비포는 짜로 잇스며 남편의 무음을 격동케 흐노라고

(성) 긔왕 이 디경에 걱정흐면 쓸디 잇소릐일 일즉이 영진을 입원 식이고 하나다의 무음만 하늘곳치 브라고 잇습시다그려

(한) 그리다가 앗싯 말과 곳치 중간에 치료비를 안이 당히 주면 웨 안이 되여 주는냐 시비흘 수도 업고 엇지흐자고

(성) 그째 가셔는 오막쌀이 집간 옹노귀기 의쟝 찬쟝 농싹 함싹싯지라도 모조리 폴아 치료비를 무러줍시다그려

(한) 그리면 우리는 그 잘난 쏠즈식 한아로 히셔 집도 업는 거지가 되즈고

(성) 거지 되면 대스오 나는 우리 친뎡에 가 잇셔 남의 바느질이나 흐여 주고 구명도싱[116]을 흐야 갈 터이니 당신은 엇의로 가시던지 싱각디로 흐시구려

한씨가 그 말을 드르니 긔가 버럭 나셔

(한) 에— 그런 밋친 말 두 번도 말오 죽어도 졔 명이오 살아도 졔 명이지 병원에 간다고 죽을 것이 살는지 누가 쏙 안답더닛가

---

116 구명도생(苟命圖生). 구차스럽게 목숨을 부지하여 살아감.

1912.1.19. 〈13〉

(十三)

(셩) 그는 그런가 봅더다 우리 친졍 동리에 잇는 칠쇠라 ᄒᆞ는 으희가 병
원에 쇤이로 단이는딕 리약이ᄒᆞ는 것을 드른즉 밧게 소문이 나지를 안
이ᄒᆞ니 그럿치 그 안에셔는 병쟈가 날마다 몃 명식 죽어 나간다고 흡딕
다 그 말이 졍말이고 보면 병원에 드러간다고 죽을 사름이 살지를 못ᄒᆞ
는 게야 병을 녕락업시 곳치지 못홀 바에 무슨 대ᄉᆞ로 남의 신셰 지고
내 집 패가ᄒᆞ야 가며 입원식일 싴닭이 잇소

(한) 글셰 고만 늬버려 두오

(셩) 늬버려 두면 첫직는 하나다가 필경 칙망을 홀 터이오 둘직는 셕이
어멈이 여북 빗쥭거리며 뒤ㅅ말을 홀나구

(한) 셕이어멈 지각 업시 짓거리는 것은 죵작홀 것 업지마는 하나다의
칙망홀 일이 쎡 난당ᄒᆞᆫ걸[117]
ᄒᆞ며 량미간에 근심빗을 가득이 씌오고 입맛을 쎡々 다시며 영진을 졍히
귀치안케 녁이는 모양이어늘 셩씨가 그졔야 갓가히 가서 남편이 겨오 드
를 만치 나즉々々ᄒᆞ게

(셩) 에그 하늘이 문어져도 소스날 구멍이 잇다오 넘오 걱졍을 말으시
오 내 싱각에는 이러케 힛스면 해롭지 안이홀 쯧 흡딕다마는

(한) 엇더케 힛스면 해롭지 안이ᄒᆞᆫ단 말이오

---

117 난당(難當)하다. 당해 내기 어렵다.

(셩) 악ᄭᅵ 하도 울화가 나길니 자ᄉ골 거 누구의 집을 갓다가 말ᄉᄉ 싯헤
영진이 병 걱졍을 ᄒ닛가 그 집에 맛춤 놀너왓던 마누라가 리약이를 ᄒ
ᄂᆫ디 창의문 밧 히슈관음 근쳐에 신긔ᄒ 의원 하나이 잇ᄂᆫ디 그 사름의
약을 좀 써보앗스면 둇켓다고 ᄒ기에 내 말이 과연 그 의슐이 신긔ᄒ게
되면 우리 영진의 병을 뵈이게 ᄒ야 달나 ᄒ즉 그 마누라 말이 그 의원
의 약을 쓰기만 힛스면 병이 곳 나을 터이지마ᄂᆫ 그 의원이 ᄌᆨ긔 집 병
은 빅발빅즁으로 곳치지나 힝슐[118]을 안이ᄒᄂᆫ 고로 아모리 친분이 잇
ᄂᆫ 사름이라도 방문 하나 엇지를 못ᄒᄂᆫ 터이닛가 그 안이 싹ᄒ냐고 무
슈 괴탄[119]을 ᄒ닛가 그 겻헤 안졋던 로파 하나이 그 말둥을 이어 ᄒᄂᆫ
말이 아모렴 그러코말고 그 의원의 약이면 세상 업ᄂᆫ 병도 어렵지 안이
ᄒ게 곳칠 터이지 ᄒ며 나를 도라다보고 여보 ᄯᆯ님 혼인을 뎡ᄒ셧나오
내 말이 아즉 뎡혼ᄒ 젹이 업다 ᄒ얏더니 그 로파가 우스며 말ᄒ기를
내 ᄆᆞ음 ᄀᆺᄒ면 꼭 한 가지 될 도리가 잇슴니다마ᄂᆫ 틱 의향이 엇더ᄒ
실ᄂᆫ지오 내가 그 말에 반가워셔 무슨 된 슈가 잇겟ᄂᆫ냐 지즈지삼 무른
즉 그 로파 말이 그 의원이 올에 열여셧ᄉ 살 된 아들이 잇ᄂᆫ디 아즉 쟝
가를 못 드렷지오 그런틱 흥샹 ᄒᄂᆫ 말이 누구던지 ᄯᆯ이 잇셔 내 아들
을 ᄉ위만 삼으면 그 집 우환은 맛하 두고 ᄌᆨ긔 지조ᄭᅥᆺ 보아 쥬겟다 ᄒ
얏스니 엇더케 드르실ᄂᆫ지ᄂᆫ 모로겟스나 ᄯᆯ님을 아조 그 의원에게 쓰
러맛기고 그 병을 치료ᄒ야 며ᄂᆡ리를 삼으라 ᄒ얏스면 두 집이 피츠간
해롭지 안이ᄒ겟다 ᄒ기에 내 소견에ᄂᆫ 무방ᄒᆯ 뜻ᄒ야 집에 가 의론을
ᄒ야 보고 좌우간 긔별ᄒᆯ 것이니 힘써 즁ᄆᆡ를 ᄒ야 달나 ᄒ얏ᄂᆫ디 당신
ᄆᆞ음에ᄂᆫ 엇더ᄒ실ᄂᆫ지 그러케만 되고 보면 하로 잇흘 지쳬ᄒᆯ 것도 업

---

118 행술(行術). 의술, 복술, 지술(地術) 따위로 행세함.
119 괴탄(怪歎). 괴상하게 여기어 탄식함.

시 내가 지금이라도 쏘 가셔 그 로파를 보고 아조 미탁[120] 흔 후 오날 니로 영진을 보니고 남 듯는 디는 공쥬 외가로 피졉[121]을 보냇다 흐얏스면 하나다도 무에라 홀 리 업고 뎨일 셕이어멈의 뒤변덕 쓰는 꼴을 안이 보겟소마는 · · · · · · ·

한쥬스가 담빗디를 비스듬이 물고 졍신업시 안져셔 셩씨의 일쟝 말을 듯다가 얼골에 희식이 돌며

　(한) 그릭 그 사름의 집이 과히 어렵지나 안이흐답더닛가

　(셩) 그리지 안이히도 내가 그 말신지 무러보닛가 아츰밥 져역죽은 걱졍업시 먹고 지닐 만흐다던데오

　(한) 그러면 마누라가 어셔 가셔 단々히 미탁을 흐고 와셔 이 밤으로 영진을 보닙시다

셩씨가 디답을 흐고 초마ㅅ고리에서 회호리바름이 나게 어디로 가더라

<hr>

120 매탁(媒託). 미리 굳게 언약함. 또는 그런 언약.
121 피접(避接). ‘비접(앓는 사람이 다른 곳으로 자리를 옮겨서 요양함)’의 원말.

1912.1.20. 〈14〉

1912년 1월 20일

(十四)

셩씨의 가는 곳은 별 곳이 안이라 그 이웃 죠쇼수라 ᄒᆞ는 집이니 죠쇼수는 본릭 싱쥬가[122] 퇴물로 엇지ᄉᆞᄉᆞ 굴너 무예쳥[123] 단이는 챠션달의 쳡 노릇을 ᄒᆞ다가 챠션달 죽은 뒤에 졔 나이 만아 다시 싀집은 가는 슈 업고 인물초인[124]으로 싱익를 삼아 창즈의 씨를 닥고 지닉는 터인디 셩씨와는 무슨 련비[125]로 친ᄒᆞ얏던지 형님 아오님 ᄒᆞ고 한쥬수 모르게 자조 왕릭ᄒᆞ며 셩씨가 화나 일만 잇셔도 죠쇼수의 집으로 가고 심ᄉᆞᄒᆞ기만 히도 죠쇼수의 집으로 가셔 담빅ᄉᆞ씩를 마쥬 쌧치고 만슈바지[126]를 ᄒᆞ고 오더니 그날 하나다가 단여간 뒤에 울화가 머리 끗시지 치밀어셔 자ᄉᆞ골 갈네 핑계를 ᄒᆞ고 바로 죠쇼수의 집으로 가셔 태산 ᄀᆞ혼 근심이나 잇는 듯이 한숨을 치쉬고 닉리치

에그 이년 ᄀᆞ혼 팔즈는 이 세샹에 다시 업슬 터이야

죠쇼수가 인졍이 쑥ᄉᆞ 듯게

(죠) 아오님 웨 그리시오 뒥에 무슨 걱졍이 또 싱겻소

(셩) 에그 나는 양직물이라도 먹고 어셔 죽엇스면 됴켓소

---

122 색주가(色酒家). 젊은 여자를 두고 술과 함께 몸을 팔게 하는 집. 또는 그곳에서 몸을 파는 여자.

123 무예청(武藝廳). 조선 시대에, 궁궐 문 옆에서 숙직하거나 왕을 호위하는 일을 맡아보던 군관 또는 관아.

124 인물초인(人物招引). 사람을 꾀어 끌어감.

125 연비(聯臂). 서로 이리저리 알게 됨.

126 만수받이. 아주 귀찮게 구는 말이나 행동을 싫증 내지 않고 잘 받아 주는 일.

(죠) 여보 죽은 졍승이 산 기ㅇ지만 못ㅎ다오 그런 말 마오

(셩) 형님은 남의 속 모로ᄂ 소리를 퍽도 ᄒ지 여북[127] 속이 샹히야 졀
무나 졀믄 년이 죽을 싱각을 두겟소

(죠) 내가 아오님 속을 몰올 리가 잇소 그리면 엇더케 ᄒ오 빅ᄉ만ᄉ를
다 춤고 지ᄂ면 고싱 끗헤 락이 옴닌다

(셩) 락은 녀승의 숑락[128]이오 락도 귀치안코 하로 삼시로 살이 슬ヽ ᄂ
려셔 못 견듸겟소

(죠) 그리도 춤으시오 인지위덕(忍之爲德)[129]이라니 춤ᄂ 밧게 업슴닌다

(셩) 형님은 속 타ᄂ 소리도 퍽은 ᄒ고 안졋소 내 춤기에 말이지 소견 업ᄂ
년들 모양으로 춤지를 안이힛셔 보오 그 집안 지동쌕리가 벌셔 걱구로 박
킨 지가 이구ᄒ얏겟소[130] 글세 내 말 좀 드러 보오 영진인지 자근ㅇ씨인지
급살을 마즐[131] 병이 드럿ᄂ지 사름이 셰샹 귀치안아셔 쑥 죽겟구려

(죠) 그 익가 웨 그져 알소 벌셔 그 익가 알키 시작ᄒ 지가 좀 오리다고
쌕ᄒ 일도 잇셔라 망발에 토다라 노코 긴 병에 효ᄌ 업다ᄂ 일례로 하
로 잇흘 안이고 병구원ᄒ기에 여북 고싱이 되겟소

(셩) 그ᄉ긋 고싱은 쑬로 알겟소 업친 데 덥친다고 그 중에 어이업ᄂ 일
이 싱겻스닛가 걱정이지오

(죠) 응 무슨 일

(셩) 그 익 단이ᄂ 학교 ヽᄉ 하나다라나 무엇이라나 그분네가 오날 와
셔 문병을 ᄒ더니 압다 그 익가 금방 죽ᄂ 듯이 호통을 ᄒ며 입원을 식

---

127 여북. '얼마나', '오죽', '작히나'의 뜻으로 정도가 매우 심하거나 상황이 좋지 않을 때 쓰는 말.
128 송낙. 예전에 여승이 주로 쓰던, 송라를 우산 모양으로 엮어 만든 모자.
129 인지위덕(忍之爲德). 참는 것이 덕이 됨을 이르는 말.
130 이구(已久)하다. 이미 오래되다.
131 급살을 맞다. 갑자기 죽다.

이라고 호니 이 노룻을 쟝촛 엇지호면 됴소

(죠) 남의 친환[132]에 단지홀[133] 녀편네도 잇던가 보오 병원 나기 전에
는 사름이 모다 죽엇겟네 아오님 뒥에셔 무슨 형세로 병원 뒤치닥거리
를 호랴고 패가호기는 쪽 알맛지

(셩) 병원 부비는 즈긔가 당히 쥬겟다고 흡더니다마는

(죠) 당히 쥬는 것도 고만두오 쳐엄 몃칠은 모로겟소마는 병이 얼풋 낫
지를 못호야 오릭 쓸어 보오 지금 셰샹에 동싱 스촌 간이라도 지리샹에
는 다 인식흔딕 싯々니 즈긔 돈 앗가온 줄 모로고 딕여 줄 터이오 그졔
가셔는 도로 딕려 닉오는 슈는 업고 스셰부득이 아오님 뒥에셔 츌원호
도록 부비를 당히야 홀 터인즉 그 부비가 한량이 잇소 여보 어림반푼어
치 업는 말 듯지 말고 집에 두고 약이나 써보오

(셩) 형님은 자셰히 알지도 못호고 뎌러케 답々흔 말을 호지 나는 그 싱
각이 업겟소마는 그 익를 만일 입원을 안이 식이고 집에다 두면 하나다
가 여북 칙망호는 것은 시들호나 방졍마즌 것이 병셰가 더호기나 호야
보오 그러니 말니 시비가 오즉홀가

죠쇼스가 졔게 당흔 일에셔 지지 안케 괴탄을 무수히 호고 안졋더니 별々
계칙이나 싱각흔 듯이

(죠) 아오님 한 가지 쪽 된 슈가 잇기는 호오마는 아오님 싱각은 엇더홀는지

(셩) 형님 싱각이 내 싱각이지 달을 것이 무엇 잇소 무슨 슈가 쪽 되겟소

---

132 친환(親患). 부모의 병환.
133 단지(斷指)하다. 예전에, 가족의 병이 위중할 때에, 그 병을 낫게 하기 위하여 피를 내어 먹이
    려고 자기 손가락을 자르거나 깨물다.

1912.1.21. 〈15〉

1912년 1월 21일

(十五)

(죠) 에그 이런 말을 ᄒ면 아오님이 로혀나 안이홀는지 아오님 걱정ᄒ
  ᄂ 것이 하도 ᄶᄉᄒ기에 ᄒᄂ 말이오 엇지 듯지를 말오
ᄒ더니 감안ᄼᄼ 무에라 무에라 한춤 ᄒ닛가 셩씨가 ᄲᄼ 우스며
  (셩) 나는 별소리나 ᄒ랸다고 그 대단ᄒ 말을 아조 로혀ᄂ니 즐기ᄂ니
  홀 것이 무엇이오 그릐 그듸로만 ᄒ면 아모 후환이 업겟소
  (죠) 후환이 무엇이란 말이오 쥐나 긔나 알기나 홀 터이오
  (셩) 후환만 업스면 ᄒ다쑨이오 내가 그리지 안아도 그러케 쳐치를 ᄒ
  얏스면 됴흘 줄로 싱각은 ᄒ얏것마ᄂ 입에 마즌 쩍이 업셔 그듸 ᄉ싁도
  못 ᄒ얏더니
ᄒ고셔 죠쇼ᄉ 귀에다 무슨 당부를 쳔만 번 ᄒ더니
  (셩) 자— 나ᄂ 형님만 쏙 밋고 일을 쑴일 것이니 그 다음 쥬션은 랑패
  업시 잘히 쥬시오
  (죠) 아모렴 내가 아오님 일에 범연홀신[134] 그듸 부탁은 두 번도 ᄒ지 말오
셩씨가 그 길로 집으로 도라와 즈긔 남편다려 자문 밧 의원에게 영진을
민며ᄂ리로 보ᄂᄌ 속이니 열업슨[135] 한쥬ᄉ는 그 말을 엇구슈히[136]
듯고 영진을 보ᄂ기로 작뎡ᄒ얏더라

---

134 범연(泛然)하다. 차근차근한 맛이 없이 데면데면하다.
135 열없다. 어설프고 짜임새가 없다.
136 엇구수하다. 말이나 이야기가 듣기에 그럴듯한 데가 있다.

(셩) 량반의 집에셔 쓸을 민며느리로 보닉는 것이 스세[137]에 엇지홀 슈업는 일인딕 린동[138] 사롬이 알면 창피시러온즉 이 근쳐 교군[139]ㅅ을 엇을 것 업시 의원의 집으로 슬몃이 긔별을 ㅎ야 아는 듯 모르는 듯 딕려 가라고 홉시다

에그 쏘 셕이어멈이 졍셩이 치솟쳐셔 쓸아가 본딕면 우환ㅅ거리가 아닌가 공연히 쓸딕업시 왓다갓다 ㅎ며 된 소리 안 된 소리 뒤쩌들어 노으면 큰 위졀[140]이지

(한) 셕이어멈을 귀티여 알게 홀 것 무엇 잇소 잇다 오거던 멀즉이 신부림을 보닛스면 제가 영진이 가는 것을 보기나 홀 터이오 쓸아를 가게

셩씨가 그 길로 자ㅅ골로 가는 톄ㅎ고 죠쇼수의 집으로 가셔 즈긔 남편을 속여 허락밧은 말을 젼ㅎ고 영진이 딕려갈 쥰비를 ㅎ얏더라

독ㅎ도다 셩씨의 슈단이여 병이 침중ㅎ야 졍신을 모로다 십은 영진을 교군에다 담아 몹슬 곳으로 보닉면셔 속ᄆ음에는 그런 즈미가 다시 업슬 듯이 됴치마는 외양으로 ㄱ쟝 잔잉히[141] 넉이는 긔식을 씌우며 훌쩍ㅅㅅ 우는 톄ㅎ니 한쥬수는 진졍으로만 알고 효유ㅎ야[142] 만류ㅎ기를

(한) 여보 울지 말오 그 익가 병 치료ㅎ러 가는딕 울 일이 무엇이오 바로 죽어셔나 나가는 것 굿ㅎ면 울기가 용혹무괴[143]오만는

아모렴은 ᄆ음에 됴키야 ㅎ겟소 그 모양으로 위즁히 알는 것을 내 손으로 치료를 못 식이고 남의 집으로 보닉니 웨 안이 셥ㅅㅎ릿가마는 고만

---

137 사세(事勢). 일이 되어 가는 형세.
138 인동(隣洞). 이웃 마을.
139 교군(轎軍). 가마.
140 위졀(委折). 순조롭지 아니하게 얽힌 이런저런 복잡한 사정이나 까닭.
141 자닝하다. 애처롭고 불쌍하여 차마 보기 어렵다.
142 효유(曉諭)하다. 깨달아 알아듣도록 타이르다.
143 용혹무괴(容或無怪). 혹시 그런 일이 있더라도 괴이할 것이 없음.

두오 내 ㅁ음이 더 샹ᄒ오

(셩) 아모리 언ᄉ자는 빗을 감츄랴 히도 ᄌ연 그럿소구려 뎌를 그만치 길너셔 남과 ᄀᆺ치 싀집을 못가고 뎌 모양으로 보ᄂᆞ니 엇지 긔가 막히지 안이ᄒ단 말이오 ᄒ며 교군 압쟝을 셔들고 영진의 손목을 잡고

(셩) 영진아 정신을 ᄎᆞ려 나 좀 보아라

영진이가 눈을 겨오 떠셔 셩씨를 보며

(영) 에구 어머니 내가 엇지히 교군을 탓슴닛가

(셩) 오냐 아모 념려 말아라 네 병을 얼풋 치료ᄒ랴고 의원의 집으로 피졉[144]을 간단다

(영) 나는 집에셔 알타가 죽지 아모 듸도 가기 슬여오

(셩) 별소리를 다ᄒᆞᄂᆞ구나 죽기는 웨 죽어 너의 지금 피졉가는 집 의원이 썩 고명ᄒᆞ야[145] 죽을 사름을 만히 살녓고 아모리 즁ᄒᆞᆫ 병이라도 빅발빅즁 잘 곳친단다 아모 말ᄉ고 가셔 어셔 하로밧비 치료를 히야 학교에 가 공부를 안이ᄒᆞᄂᆞ냐 너의 션ᄉᆡᆼ님 하나다샹도 너를 보고 입원을 식이라 ᄒᆞ얏ᄂᆞᆫ듸 이 의원의 약은 입원ᄒᆞ니보다도 몃 빅가 더 신효ᄒᆞᆫ다[146]

---

144 피접(避接). '비접(앓는 사람이 다른 곳으로 자리를 옮겨서 요양함)'의 원말.
145 고명(高名)하다. 이름이나 평판이 높다.
146 신효(神效)하다. 신기한 효과나 효험이 있다.

1912.1.23. 〈16〉

1912년 1월 23일

(十六)

영진이가 혼미흔 중 어셔 치료ㅎ야 공부ㅎ라는 말이 귀에 반가히 들녀 다시 반듸를 안이ㅎ고 쓰들녀 갓더라

인정 만은 하나다는 한쥬스의 집 닉용은 자셰히 알지는 못ㅎ고 영진의 입원 식이는 일에 궁금히셔 잇흔날 일즉이 병원에 보증금 드려 노을 돈 긔십 원을 위션 가지고 한쥬스 집을 츠자가니 셩씨가 분주히 영졉을 ㅎ며 하나다의 입에셔 말이 나오기 젼에 쟝황히 슈작을 느려 놋는다

　에그 또 오심니다그려 어셔 드러오십시오

　우리 영진이를 어져끠 가르쳐 쥬시던 듸로 입원을 식이쟈 ㅎ엿더니 츙청도 공쥬 졔 외가 동리에 의원 하나이 잇는듸 엇더케 의슐이 고명흔지 당시 편작[147]이라고 졔 외삼촌이 영진을 듸리러 왓기에 오날 식벽에 써나 보냇슴이다

하나다가 깜짝 놀나며

　(하) 어려니 알고 보닉셧스오릿가마는 속의가 문명흔 교육을 밧고 실디 시험을 만히 흔 병원 의원만치 치료를 식일 슈가 잇스며 과연 그 의슐이 고명흔듸도 쳥히다가 진찰을 식이시지 즁병 든 ㅇ히를 갓갑지 안인 길에 구치히[148] 보냇다가 실셥[149]이 되면 엇지ㅎ시랴고 그리ㅎ엿느닛가

　(셩) 그야 무슨 싱각을 안이ㅎ야 보앗겟슴닛가마는 병원도 그러치오 아모

147　편작(扁鵲). 중국 전국 시대의 의사. 성은 진(秦). 이름은 월인(越人). 임상 경험을 바탕으로 치료하였다. 장상군(長桑君)으로부터 의술을 배워 환자의 오장을 투시하는 경지에까지 이르렀다고 전한다.
148　구치(驅馳)하다. 말이나 수레를 타고 달리다.
149　실셥(失攝). 몸조리를 잘 하지 못함.

리 하나다상게셰[150] 그것을 사랑ᄒ셔ᄸ 치료비를 당히 쥬마 ᄒ시나 졔 부
모된 ᄆᆞ음에 엇지 불안ᄒ지 안이ᄒᆯ닛가 말ᄉᆞᆷ만 히도 은덕이 태산 ᄀᆞᆺᄉᆞ온
ᄃᆡ 돈ᄉᆞ지 업시시게 ᄒᆯ 슈 업ᄉᆞ와 과연 입원은 못 식엿ᄉᆞᆸ고 공쥬 의원으로
말ᄉᆞᆷᄒᆞ오면 ᄌᆞᄀᆡ 집에다 불쇼ᄒᆞᆫ[151] ᄌᆞ본을 드려 괘약[152]을 ᄒᆞ고 싱이를
ᄒᆞᆫ다ᄂᆞᆫᄃᆡ 내 ᄌᆞ식 하나 병 곳쳐 쥬랴고 집을 쩌나 올나올 리가 만무ᄒᆞ옵기
싱각다 못ᄒᆞ야 뎌를 두 필 교군에 편토록 치힝[153]을 ᄒᆞ야 보냇ᄉᆞᆷ니다
에그 그런 말ᄉᆞᆷ이 붓그러오나 어미 되야셔 뎌를 싸라가 구원을 ᄒᆞ야 줄
일이오나 싱활이 무엇인지 이만 살님이라도 쥬쟝무인[154]ᄒᆞ야 쩌날 슈도
업고 ᄯᅩ □가 잇슬 집이 남의 집과 달나 졔 외가옵고 졔 외삼촌이 보호를
ᄒᆞ야가는 터이기에 십분 ᄆᆞ음을 노코 보냇기는 ᄒᆞ얏슴이다마는 그릭도
짝이 업시 궁금ᄒᆞᆷ니다
하나다가 아모리 여러 히 죠션에 잇셧스나 풍속ᄉᆞ졍(風俗事情)을 엇지
일ᄸ히 통투[155]ᄒᆞ리오 셩씨의 근리ᄒᆞ게[156] 속이는 말에 의심 업시 그러
히 녁이고 셩씨를 작별ᄒᆞ고 무수히 ᄎᆞ탄ᄒᆞ며[157] ᄌᆞᄀᆡ 쳐소로 도라갓더라
쟝ᄉᆞ 나자 룡마 난다는 말이 속담 무식ᄒᆞᆫ 구졀에 지나지 못ᄒᆞ나 그 말이 슌젼
리치 업ᄂᆞᆫ 것은 안이라 감아니 밀어 보면 혼군암쥬(昏君暗主)[158]가 나면 란신
젹ᄌᆞ(亂臣賊子)[159]가 싱기고 셩뎨명왕(聖帝明王)[160]이 나면 현신량필(賢臣良

---

150 '셔'의 오류.

151 불소(不少)하다. 적지 아니하다.

152 괘약(掛藥). 약을 걸어 놓는다는 뜻으로, 약국을 경영함을 이르는 말.

153 치행(治行). 길 떠날 여장을 준비함.

154 주장무인(主張無人). 주장하여 맡는 사람이 없음.

155 통투(通透). 사리를 꿰뚫어 환히 앎.

156 근리(近理)하다. 이치에 거의 맞다.

157 차탄(嗟歎/嗟嘆)하다. 탄식하고 한탄함.

158 혼군암주(昏君暗主). 사리에 어둡고 어리석은 임금.

159 난신적자(亂臣賊子). 나라를 어지럽히는 불충한 무리.

160 성제명왕(聖帝明王). 덕이 높고 지혜로운 임금.

弼)**161**이 싱기고 군자(君子)가 나면 슉녀(淑女)가 싱기고 음부(淫婦)**162**가 나면 탕즈(蕩子)**163**가 싱기는 것은 면치 못홀 리치라 그런 고로 셩씨신**164**치 간악흔 녀즈가 잇슴이 한쥬스굿치 어리셕은 남즈가 잇고 죠쇼스굿치 음란흔 계집이 잇슴이 호츈식 굿흔 황잡흔**165** 무리가 잇도다

호츈식은 별 쟈가 안이라 본릭 의쥬 사름으로 제 아비가 글스즈를 흐야 강경급뎨**166**로 셔울 와 살며 정언**167**을 단이는딕 츈식은 글 한 즈 안이 넑고 제 아비 모로게 화투 골패판으로 쏘츠단이며 돈을 늬버리기를 시작흐는딕 호정언이 셰々 상업가로 의쥬 경늬 첫손곱이로 부득명흐고 살던 터이라 고향을 써나 셔울 와 살기는 벼슬 단이기를 젼위흠**168**이라 잠시 살다가 벼슬만 갈니면 도로 환고향홀 작뎡으로 목전에 긱고나 업시 지닉랴고 홍문셔ㅅ골다 조고마흔 집을 작만흐고 그 아들 츈식을 셔울 힝셰를 식여볼 작뎡으로 딕려다 두엇는딕 원릭 부쟈의 집이라 그러케 초솔흐게 셔울은 와 잇슬지언졍 즈연 견직**169** 거리는 적지 안이흐야 즈긔가 번을 드는 동안이면 츈식을 식여 여슈**170**를 흐게 흐얏는 고로 그 돈을 제 무음딕로 집어닉여 흙 씨언듯 헷쳐 버리기로 종스를 흐는 중 은근쟈 삼패 기싱 등을 모조리 쳐결흐야**171** 패물을 힉 쥰다 모물을 힉 쥰다 세간**172**을 드려노아 쥰다 구실을 쎄어 쥰다 별々 짓을 다 흐노라니

---

161 현신양필(賢臣良弼). 어진 신하와 보필하는 임무를 제대로 해내는 신하.

162 음부(淫婦). 성격이나 행동이 음란하고 방탕한 여자.

163 탕자(蕩子). 방탕한 사나이.

164 '굿'의 오류.

165 황잡(荒雜)하다. 거칠고 잡되다.

166 강경급제(講經及第). 조선 시대에, 강경과에 합격하던 일.

167 정언(正言). 조선 시대에, 사간원에 속한 정육품 벼슬.

168 전위(專爲)하다. 오직 한 가지 일만을 위하여 하다.

169 전재(錢財). 재물로서의 돈.

170 여수(與受). 물품을 주고받음.

171 처결(處決)하다. 결정하여 조처하다.

172 세간. 집안 살림에 쓰는 온갖 물건.

1912.1.24. 〈17〉

(十七)

제 아모리 셕슝(石崇)[173] 부쟈의기로 지산을 엇지 *팅호리오 졔 아비 모르게 돈을 업시다 못호야 논밧 문셔를 뭉텅이로 훔쳐닉야 헐가방미[174]로 텅々 풀아□[175] 원슈에 셧 쳐치호듯 함부루 업시버리니 호졍언은 익인훈 텬셩으로 그 아들의 랑패론 것에 이가 타다 못호야 인병치스[176]를 호얏더라

츈식이가 돈푼 잇슬 때는 싱계에 어려온 것을 도모지 모로다가 졸디에 아모것도 업는 쌀거지가 되닛가 졔 소위 싱활 방침을 홀 것이 스농공상에 한 가지 업고 다만 익슉히 졸업훈 것은 외입쇽 일이라 드럿던 집간을 마져 풀아 돈 빅 원이나 작만호야 가지고 믹음 식일 계집을 두루 구호는듸 자본이 넉々훈 터 굿호면 인물이 도뎌훈[177] 계집을 엇어 가무를 갓츄 가르쳐 기싱 영업을 식이거나 그러치 안으면 하다못히 잡가를 가르쳐 삼패 영업이라도 호련마는 만치 못훈 자본에 급히 쎄어 먹을 욕심이 드러 죠쇼 스를 츠져가 보고 의론호는 말이라

(츈) 여보 누나 누나는 내 일을 다 아니 말이지 내가 잘못호얏던지 운슈가 비식히[178] 그릿던지 츄슈 쳔이나 호고 남부럽지 안케 지닉던 놈이

---

173 셕슝(石崇). 중국 진나라 때의 부호였던 석숭에서 온 말로, 부자를 비유하여 일컫는 말.

174 헐가방매(歇價放賣). 헐값으로 마구 팔아 버림.

175 문맥상 '셔'로 추정.

176 인병치사(因病致死). 병으로 죽음.

177 도저(到底)하다. 행동이나 몸가짐이 빗나가지 않고 곧아서 훌륭하다.

178 비색(否塞)하다. 운수가 꽉 막히다.

오늘날 이 모양으로 궁ᄒ게 지닉노라니 사름이 쏙 죽겟구려

(죠) 그러코 말고 옵바가 엇더케 지닉던 집안이오 본릭 간구ᄒ게[179] 지

닉던 사름도 세샹 못 홀 노릇인디 옵바ᄀᆞᆺ치 만가ᄒ게[180] 살으시던 터에

뎌 모양으로 군간히[181] 지닉시니 여복 답々ᄒ시겟소 싀골누나 닉려가

살아보시지오

(츈) 누나는 답々흔 소리도 ᄒ오 셔울 물정 모로던 놈이면 모로거니와

죽으면 죽엇지 갑々히셔 싀골을 엇지 가셔 산단 말이오

(죠) 그리면 엇더케 ᄒ시면 됴흔가 답々도 ᄒ여라

(츈) 싱각다 못ᄒ야 누나와 의론 한 가지를 ᄒ야 보즈고 왓소

(죠) 무슨 의론이야오 나는 무엇을 알음닛가

(츈) 다른 의론이 안이라 내가 글을 잘ᄒ니 벼슬을 히 보겟소 려력이 잇

스니 노동을 ᄒ겟소 자본이 넉々ᄒ니 쟝ᄉ를 ᄒ겟소 셜혹 쟝ᄉ를 ᄒ기

로 물계[182]를 알아야 손해를 안이보지오 그런즉 이것 뎌것 다 홀 것이

업고 내 ᄆᆞ음에 쏙 한 가지를 히 보앗스면 될 쯧십은 일이 잇ᄂᆞᆫ디 이 일

은 누나가 힘을 써 쥬시지 안이ᄒ면 안이 되겟소

(죠) 내 힘 자라는 일이면 보아드리다뿐이오 말슴을 ᄒ시오 드러 봅시다

(츈) 달은 일이 안이오 내가 집간 남앗던 것을 마즈 폴아셔 젼 빅 원이

나 ᄒ야 노앗ᄂᆞᆫ디 엇의 쏙々한 계집 한나를 엇々스면 영업을 좀 히보겟

소마는 누나가 어려오시나 하나 듯보아 쥬시구려

(죠) 에그 그런 싱각은 두 번도 두지 말으시오 계집만 엇으면 무엇ᄒ오

계집 하나를 남의 돈 먹을 만치 쑴여 닉셰랴면 밋쳔이 여간 드는 줄 알

---

179 간구(艱苟)하다. 가난하고 구차하다.
180 만가(滿家)하다. 집에 재물이나 양식 따위가 많다.
181 군간(窘艱)하다. 살림이나 형편이 군색하고 고생스럽다.
182 물(物)계. 물건의 시세. 어떤 일의 처지나 속내.

오 쪽바른 디로 ᄒᆞᄂᆞᆫ 말슴이니 그 돈 가지고 진작 담비 가기라도 하나를 닉시오

(츈) 누나는 남의 말을 밋쳐 드러 보지도 안이ᄒᆞ고 더리지 담비 가기를 엇더케 닉오 죵일 풀아야 돈 관리를 보거나 말거나 ᄒᆞᄂᆞᆫ 것을 쳣시벽이러나 쟝을 가 보고 치위나 더위나 죵일 쏨짝을 못 ᄒᆞ고 죽은 말 직히고 잇듯 ᄒᆞᆫ단 말이오 나는 댱쟝 굴머 죽더리도 그 노릇은 못 ᄒᆞ겟소 계집만 반즈구러ᄒᆞᆫ 것을 하나 엇으면 의복이나 과히 초라치 안이케 입히여 슐구기[183]를 들여[184] 안치고 슬몃슬몃 쇠푼이나 잇ᄂᆞᆫ 놈을 모라 드렷스면 싱익가 될 쯧ᄒᆞ오마는

(죠) 외양이 반즈구러ᄒᆞᆫ 년이 밋쳣습던닛가 슐구기를 들고 나안게

(츈) 압다 누나는 고지식도 ᄒᆞ오 려렴에 어슈룩ᄒᆞᆫ 쇼년 과부로 후사리[185]를 가랴는 것이어나 어미아비가 무식ᄒᆞ야 남의 후쥐로 쥬고 덕이나 보랴고 과년ᄒᆞ도록 싀집을 안이보닌 쳐녀를 감언리셜로 쐬여다가 몃 달간 셕이 삭도록 눈치 안이 뵈이고 지닉다가 내 몰건이 확실히 된 뒤에 슐구기 말고 아모것은 들녀 닉안치면 무엇이라 못 ᄒᆞ겟다 ᄒᆞᆫ단 말이오

---

183 술구기. 독이나 항아리 따위에서 술을 풀 때에 쓰는 도구. 바닥이 오목하고 자루가 달렸으며 국자보다 작다.
184 술구기를 들다. 술장사를 하다.
185 후살이. 여자가 다시 시집가서 사는 일.

1912.1.25. 〈18〉

1912년 1월 25일

(十八)

죠쇼스가 감아니 안져 듯다가 혼즈 속싱각ᄒ기를

점々 세상이 밝아가셔 어슈룩ᄒ 놈이 별로 업ᄂ 식둙으로 열에 둘 엇어 먹ᄂ 중미 하나 ᄒ야 볼 슈 업고 용ㅅ돈 한 푼 업시 지늬ᄂ 판인듸 뎌 사름이 걸녀들기ᄂ 잘 걸녀드럿구먼 엇더케 ᄒ면 된 것이고 안이 된 것이고 계집 하나를 지시히 쥬고 전쳔[186]이나 입맛을 다시어 볼ㅅ고 계집은 오날브터 스면 듯보려니와 위션 뎌 사름을 내 쟝즁[187]에 버셔나지를 못ᄒ게 붓드러 노아야 ᄒ겟다

ᄒ고 걱졍이 분々ᄒ게

(죠) 글세 옵바 스세가 실로 쌱ᄒ데 엇더케 ᄒ면 됴흔가 감아니 계시오 내가 엇더케 ᄒ던지 하나를 구희 볼 것이니 넘려 말으시고 다른 사름 다려ᄂ 이런 말을 ᄒ지 말으시오 한 입 걸너 두 입 걸너 소문이 나면 쓸 만ᄒ 게 잇더리도 압뒤를 속여 늬올 슈도 업고 또ᄂ 시속것들이 남의 망ᄒ고 흥ᄒᄂ 것을 샹관ᄒ답던닛가 당쟝 돈 빅 엇어먹ᄂ 듸만 회가 동ᄒ야 오좀싸기 똥덥기 ᄀ흔 년이라도 집어듸기로만 젼쥬ᄒ 터이니 부듸 나만 밋고 아모 말 말고 계시오

(츈) 누나 안이면 내가 누구다려 이듸 의론을 ᄒ단 말이오 그듸 당부ᄂ

ᄒᆞ실 것도 업시 아모조록 힘만 써 쥬시오 내가 그 은공은 착실히 갑지오

(죠) 에그 별소리를 또 ᄒᆞ지 은공이 다 무엇이야 남믹간에 그만 일 좀
보아드리ᄂᆞᆫ디

(츈) 누나가 절멋스면 더 고롤 것 업시 나와 살앗드면 아조 됴흘 것을

(죠) 에그 안이된 옵바 그게 무슨 망칙ᄒᆞᆫ 소리야

(츈) 웃노란 말슴이오 자— 나ᄂᆞᆫ 누나만 꼭 밋고 가니 속히 쥬션을 ᄒᆞ야 쥬
시오

(죠) 걱정 말으시오

죠쇼ᄉᆞ가 호츈식을 보닌 후에 손ᄉᆞ가락을 치쑵고 닉리쑵아도 츈식에게
집어너을 계집이 업스니 이ᄂᆞᆫ 계집이 동이 나셔 업ᄂᆞᆫ 것이 안이라 유두분
면(油頭粉面)[188]에 과히 츄물 안이로 싱긴 것들은 달코 달아셔 알노 깐 밤
곳ᄒᆞ니 어림업시 속을 리가 만무ᄒᆞ고 여간 바느질고리 퇴물 보굼이 퇴물
은 혹 어슈룩ᄒᆞᆫ 것이 잇기ᄂᆞᆫ ᄒᆞ겟스나 츈식의 소용에 맛지 안이홀 터이라
이 사름 뎌 사름 보ᄂᆞᆫ 디로 슈소문도 ᄒᆞ고 밤이고 낫이고 츳자가 션도 보
아도 ᄌᆞ격이 뎍당ᄒᆞᆫ 것이 도모지 업ᄂᆞᆫ지라 츈식의 집 폴라 노은 돈은 아
모리 욕심이 ᄂᆞ나 홀일업시 못 먹을 디경이라 혼ᄌᆞ 한탄의 말로

　　에라 고만두어라 언졔라 외조한머니네 콩쥭으로 잔쎄가 굴것스랴 호
　　가의 돈 좀 먹으랴다 내 신발만 다 히여지겟다

츈식이가 오게 되면

　　내 직조로□ 홀 슈 업스니 진작 파의[189]ᄒᆞ라

이롤 작뎡이러니 쳔만 쯧밧게 셩씨가 오더니 ᄌᆞ긔 쏠 영진이 쳐치홀 걱졍
이 분々ᄒᆞᆫ지라

---

[188] 유두분면(油頭粉面). 기름 바른 머리와 분을 바른 얼굴. 부녀자의 화장을 이름.
[189] 파의(罷意). 하려고 마음먹었던 뜻을 버림.

영진은 ᄌᆞ긔도 익슉히 본 터에 인물이 썩 쏙々ᄒᆞ야 아모가 보더리도 침을 삼킬 만ᄒᆞᆫ지라 올타 됴흔 계졔를 만낫다 ᄒᆞ고 셩씨다려 귀ㅅ속말로

    아오님 그 이를 호졍언의 며ᄂᆞ리로 보냇스면 됴켓소마ᄂᆞᆫ······

셩씨가 반가히 넉여 호졍언이 누군데 엇던 며ᄂᆞ리를 구ᄒᆞᄂᆞ냐 무르니 죠쇼ᄉᆞ가 셩씨의 그 쓸 민쥬되ᄂᆞᆫ[190] 것을 보고 무망즁[191] 말을 닉여 노코 형님 아오님 ᄒᆞ고 지ᄂᆞᄂᆞᆫ 터에 속여 말ᄒᆞᆯ 슈ᄂᆞᆫ 업고 바로 말을 ᄒᆞ자니 혹 로혀지나 안이ᄒᆞᆯ가 알 슈 업셔 얼마쯤 ᄌᆞ져ᄒᆞ다가 몃 마듸로 문안침[192]을 노아 로혀지 안일 눈치를 짐작흔 후 그졔야 호츈식의 릭력브터 형편을 일々히 셜명ᄒᆞ고 돈 쳔이나 줄 쯧ᄒᆞ다ᄂᆞᆫ 말ᄭᆞ지 ᄒᆞ얏더니 셩씨가 로혀기ᄂᆞᆫ 고샤ᄒᆞ고 대단히 됴화ᄒᆞ며

    집에 도라가 ᄌᆞ긔 남편과 이리々々 속여 의론을 ᄒᆞ고 올 것이니 아모조록 그 자리를 놋치지 말고 단々히 약속ᄒᆞ야 두라

신々부탁을 ᄒᆞ고 가더니 거미긔에[193] 도로 와셔 어셔 교군[194]을 츠려 다려가라 ᄒᆞᄂᆞᆫ지라 죠쇼ᄉᆞ가 즉시 호츈식을 가보고 이르ᄂᆞᆫ 말이라

    여보 옵바 옵바가 계집을 엇어달나 ᄒᆞ얏스나 옵바가 스스로 싱각ᄒᆞ야 보오 입에 마즌 썩이 잇겟나 인물 잘나고 외입속 알고 훌님쎅 잇ᄂᆞᆫ 계집은 옵바 ᄆᆞ음에ᄂᆞᆫ 맛겟지마ᄂᆞᆫ 뎌의들이 실타 ᄒᆞᆯ 터이오 못싱기고 눈치 업고 어리셕은 계집은 뎌의들은 됴화ᄒᆞᆯ 터이나 옵바가 자미업시 알으실 터인즉

---

190 민주대다. 몹시 귀찮고 싫증 나게 하다.

191 무망중(無妄中). 별 생각이 없이 있는 상태.

192 문안침(問安鍼). 병든 데를 찔러 보는 침이라는 뜻으로, 어떤 일을 시험 삼아 미리 검사하여 봄을 이르는 말.

193 거미구에. 시간상으로 있은 지 얼마 안 되어.

194 교군(轎軍). 가마(예전에, 한 사람이 안에 타고 둘이나 넷이 들거나 메던, 조그만 집 모양의 탈것).

1912. 1. 26. 〈19〉

1912년 1월 26일

（十九）

넘고 쳐져셔 대단히 어려온디 아조 꼭 합당훈 사름 하나이 잇기는 ㅎ오
마는 옵바가 힘을 젹지안이 드려야 ㅎ겟는걸

츈식이가 반가워셔

(츈) 코 안이 흘니고 유복ㅎ릿가 엇던 사름이 엇의 잇는디 힘이 엇더케 들
겟소

(죠) 슈용골 나와 의형뎨훈 사름의 쫄 하나이 잇는디 지금 열여숫 살이지
오 얼골도 일식이고 학교에를 단여 공부가 썩 도뎌훈디[195]ㆍㆍㆍㆍㆍㆍ

(츈) 슈용골이라니 이 넘어 호동말이오구려 학교 공부가 그러케 도뎌
훈 녀즈가 내게를 와셔 그 노릇을 ㅎ랴고 ㅎ겟소

(죠) 글셰 남의 말을 쳐 듯지는 안이ㅎ고 야단일세 내의 동싱 되는 그집
네가 그 의를 나은 것이 안이라 젼실의 소싱인디 그집네 셩미가 싶달아
셔 그 의를 알들슬들이 들복더니 그 의가 요스이 병이 드러 위셕ㅎ
야[196] 죽게 알는디 집에 두지 못훌 무슨 츙졀[197]이 잇셔ㅅ 나를 보고 쳐
치훌 걱졍을 ㅎ기에 내가 옵바말을 ㅎ얏더니 그집네가 아조 가합히 넉
입듸다 두말ㅅ고 돈이나 한 삼쳔 량 쥬고 한시 밧비 듸려오시오

(츈) 알아 죽게 되엿다며 그것은 듸려다 무엇ㅎ오 팔즈에 업는 송쟝이

---

195 도저(到底)하다. 학식이나 생각, 기술 따위가 아주 깊다.
196 위석(委席)하다. 몸져누워서 일어나지 못하다.
197 층절(層節). 일의 많은 가닥이나 곡절 또는 변화.

나 치우게

(죠) 뎌런 소리 보아 그 익가 알치를 안이ᄒ면 옵바 추례에 오기나 흘 터이오 내가 의원은 안이라도 그 익 병을 즈셰히 알지오

(츈) 그게 무슨 병이란 말이오

(죠) 그 익가 긔질은 약ᄒ되 이런 치위에 맛붓치[198] 옷을 입고 졔째 잘 엇어먹도 못ᄒ고 날마다 학교에를 단이다가 몸살이 난 것을 방에 불이나 덥게 ᄶ고 픽독산[199] 쳡이나 멕여 됴리를 식엿드면 즉시 괘[200]복[201] 되얏슬 것을 내 의동싱이지마는 그 년이 아쥬 무도흔 년이 되야셔 졔 즈식 안이라고 약 한 쳡을 변ﾞ히 지어다 멕이지도 안코 입을 하나 업시 등결잠[202]을 닝방에셔 즈게 ᄒ얏스니 셩흔 사름도 못 견딕겟거던 병 든 으히가 엇지ᄒ니 덧치지를 안이ᄒ겟소 그 익 션싱 하나다라는 사름이 문병을 ᄒ러 왓다 그 광경을 보고 즈긔가 치료비를 당히 줄 것이니 한셩병원에 입원을 식이라 ᄒ얏는딕 그집네 싱각에 아모리 치료비를 당히 쥰딕도 입원 곳 식이면 즈연 돈 빅이나 부지즁 업셔지겟스닛가 엇더케 달니 쳐치를 ᄒ랴고 나를 와보고 의론을 ᄒ기에 옵바가 딕려다가 졍셩시럽게 치료를 식엿스면 아모 버리를 ᄒ던지 한바탕 잘 불녀 먹을 쯧ᄒ기에 그집네다려 바로 옵바 리약이를 ᄒ얏더니 그집네가 들을 만 ᄒ딕다그랴

그 눈치를 대강 짐작ᄒ고 아조 일을 앙그러쓰리노라고 그 익 곳 보닉 쥬면 젼쳔이나 싱길 쯧ᄒ니 일용에나 보틱여 쓰라 흔즉 그집네가 대단

히 됴화ᄒ며 즈긔 남편다려는 자아문 밧 엇던 의원에게 민며ᄂ리로 보
ᄂ즈 속여 허락을 밧을 것이니 교군을 곳 보ᄂ라 ᄒ얏스니 돈이나 한
삼쳔 량ᄒ고 교군을 츠려 쥬오 진작 ᄃ려오게

(츈) 그러케 ᄃ려왓다가 병이 얼풋 낫지나 안이ᄒ면 큰 우환ᄉ거리가
안이오 그러나 누나가 하도 권ᄒ니 셩패간 ᄃ려나 와 봅시다

ᄒ고 분々히 교군을 츠려 보ᄂ며 돈 삼쳔 량을 지갑에셔 ᄭᄂ여 죠쇼ᄉ를
쥬더라

죠쇼ᄉ가 그 돈을 밧다가지고 교군을 령솔[203]ᄒ야 뎌의 집으로 도라와 셩
씨 오기를 고ᄃᄒ더니 얼마 안이 되야 셩씨가 과연 드러오ᄂ지라 츈식의
쥬던 돈에셔 이쳔 량은 쎄여 졔 랑탁[204]을 ᄒ고 쳔 량만 ᄂ여 쥬며

여보 아오님 이것 으밧[205]시오 호졍언 즈뎨가 약쇼ᄒ남아 셥々ᄒ다고
일용에나 보틔여 쓰시라 흡더니다

셩씨가 유공불급[206]ᄒ게 밧으며

(셩) 그것은 무얼 쥬더란 말이오 그러나 교군을 쥰비ᄒ얏소 얼풋 ᄃ려
가게 ᄒ시오 나는 먼져 가오

(죠) 그러켓소 어셔 가셔々 아기를 쎠나 보ᄂ시오

그 모양으로 두 계집이 피츠에 죽이 맛져셔 불샹ᄒ고 잔잉ᄒ[207] 영진을 몹
슬 구뎅이에다 잡아 너엇ᄂᄃ 영진은 아모 물싁 모르고 교군에 실녀가셔
불셩인ᄉ[208]를 ᄒ다가 거쳐도 덥게 ᄒ고 약도 바로 쓰닛가

---

203 영솔(領率). 부하, 식구, 제자 등을 거느림.
204 낭탁(囊橐). 어떤 물건을 자기의 차지로 만듦. 또는 그렇게 한 물건.
205 '밧으'의 글자 배열 오류.
206 유공불급(唯恐不及). 오직 미치지 못할까 두려워함.
207 자닝하다. 애처롭고 불쌍하여 차마 보기 어렵다.
208 불성인사(不省人事). 제 몸에 벌어지는 일을 모를 만큼 정신을 잃은 상태.

1912.1.27. 〈20〉

(二十)

ᄎᄎ 정신이 드러 눈을 쩌 둘너보니 ᄌ긔의 집이 안이오 싱면부지 쳐음 보ᄂᆞᆫ 곳이라

　　에그 예가 엇의ᄂᆞ가 내가 엇지ᄒᆞ야 여긔 와 잇슬가

그 겻해 엇더ᄒᆞᆫ 쇼년 남ᄌ가 안졋다가

　　예— 놀나지 마르시오 나ᄂᆞᆫ 의ᄉ올시다 딕에셔 내게다 부탁을 ᄒᆞ시고 이리로 피졉[209]을 보ᄂᆡᆺ셧스니 얼마간 됴셥[210]을 잘 ᄒᆞ셔셔 쾌차ᄒᆞ거든 환딕[211]을 ᄒᆞ시오

영진이가 그 말을 드르니 만단[212] 의심이 다 드러

　　나ᄂᆞᆫ 치료도 실코 아모것도 실흐니 죽으나 사나 집으로 가겟소

ᄒᆞ고 쮜여 ᄂᆡᆺ닷고 십으나 원릭 중병으로 긔운이 탈진ᄒᆞᆫ 닷이라 홀일업시 그딕로 누어 잇ᄂᆞᆫ딕 은근히 여러 가지로 궁리히 보기를

　　나를 하나다샹이 한성병원으로 입원 식이라ᄂᆞᆫ 말을 어렴풋이 드럿고 교군 틱ᄂᆞᆫ 것만 싱각을 ᄒᆞ고 도모지 정신을 몰낫ᄂᆞᆫ딕 이리로 피졉을 보ᄂᆡᆺ다ᄂᆞᆫ 말이 괴상치 안이ᄒᆞᆫ가‥‥‥

　　셕이어멈도 안이 ᄯᅡ라보ᄂᆡᆺ고 나 혼ᄌ 이러케 외따로 와 잇게 ᄒᆞ얏스니

---

209 피졉(避接). '비접(앓는 사람이 다른 곳으로 자리를 옮겨서 요양함)'의 원말.
210 조섭(調攝). 건강이 회복되도록 몸을 보살피고 병을 다스림.
211 환댁(還宅). 남이 자기 집으로 돌아감을 높여 이르는 말.
212 만단(萬端). 여러 가지나 온갖.

　　　　、、、、、

　조식이 부모에게 향ㅎ야 이런 싱각을 ㅎ는 것이 큰 불효지마는 나를 나
으신 어머니씌셔 계시면 병든 조식을 이러케 보닉실 리가 만무홀 터인
딕、、、、、

　에라 이 디경 된 신세가 구챠히 살어셔 무엇ㅎ나 약 한 텹 물 한 슐을 혀
를 씩물고 먹지 안앗스면 필경 시진ㅎ야[213] 죽을 터이지、、、、、

　안이 그럴 것이 업다 약도 주는 딕로 먹고 미음도 주는 딕로 먹으며 아
모됴록 내 병 낫기를 기다리다가 만일 불여의흔[214] 일이 잇거든 그째
가셔 무슨 쇠로 ㅎ던지 내 몸을 쌔져 원통흔 수졍을 셰상에 공포ㅎ고
죽어도 넉넉ㅎ다

ㅎ고 아모 말 업시 소위 의원이라는 쟈의 권ㅎ는 약과 미음 등속을 밧아
먹으며 칩지 안인 방에셔 됴리를 십분 잘 ㅎ고 잇스니 어언간 병을 놋코
원긔가 츙실ㅎ야지더라

츈식이가 급흔 딕로 ㅎ면 하로밧비 아르랑타령 담바귀타랑[215] 량산도 산
념불[216] 등속을 대강대강 ᄀᄅ쳐 다만 몃 원식이라도 버러먹고 십지마는
즁병지여[217]에 미리 셔들다가 졔가 슌죵이나 ㅎ면 됴ㅎ려니와 그러치 안
이ㅎ고 울며불며 ㅎ다가 병이 복발[218]ㅎ기가 쳡경[219] 쉬우니 내가 춤기
는 어렵지마는 아직 일이 삭[220] 더 지난 후에 발표를 ㅎ리라 ㅎ야 쥬야

213　시진(澌盡)하다. 기운이 빠져 없어지다.
214　불여의(不如意)하다. 일이 되어 가는 과정이나 그 결과가 뜻한 바와 같지 아니하다.
215　'령'의 오류.
216　산염불(山念佛). 서도 민요의 하나. 완전오도 위에 단삼도를 쌓은 선법(旋法)으로, 중모리장
　　단으로 부르며 길게 뽑는 가락이 구성지다.
217　즁병지여(重病之餘). 오랫동안 심하게 앓고 난 뒤.
218　복발(復發). 병이나 근심, 설움 따위가 다시 또는 한꺼번에 일어남.
219　쳡경(捷徑). 틀림없이 흔하거나 쉽게.
220　삭(朔). 달을 세는 단위.

시ⵈ로 드나들며 언어 동작이 극공극경ᄒ야 일호[221]도 셜만ᄒ[222] 틱도가 업스나 영진은 텬셩이 어리셕은 사름이 안이어늘 엇지 뎌희들 얏흔 쇠에 영ⵈ 속으리오 닉심으로

이놈 네가 아모리 엄적[223]을 ᄒ랴고 흉징[224]을 부린다마는 나는 다 짐 쟉이 잇다

제 소위 의원이라 ᄒ며 병쟈에 딕ᄒ야 약화졔[225] 한아 닉는 것도 못 보 겟고 치료ᄒᄂ 셜비 한 가지 ᄒ야 노은 것 업고 네 모양을 팔모[226]로 뜻 어보와도 의원은 근ᄉᄒ도 안이ᄒ니 네가 의원이 안이고 보면 쪄간에 무슨 흉계가 확실히 잇슨즉 내가 잠시라도 이곳에 잇ᄂ 것이 챵피ᄒ고 불가ᄒ나 만일 경솔히 굴다ᄂ 나만 욕을 욕틱로 보고 부모 흉만 드러날 것이오 흉만 드러날 쑨 안이라 무슨 큰 죄칙이 업슬ᄂ지도 알 수 업스 니 뎌놈의 눈치를 더 보와셔ㆍㆍㆍㆍ

내가 뎌놈이 주ᄂ 약과 음식을 먹고 이째ᄭ지 살아오기ᄂ 아모됴록 실 낫 곳흔 목슘이 부지ᄒ야 지원극통[227]ᄒ 일을 셰상에 샹쾌히 공포ᄒ야 보쟈 홈이러니ㆍㆍㆍㆍㆍ

흔적 업고 소리 업시 나 한아 죽어브렷스면 관무ᄉ 쵼무ᄉ로 도모지 아 모 일이 업슬 것이다

ᄒ고 츈식의 일동일졍[228]만 슯히며 가슴에 ᄀ득ᄒ 울화를 억지로 진졍

---

221 일호(一毫). 한 가닥의 털이라는 뜻으로, 극히 작은 정도를 이르는 말.
222 셜만(褻慢)하다. 하는 짓이 무례하고 거만하다.
223 엄적(掩迹). 잘못된 형적을 가려 덮음.
224 흉증(凶證). 음흉하고 험상궂은 성질이나 버릇.
225 약화제(藥和劑). 약을 짓기 위하여 약 이름과 약의 분량을 적은 종이.
226 팔(八)모. 여러 방면. 또는 여러 측면.
227 지원극통(至冤極痛). 지극히 원통함.
228 일동일정(一動一靜). 하나하나의 동정. 또는 모든 동작.

ᄒᆞ더라

그 집에 힝랑살이[229]로 잇ᄂᆞᆫ 로파ᄂᆞᆫ 본릭 죠쇼ᄉᆞ의 집 드난ᄒᆞ던 것으로 츈식에게 쳔거를 ᄒᆞ야 와 잇ᄂᆞᆫ 터이라 여러 ᄒᆡ 죠쇼ᄉᆞ에게 잇스며 그 심복이 되야 매음 등ᄉᆞ 신부림에 아조 졸업쟝을 맛흘 만치 익슉ᄒᆞᆫ딕 일즉 영진이 다려온 이후로 일동일정을 날마다 죠쇼ᄉᆞ에게 보고를 ᄒᆞᄂᆞᆫ딕 죠쇼ᄉᆞ가 영진의 ᄉᆞ식이 조곰도 다름이 업고 틱연히 잇다ᄂᆞᆫ 말을 듯고 무엇이 그리 됴흔지 혼ᄌᆞ말로

빈 쪽입니다

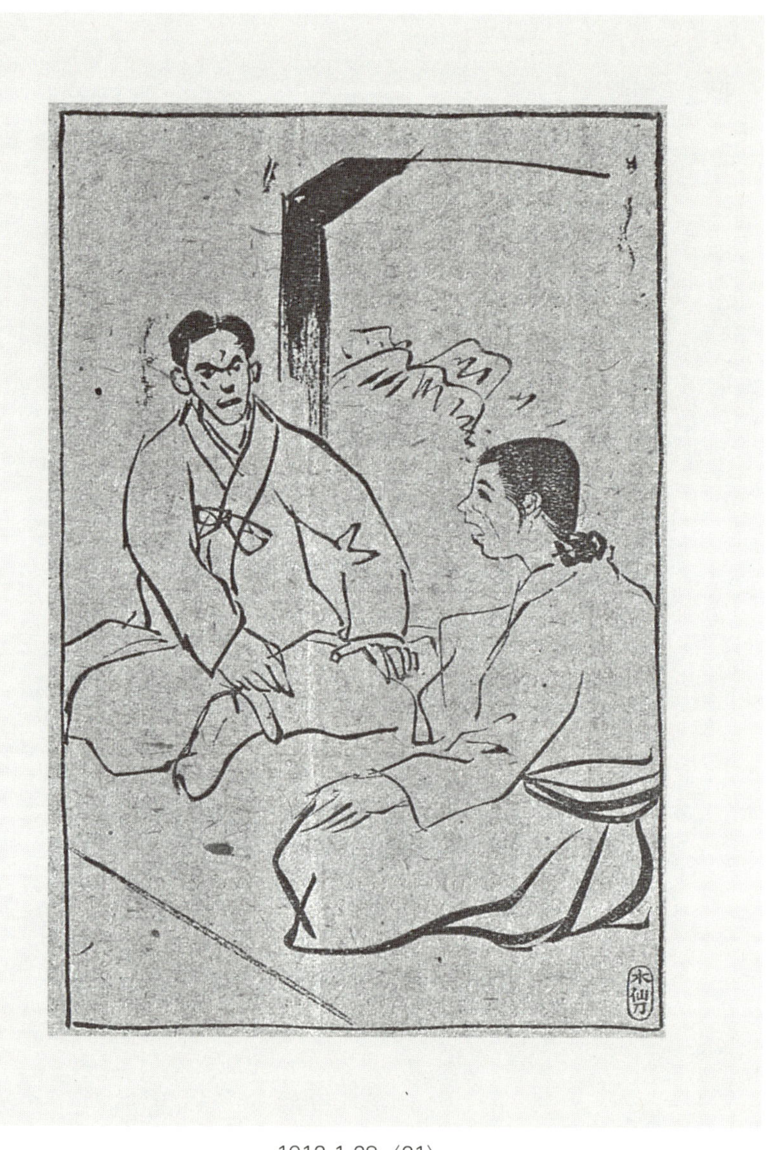

1912.1.28. 〈21〉

1912년 1월 28일

(廿一)

사름의 팔즈라는 것은 모다 하나님이 마련ㅎ신 게로다 나는 그익가 학
교에도 단엿고 셩품도 미몰ㅎ야[230] 병 곳 츠도가 잇셔 졍신이 나면 가
네 오네 ㅎ고 무슨 야단을 홀 줄로 알엇더니 그러케 슉록피[231]가 될 줄
을 엇지 알엇셔

그리면 호셔방이 아즉 싱슈가 낫는걸 인졔야 자져ㅎ고 잇슬 것 무엇 잇
나 진작 패를 치여 늬셰우지
ㅎ고 츈식을 즉시 쳥ㅎ야 치하 겸 가르치는 말이라

(죠) 옵바 인졔는 한턱을 단々히 ㅎ여야지

(츈) 턱이라뇨 무슨 턱을 ㅎ라고 ㅎ시오 홀 만흔 턱이 잇스면 만 번 ㅎ지오

(죠) 부쟈 만드러 줄 으씨 즁미히 쥰 턱을 ㅎ란 말이오

(츈) 부쟈는 쟝릭이고 그동안 믹도 모르는 의원 노릇 ㅎ노라고 사름이
쏙 죽을 번ㅎ얏소

(죠) 뎌런 말 보아 누어먹을 팔즈라닛가 빗나무 밋헤 가 두러누어 기디
리기로 그리면 아모 힘 반 푼엇치 안이 드리려고 ㅎ엿습더닛가 그만 힘
도 안이 드리고 그런 으씨를 엇을 터이면 부쟈 안이 될 사름이 업게 잔
말 々고 어셔 한턱 ㅎ시오

---

230 매몰하다. 인정이나 싹싹한 맛이 없고 쌀쌀맞다.
231 숙녹피(熟鹿皮). 성질이 유순한 사람을 이르는 말.

(츈) 예 턱을 ㅎ다쑨이오 청료리나 양료리집에 긔별을 ㅎ야 한번 쩍버러지게 츠릴 것이니 감아니 계시오 두말ㅎ면 군말 되오

그러나 인져는 그 이 병이 아조 쾌복이 된 모양인딕 이째신지 내가 의 졋을 부리고 일호도 실업시 안이 뵈얏는딕 어둔 밤에 쌤치기로 말을 불숙 ㅎ기가 어려오니 누나가 슈고ㅎ시든 짗이니 한 번 더 슈고롤 ㅎ야 쥬시오

(죠) 여보 옵바는 못는 소리 작ゝ ㅎ오 내 사름 된 이상에 엇더케 쳐치롤 못 히셔 남다려 말을 흔단 말이오 당치 안일 잘[232]말 ゝ고 어셔 가셔 뎌다려 됴혼 말로 이르고 불여의ㅎ거던 잡도리를 단단히 ㅎ야 그루를 안치시오 비미부득(非媒不得)[233]으로 내가 중미는 ㅎ야 드렷거니와 그 다음 일이야 알안곳이나 잇소 옵바는 싱각을 ㅎ야 보오 뎌도 알다십히 내가 뎌의 어머니와 친형뎨쳐럼 지닉는딕 뎌롤 되ㅎ야 됴혼 도리로 훈계는 못홀 망졍 신셰 맛치는 쳔역[234]을 ㅎ라고 권ㅎ는 슈가 잇겟소 내게 다른 의론ㅎ실 일이 잇스면 모로거니와 그 이 일에 당히셔는 다시 긔구롤 말으시오

(츈) 누나 이게 무슨 말슴이오 내가 그 이롤 되려다가 그 고싱을 ㅎ며 오늘날신지 병 치료를 ㅎ야 쥬기는 누나의 말만 밋고셔 흔 일인딕 지금 와셔 그 말 흔 마듸 ㅎ야달나닛가 이러케 링괄이 쎄여바리듯 홀 것이 무엇이란 말슴이오 이젼 셰월 깃흐면 안이홀 말로 발가벗기고 잔치질[235]을 ㅎ야 가면셔라도 내 ㅁ음딕로 식이겟지마는 지금이야 그럿소 뎌만 실타고 쮜여 늬다르면 강뎨로 ㅎ는 슈 업고 나만 랑패홀 터인딕

---

232 '잔'의 오류.
233 비매불득(非媒不得). 중매 없이는 들 수가 없다.
234 천역(賤役). 천한 일. 또는 그 일을 하는 사람.
235 잔채질. 포교가 죄인을 신문할 때에, 회초리로 연거푸 때리던 일.

내가 뎨 의향도 몰으고 셧불니 말을 닉엿다가 뎨 뒤답이 엇더케 나올달 몰으기에 누나다려 슈고시러오나 묘혼 말로 잘 줌을너 지나혼 일이니 고집 말고 지금 곳 가셔々 셜폐구폐[236]를 모다 흐야 가며 잘 화두를 만드러 쥬시오

내가 쳔은 굿혼 돈을 드려가며 몃 달을 고싱혼다 뎨 수만 빗나가면 내가 감안이 잇고 말 터이오 내 돈 삼쳔 량 먹고 뎨 쏠 폴아먹은 뎨 임이를 경찰셔에 고소흐야 그 돈과 병 치료흐야 쥰 젼후부비[237]를 다 물니고야 말 터이오

죠쇼수가 처엄에 링괄흐야 쎄어버리랴 흐기는 츈식의 일은 잘 되던지 못되던지 줏미를 흐야 쥬고 긔왕 이쳔 량 돈을 쑥 쎄먹엇스니 고만이지 그 다음 일 참셥홀[238] 신듥이 업다 흠이러니 급기 츈식의 하는 말을 드르니 가슴이 울넝々々흐며 은근히 겁이 나셔 혼주 싱각흐기를

그 계집이의 셩미가 미물혼되 츈식이가 셧불니 말을 붓치다가 뒤답이 빗느가기 곳 흐면 필경 제 돈을 공히 일치 안이흐랴고 졍소질[239] 신지라도 졍말 흐는 디경에 이를지니 그리고 보면 한쥬수 집의 먹은 돈 토흐는 것은 시들흐나 나의 즁간에셔 쎄어먹은 이쳔 량 수건이 발각될 터이니 그 안이 난당[240]혼가

---

236 셜폐구폐(說弊救弊). 폐단을 말하고 그 폐단을 바로잡음.
237 부비(浮費). 일을 하는 데 써서 없어지는 돈.
238 참섭(參涉)하다. 어떤 일에 끼어들어 간섭하다.
239 정소(呈訴)질. 관청에 소장(訴狀)을 내는 일.
240 난당(難當). 당해 내기 어려움.

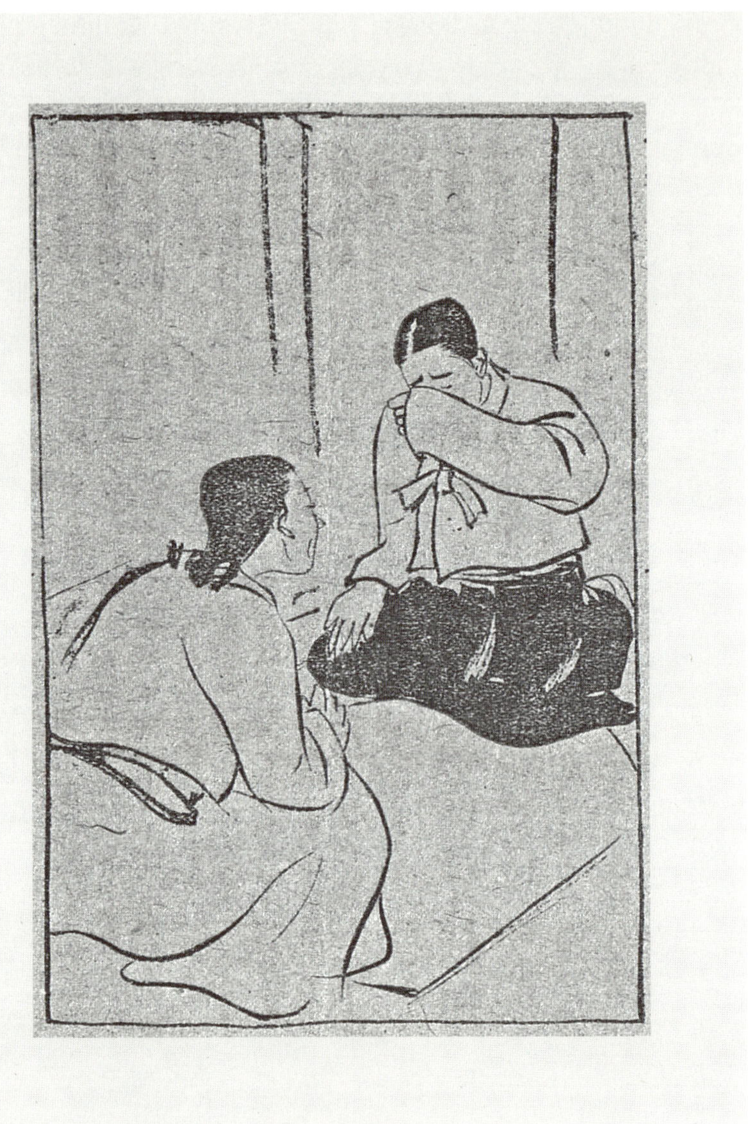

1912. 1. 30. 〈22〉

(廿二)

할일업다 내가 々셔 그 계집이를 빅 가지로 쇠여 뒤ㄴ말이 업시 귀뎡[241]ㅎㄴ 것이 샹칙이라

ㅎ며 쌀々 우스며

(죠) 옵바ㄴ 사름을 셩가시럽게 굴기도 ㅎ지 졔가 말을 드르나 안이 드르나 한번 가셔 내 지됴껏 말은 ㅎ야 보리다마ㄴ 그 계집이가 말을 드르면 됴커니와 안이 듯더릭도 내 탓은 아예 마오 내 탓만 말 쑨 안이라 한쥬ㅅ 집도 시비를 말으시오

(츈) 그ㄴ 엇지 되얏던지 어셔 가기나 ㅎ십시다

(죠) 안이오 말은 히 맛시고 고기ㄴ 씹어야 맛이라고 당초에 그 계집이 듸려갈 에쌔[242] 내가 무엇이라고 흡더닛가 그 익가 학도 츌신이고 셩픔이 강경ㅎ다닛가 옵바가 무엇이라고 ㅎ얏소 츠々 내 사름 된 이후에 아모러케 ㅎ기로 졔가 무엇이라고 ㅎ겟ㄴ냐고 아모조록 듸려 오게만 ㅎ야 달나고 안이ㅎ셧소 그런 고로 내던지 뎌의 어머니던지 그 계집이 보닉기만 위쥬[243]ㅎ얏지 그 후에 잘살고 못사ㄴ 것이야 샹관이나 ㅎ얏소 그야 샹관을 ㅎ나 안이ㅎ나 후탈[244] 업시 잘되기만 ㅎ기를 바르지 만으

---

241 귀정(歸正). 그릇되었던 일이 바른길로 돌아옴.
242 '째에'의 글자 배열 오류.
243 위주(爲主). 으뜸으로 삼음.
244 후탈(後頉). 어떤 일의 뒤에 생기는 탈.

나 젹으나 돈을 밧고 졔 ᄌ식을 쥰 이상에 범연ᄒ릿가[245] 공연히 히 늬 버리는 말이라도 남의 감정[246]나게 졍쇼이ㅅᄌ는 입에 올니지도 말으시오

(츈) 누나 로혀 말으시오 내가 이번 일이 가위 칼 물고 쒸엄쒸긴듸 무슨 싱각이 안이 들겟소 하도 답ㅅ히셔 나온 말이지 누나는 흉험을[247] 업쇼마는 한쥬ㅅ 집에 이듸 말이 안이 드러가도록 ᄒ시오

(죠) 내가 옵바 말을 그다려 홀 리가 잇소 그듸 념려는 조곰도 말고 어셔 가십시다

이째 영진이는 만단 의혹 중에 잇셔 하회[248]만 기듸리고 잇는듸 엇더ᄒ 스십여 셰 가량된 녀인 하나이 의복을 ᄌ르ㅅ 흘으게 입고 드러와 겻헤와 다졍히 안즈며 한업시 졍답게

에그 우리가 벌셔 셔로 보앗슬 터인듸 인졔야 만느지

영진이가 입을 담물고 말을 일졀 안이ᄒ더니 죠쇼ㅅ 흐들갑시럽게 인ㅅ ᄒ는 것을 보고 비로소

(영) 당신은 누구심닛가

(죠) 응 츠ㅅ 알면 알지 그릭 인졔는 신병이 쾌츠ᄒ다니 감츅ᄒ 일ㅅ셰

(영) · · · · · ·

(죠) 아모려나 이 집 쥬인 량반이 힘을 퍽 드리셧군 한춤 졍신 몰으고 알을 졔 나도 보앗지마는 아조 만분위즁[249]ᄒ더니 지금은 신관[250]에

---

245 범연(泛然)하다. 차근차근한 맛이 없이 데면데면하다.
246 감정(憾情). 원망하거나 성내는 마음.
247 흉허물. 흉이나 허물이 될 만한 일.
248 하회(下回). 윗사람이 회답을 내림. 또는 그런 일.
249 만분위중(萬分危重). 병세가 아주 깊고 위태로움.
250 신관. '얼굴'의 높임말.

병식이 업고 탐시러워졋는걸

ㅇ가씨가 그 은공을 착실히 잘 갑하야 홀걸

에그 우리 아오님이 사위 지목을 춤 잘 알아보아 지금 셰샹에 홀아비로 늙을지언정 누가 식벽들 보즈고 초져녁브터 나셔기로 이 다음 가속[251] 숨자고 그 병구원[252]을 히 아모려나 ㅇ가씨는 쥬인 량반과 텬싱연분이지 년긔가 셔로 틀니나 인물이 피츠에 남을얼 듸가 잇나 디쳬[253]가 누가 부족흔가 열에 한 가지 걸맛지 안이흔 게 업지마는 다만 셥ㅅ흔 일은 륙례[254]를 갓초아 뎐안[255]교비[256]를 못 흔 것이지

그는 스셰부득[257]이 한 일이닛가 슈원슈구[258]흘 것도 업지 ㅇ가씨가 신병만 즁흐지 안이힛셔도 썩버러지게 륙례를 누가 말녀 못 힛슬신

륙례 못 갓춘 게 샹관이 잇나 ㅇ가씨는 학교를 단녀 긔화를 힛스니 말이지 신식 혼인에 륙례를 안이 힝흔다는듸

이 사름의 부탁 안이기로 어련흘 바— 안이지마는 긔왕 이러케 싀집 오기도 역시 팔즈소관[259]이니 아모조록 남편의 쯧을 밧아 미스에 식이는 듸로 소곰셤을 물로 쓸늬도 쓰는[260] 흉늬를 흐고 보면 즈연 집안이 화

<hr>

251 가속(家屬). 아내의 낮춤말.

252 병구원(病救援). 앓는 사람을 돌보아 주는 일.

253 지체. 어떤 집안이나 개인이 사회에서 차지하고 있는 신분이나 지위.

254 육례(六禮). 우리나라에서 전통적으로 내려오는 혼인의 여섯 가지 예법. 납채, 문명(問名), 납길, 납폐, 청기(請期), 친영을 이른다.

255 전안(奠雁). 혼례 때, 신랑이 기러기를 가지고 신부 집에 가서 상 위에 놓고 절함.

256 교배(交拜). 전통 결혼식에서, 신랑과 신부가 서로 절을 주고받는 예(禮).

257 사세부득(事勢不得). 어쩔 수 없는 상황 때문에 그렇게 할 수밖에 없음. 또는 그런 일.

258 수원수구(誰怨誰咎). 누구를 원망하고 누구를 탓하겠냐는 뜻으로, 남을 원망하거나 탓할 것이 없음을 이르는 말.

259 팔자소관(八字所關). 타고난 운수로 인하여 어쩔 수 없이 당하는 일.

260 소금 섬을 물로 끌라고 해도 끈다. 소금 섬을 물로 끌면 소금이 녹아 없어져서 애쓴 보람도 없이 일을 망치고 마는데도 아무 생각 없이 남이 시키니까 한다는 뜻으로, 무슨 일이든 시키는 대로 맹목적으로 하는 경우를 비유적으로 이르는 말.

평흐야 빅스[261]가 졀로 될 터이지

영진이가 그런 의심이 언졔는 안이 들엇던 바는 안이로되 급기 그 녀인의 발표흐는 말 일쟝을 드르니 텬디가 아득흐고 오쟝이 에이는 듯흐며 두 눈에셔 더운 눈물이 시암솟듯흐며 아모 되답도 안이흐고 한곳 즈긔 몸 하나이 세샹에 업셔질 싱각샌인되 츈식이가 밧그로셔 빙그레 웃고 드러오며

　(츈) 누나 의원은 내가 착실흔 의원이지오

　(죠) 아모렴 당시 편작[262]이지 누의가 못쳐럼 왓는되 슐 한잔 되졉도 안이흐고 밧그로만 빙々 돌으니 그것 무슨 인스오

빈 쪽입니다

23화는 삽화 없음

1912년 2월 1일

(卄三)

(츈) 에그 참 이젓지오 믹쥬를 사오릿가 정종을 사오릿가

(죠) 여보 믹쥬도 고만두고 정종도 고만두고 잔치 한상만 썩버러지게 차려 오시오

(츈) 잔치ㅅ상이 그리 급ㅎ오 그러나 나는 이째ㅅ지 의원인 톄 속여 왓는듸 고만 바로 발각을 흔단 말이오

(죠) 속이기는 웨 속여 속이는 것이란 게 잠시 그째 권도[263]이지 오늘늘 내가 발각을 안이ㅎ면 한싱젼 바로 말을 안이ㅎ럅더닛가 늬외간 되는 터에 믹스를 이실직고를 ㅎ여야지 졍이 써러지게 웨 오릭 속여오 초록은 일싴으로 내가 녀편네닛가 그런지 사늬들 녀편네 속이는 것을 보면 남의 일이라도 열이 나더라 아가씨 내 말이 올치 안이흔가

아가씨 이러케 싀집온 것은 벌셔 삼신이 졈지ㅎ실 째에 마련ㅎ신 일이고 또는 부모가 허락ㅎ신 터이니 ᄆ음에 셥ㅅ히 녁여 더러케 울지를 말고 오늘브터 아조 피ㅊ간 늬외가 착실히 되여 살림을 싀가 쏘다지도록 즈미가 잇게 ㅎ며 아들도 낫코 쏠도 낫코 지늬 보게

(영) ﹅ ﹅ ﹅ ﹅ ﹅

죠쇼스가 그싸위 슈작을 쟝ㅅ하일[264]이 거진 넘어가도록 짓거리다가 급기 작별을 ㅎ고 갈 째에 츈식을 눈짓ㅎ야 몬져 늬보늬고 영진의 겻흐로 다시

---

263 권도(權道). 목적 달성을 위하여 그때그때의 형편에 따라 임기응변으로 일을 처리하는 방도.
264 장장하일(長長夏日). 기나긴 여름날.

갓가히 와 안져 안이 나오는 흔슘을 억지로 길게 쉬고 한 손으로 머리를 슬々 쓰다듬으며

여보게 울지 말게 긔왕 이 디경 된 이샹에 울면 쓸듸 잇나 내가 아가씨 어머니와 친형뎨쳐럼 갓가히 지닐 샏외라 늙기에 병신 즈식 한아도 업슴으로 아가씨를 내 쏠이나 지지 안케 녁이고 이쳐럼 일으는 것이니 내 말을 한데로 듯지 말게

이 집 쥬인이 호정언의 아들인듸 근본도 샹업지 안인 사름이고 당쟈도 쏙々흥야 아모 듸를 가더리도 쌔지々 안일 만흥니 친뎡 부모를 쟝 모시고 지닉지 못흥고 츌가외인[265] 되는 이샹에 류례만 못 갓초엇다쑨이지 더 고르면 별수 잇나 쥬인으로 말흥면 허다흥 신부에 엇의 업스리오마는 하필 아가씨를 다려오기는 아가씨 학교에 단이는 것을 이왕 보고 무음에 흠션[266]흥야 통혼[267]을 흥랴든 츳에 신병이 그러케 위즁흥다는 소문을 듯고 무음에 놀나와서 즈긔가 담당을 흥야 치료식이어 늬외가 되기로 쟝담을 흥고 아가씨 부모 되시는 늬외분에게 허락을 밧아 다려다가 무한흥 고싱을 흥야 가며 이만치 평복[268]이 되게 흥얏스니 신세도 적지 안코 연분도 착실흥니 아모 흔탄 말고 그의 말을 잘 듯게 만일 슌죵치 안이흥고 이러니 뎌러니 규각[269]이 나고 보면 공든탑을 무단히 문허트릴 리가 잇나 젊은 려긔에 그가 얼마나 분히흥겟나 분히흥고 그만 □[270] 앗스면 오히려 관계 업지마는 셜왕셜릭[271]가 쟝황히 되다는 아가씨 부

---

[265] 츌가외인(出嫁外人). 시집간 딸은 친정 사람이 아니고 남이나 마찬가지라는 뜻으로 이르는 말.
[266] 흠션(欽羨). 우러러 공경하고 부러워함.
[267] 통혼(通婚). 혼인할 뜻을 전함.
[268] 평복(平復). 병이 나아 건강이 회복됨.
[269] 규각(圭角). 말이나 뜻, 행동이 서로 맞지 아니함.
[270] 문맥상 '말'로 추정.

모님씌 적지 안이 챵피흔 일이 싱길 터이니 부듸 내 말[272]을 열ㅅ되드리 정말로만 듯고 아예 반듸ᄒ지 말게 자—나는 가네 내 집이 예셔 갓갑지를 못ᄒ닛가 자조 올 수는 업지마는 한 둘에 수삼 ᄎㅅ식은 와 보겟네

죠쇼ㅅ가 밧그로 나아와 츈식다려 영진에게 일으든 말을 되풀이로 일쟝 리약이를 ᄒ고 컴々흔 슈쟉을 쏘 한마듸 ᄒ더라

(죠) 나는 무슨 업원[273]으로 신발만 써러트리고 올팡갈팡 이 이를 쓰고 단일가 내가 내 일을 싱각히도 알 수 업지

(츈) 가이업슴니다 내 일을 누나가 안이 보아주면 누가 보아주겟소

ᄒ며 지갑에셔 지화[274] 이십 원을 늬여 주며

　이것이 변々치 못흔 남아 쥬채[275]나 ᄒ시오

죠쇼ㅅ가 못 익의는 톄ᄒ고 밧으면셔

(죠) 쳔만 의외 이것은 웨 주시오 내가 이것 ᄇ라고 옵바 일을 보와 드렷드란 말이오

(츈) 압다 아모 말 마르시오 셥々히셔 드리는 것이니 밧아 두구려

츈식은 그만ᄒ면 영진의 ᄆ음이 도랏스려니 ᄒ야 깃분 김에 졔 친구를 몃 명 모와 놋코 슐ㅅ잔이나 차려 흥씻 먹어볼 작뎡으로 안쥬ㅅ감을 작만ᄒ러 나가며 힝랑것[276]을 불너 문신칙[277]을 단々히 ᄒ더라

　여보게 어멈 힝랑에 잇나 대문 쏙 닷아 두고 누가 드러오나 나가나 단々히 숣혀보게

---

²⁷¹ 설왕설래(說往說來). 서로 변론을 주고받으며 옥신각신함. 또는 말이 오고 감.
²⁷² '말'의 글자 방향 오식.
²⁷³ 업원(業冤). 전생에서 지은 죄로 말미암아 이승에서 받는 괴로움.
²⁷⁴ 지화(紙貨). 종이에 인쇄를 하여 만든 화폐.
²⁷⁵ 주채(酒債). 술값으로 진 빚.
²⁷⁶ 행랑(行廊)것. 예전에, 행랑에서 살던 하인을 낮잡아 이르던 말.
²⁷⁷ 문신칙(門申飭). 예전에, 잡인이 대문으로 드나드는 것을 금하거나 드나들지 못하도록 살피던 일.

1912.2.2. 〈24〉

1912년 2월 2일

(廿四)

그날 영진이는 죠쇼스 나간 뒤에 꼼작도 안이ᄒ고 그 ᄌ리에 졉친 듯이 그딕로 안이셔 한업시 울기만 ᄒ가 무슨 싱각을 다ᄒ고 그 울음을 쑥 긋치며 한슘 한 번을 길게 쉬더니 혼ᄌ말이라

　히가 벌셔 넘어 져녁새가 갓가와 오네 히 곳 지면 내가 무슨 소조[278]를 당홀지 몰으ᄂ딕 이 일을 엇지ᄒ면 됴혼가 지금 아모도 업ᄂ 승시[279]를 ᄒ야 이 경륜[280] 뎌 경륜 다 고만두고 나 하나 죽어버렷스면 고만이겟다 ᄒ고 벽에 걸닌 슈건을 벳겨 한 ᄭ은 들보에다 믹고 한 ᄭ으로 ᄌ긔 목에다 믹랴고 ᄒᄂ딕 대문 소리가 쎄거걱 나며 신발 소리가 져벅々々 나닛가 힝랑[281] 로파가 방문을 덜컥 열어졔치며

　그게 누구오 응 나는 누구라고 안악에나 어셔 드러가 보오 무엇을 사실ᄂ지 영진이가 그 소리를 듯고 소々 라쳐 놀나며 믹엿던 슈건을 얼풋[282] 쓸너 여젼히 걸어 노코 동정만 숣혀보노라니 신발 소리가 졈々 갓가히 나며

　바늘이나 실 안이 사시렴닛가

영진이가 슬몃이 졀통흔 ᄆ음이 나셔 속ᄆ음으로

　비러를 먹을 년의 쟝스 무엇ᄒ러 방졍맛게 드러와셔 남을 그러케 놀닉노

278　소조(所遭). 치욕이나 고난을 당함.
279　승시(乘時). 적당한 때를 탐.
280　경륜(經綸). 일정한 포부를 가지고 일을 조직적으로 계획함. 또는 그 계획이나 포부.
281　행랑(行廊). 예전에, 대문 안에 죽 벌여서 지어 주로 하인이 거처하던 방.
282　얼풋. '얼른'의 방언(경상).

ㅎ며 무심히 문틈으로 닉다 보다가 깜짝 놀나 문을 화다닥 열고

　에그머니 이게 누구오

소리를 질으며 쮜여 나가랴다가 얼풋 다시 싱각ㅎ기를

　에그 힝랑 사름이 드르면 슈샹시럽게 알 터이니

ㅎ고 간신히 창밧게 나갈 만치 나즉ㅎ 음셩으로

　이리로 드러와 나를 좀 보오

방물[283]쟝ᄉ가 눈이 둥그릭지며 황망히 방물보굼이를 마루에다 닉려노

코 방안으로 쥬루루 드러가더니

　어—

소리 한마듸를 ㅎ고 와르ㅅ 달녀드러 영진 목을 얼ᄉ안ㅅ고 푹 업듸리며

　즈근으씨 이게 웬일이오

영진이가 손짓을 ㅎ며

　써들지 말고 감안ㅅㅅ이 말을 ㅎ오

로파가 영진의 목을 노코 바로 안져셔

　(로) 즈근으씨가 공쥬 틱으로 닉려가셧다더니 엇진 곡졀로 이 집에 계

심닛가

　(영) 예셔 쟝황히 말ᄒ 곳이 못 되니 나와 지금 밧비 도망을 흡시다

　(로) 도망을 ㅎ다뇨

　(영) 내가 혼ᄌ라도 벌셔 도망을 ㅎ얏겟지마ᄂ 엇의를 엇의로 가ᄂ지도

모르고 나셧다가 얼마 가지 못ㅎ고 발각이 되면 욕만 더 당ᄒ 터이닛가

방쟝 목을 믹여 죽으랴 ㅎᄂ 즈음에 한멈을 보니 눈이 버언ㅎ고려[284] 두말

말고 내게 교틱로 이 방에 아모 소리 업시 안졋스면 내가 먼져 한멈 셧던

---

[283] 방물. 여자가 쓰는 화장품, 바느질 기구, 패물 따위의 물건.
[284] 번하다. 어두운 가운데 밝은 빛이 비치어 조금 훤하다.

초마[285]를 욱구려 쓰고 방물보굼이를 이고 나갈 것이니 조곰 잇다가 한멈

은 머리에 쓸 것도 업시 텬연히 나오게 되면 힝랑것이 늬다보기로 웬 마누

라냐 무러는 볼지언뎡 나 도망혼 줄이야 제가 알 슈가 잇소

　(로) 아모려나 ㅇ씨만 됴흐시도록 ᄒᆞ십시다

ᄒᆞ며 초마를 씨워 쥬고 방물보굼이를 이워 쥬더라

영진이가 텬연시럽게 대문을 열고 나가니 힝랑 한멈이 늬다보고도 심상히

녁이어셔

　여보 대문 쏙 짓치오

영진이가 드른 톄도 안이ᄒᆞ고 나가니 로파가 혼즈 꾸짓기를

　빌어를 먹을 쟝슈 귀가 먹엇나 듸답노[286] 안이ᄒᆞ게

ᄒᆞ며 쓸넛던 초마 슨을 곳쳐 미고 대문을 짓치러 막 나가랴는듸 신발 소리

가 쏘 나는지라 발 쯧으로 문셜쥬[287]를 툭 츠 열고

　누구오

로파가 도라셔며

　예― 지금 나가던 쟝슈올시다 이 건너 듸에 가 보닛가 듸에다 집힝이를

　노코 나왓길늬 도로 와셔 집어가지고 가는 길이오

힝랑어멈이 롱담 비스름ᄒᆞ게

　뎌 마누라가 정신 줌어니는 엇다 늬노코 단이나 정신이 뎌러케 업고 쟝

　슈는 엇지ᄒᆞ노 여보 대문을 쏙 닷치고 가오 남 익써 닷아 노은 문을 류

　문[288]ᄒᆞ듯 쎡 벌녀 노코 들낙날낙 응 귀치안아라

　(로) 예― 넘려 말으십시오 쏙 닷지오

---

285 초마. '치마'의 방언(강원, 경기, 황해).

286 '도'의 오류.

287 문설주(門―柱). 문짝을 끼워 달기 위하여 문의 양쪽에 세운 기둥.

288 유문(留門). 조선 시대에, 밤중에 특별한 일이 있어 궁궐 문이나 성문 닫는 것을 중지시키던 일.

1912.2.3. 〈25〉

(廿五)

로파가 대문을 빈틈 업시 닷아놋코 병문 밧그로 나가니 그곳에 영진이가 기다리고 잇는지라

(로) 자근아씨 엇의로 가시랴오 딕으로 가실까요

(영) 부모 뵈옵고 십은 딕로 ᄒ면 한거름에 쒸어갓스면 됴켓지마는 갓다가 집안 형편이 엇더홀는지 알 수가 잇셔야지······

로)[289] 딕에셔는 아씨를 공쥬 외가딕으로 보닉셧다고 ᄒ며 아씨 싱각은 쑴에도 안이ᄒ십듸다 딕에를 가셔도 ᄎᄎ 동정 보와 가실 작뎡으로 위션 더리 가십시다 아모도 드나들지 안이ᄒ는 종용ᄒ 집이 잇스니

(영) 그 집은 뉘 집이란 말이오

(로) 웨 아씨도 이왕[290] 보셧지오 한멈의 아오 길이어미의 집이올시다 제 남편은 리강진 령감을 뫼시고 고을에 가 잇고 쳘 모르는 길이 놈만 다리고 잇담니다 뎌놈의 집에셔 쏫ᄎ오기 젼에 어셔 밧비 가십시다

ᄒ며 로파가 압셔 대젼ㅅ골 네거리로 구리기로 나셔셔 동을 향ᄒ고 썩 닉려가다가 슈구문[291] 안 조고마ᄒ 집으로 드러가 대문을 싹ᄼ 안으로 닷아 걸고 음셩이 밧게 들닐셰라 감안ᄼᄼ히 피ᄎ 리약이를 ᄒ더라

(로) 아씨 아씨 계시던 집이 엇던 사름의 집인듸 엇더케 되야셔 게 가

계셧슴닛가

(영) 나는 ㅈ세 알 수 잇소 그째 우리 션싱님 하나다샹 오셧던 것은 한 멈도 보앗지오

(로) 보앗지오

(영) 하나다샹 단여간 뒤에 정신이 혼곤ㅎ야 아모런 줄 모로는듸 별안 간에 교군에다 안아다 틔오기에 웬일이냐 무른즉 병을 곳치러 간다 ㅎ 는 말만 듯고 쏘 쌈박 정신을 못 ㅊ렷더니 얼마 만에 눈을 써 숣혀본즉 가 잇던 그 집인듸 엇던 남ㅈ가 웃목애 안졋다가 ㅈ칭 의원인듸 나의 병을 담임ㅎ야 치료를 ㅎ노라 ㅎ기에 팔모[292]로 뜯어보와도 의원과는 근ㅅ치도 안이ㅎ고 언어 동작이 극히 단정치 못ㅎ니 잠시 그곳에 잇기 가 실ㅎ나 쳑골되야 누은 몸을 힝동홀 긔약이 묘연ㅎ야 ㅊㅊ 긔회를 보 와 쳐치홀 작뎡으로 모로는 톄 잇는 것이 그렁뎌렁[293] 겨을이 다 가고 근일을 당ㅎ얏는듸 내 병이 쾌히 차도가 잇셔 완인[294]이 되닛가 졈ㅊ 겁이 나셔 그쟈의 눈치만 보고 잇더니 오늘 아츰에 엇더흔 계집이 드러 와 횡셜슈셜 짓거리며 소위 의원이라는 쟈와 연분이 잇스니 잘 살나 엇 지라 괴ㅊ망칙흔 소리를 다 ㅎ고 간 뒤에 그쟈도 맛츰 엇의로 나갓기에 그 승시를 ㅎ야 내가 죽어 욕을 면ㅎ는 것이 샹칙이라 ㅎ야 벽에 걸닌 슈건을 볫겨 목을 방쟝 민아다는듸 한멈이 드러와셔 텬힝[295]으로 나왓 는듸 그 곡졀이 엇지된 줄은 도모지 알 수 업소

로파가 한숨을 휘이 쉬며 눈물이 더벅ㅊㅊ 써러지더니

에그 세샹에 원통흔 일도 잇소 도라가신 아씨가 싱죤히 계셧스면 세샹

---

292 팔(八)모. 여러 방면. 또는 여러 측면.
293 그렁저렁. 그렇게 저렇게 하는 사이에 어느덧.
294 완인(完人). 병이 완전히 나은 사람.
295 천행(天幸). 하늘이 준 큰 행운.

업기로 자근아씨를 이 디경이 되시게 ᄒᆞ셧겟소 그릭 오늘 와셔 짓거리던 녀편네ᄂᆞᆫ 누구라 ᄒᆞᆸ더닛가

(영) 나ᄂᆞᆫ 알 수 잇소 졔 말이 우리 어머니와 형이니 아오이니 ᄒᆞ다면셔 그 집 쥬인놈다려ᄂᆞᆫ 옵바々々 ᄒᆞᆸ더니다

(로) 오— 그년이 그년이로구면 그년 나히 한 ᄉᆞ십 되고 얼골이 바시러지고[296] 건슌[297]지고 살ㅅ젹이 됴치 안이ᄒᆞᆸ더닛가

(영) ᄌᆞ세 쳐다보지ᄂᆞᆫ 안이ᄒᆞᆫ소마는 얼풋 보와도 그러ᄒᆞᆫ가 봅듸다

(로) 뎌런 쳔참만륙[298]을 히도 죄가 남을 년 보아 그년이 우리 압집에셔 살던 죠쇼ᄉᆞ년이오구려 그년 싱이가 남의 유□[299]녀 쎄니오기 쳐녀도 쇡쥬가[300]로 무수히 ᄲᅡ아먹어 젼후 못된 짓은 모도 다 ᄒᆞᄂᆞᆫ듸 딕 아씨인지 마님인지 밤낫 그년의 집을 넘나들며 형님이니 아오님이니 ᄒᆞ더니 그년이 새다리ㅅ목으로 쩌나간 뒤에ᄂᆞᆫ 다시 보지를 못ᄒᆞ얏ᄂᆞᆫ듸 필경 그년이 ᄉᆡ에 드러셔 자근아씨를 몹슬 곳으로 집어너엇소구려 그 쥬인놈이 뎡녕 쇡쥬가 셔방 놈이던가 보오 여긔 몃 둘이고 싹도 보이지 말고 계시면 한멈이 엇더케 ᄉᆞ면 슈소문을 ᄒᆞ던지 닉용을 ᄌᆞ세 알어셔 이 원슈를 갑하드리고 말 터이오

---

296 바스러지다. 얼굴이 마르고 쪼그라지다.
297 건순(乾脣). 위로 들린 입술.
298 천참만륙(千斬萬戮). 수없이 베어 여러 동강을 내어 참혹하게 죽임.
299 문맥상 '부'로 추정.
300 색주가(色酒家). 젊은 여자를 두고 술과 함께 몸을 팔게 하는 집.

1912.2.4. ⟨26⟩

1912년 2월 4일

(卅六)

(영) 그런듸 한멈 언제 우리 집에를 갓다 왓소 아버지 병환이나 안이 계시고 과히 어렵게 지내시지나 안이ᄒ십더닛가

(로) 그 아오라진 어머니 아버지의 병환 잇고 업ᄂᆞᆫ 것은 알아 무엇ᄒ시랴오 나 ᄀᆞᆺᄒ면 모골이 송연ᄒ야도[301] 싱각도 안이ᄒ겟소 한멈이 처음에ᄂᆞᆫ 펄ㅅ적 가셔 자근아씨가 엇의 가섯ᄂᆞ냐 쇼식을 언제 드르셧ᄂᆞ냐 엿주어 보앗더니 업다 아기씨신지 귀기씨신지 눈을 것을쩌보지도 안이ᄒ고 몰퐁스러온[302] 말로 자근아씨 공쥬 외가듸으로 피졉[303]을 갓다네 정성이 치ᄲᅥᆺ치거던 쏫차가 보게그려 ᄒ며 그 다음브터ᄂᆞᆫ 즈네 누구를 보쟈고 우리 집에를 풀방구리[304]에 쥐 드나들듯 ᄒ나 ᄒᄂᆞᆫ 말에 한멈이 엇지 분이 나ᄂᆞᆫ지 말을 좀 막오ᄒ엿지오 여보 아씨가 내게 그리 못ᄒᆷ닌다 아씨ᄂᆞᆫ 이 듸에를 드러온 지가 얼마 못 되닛가 아모 의리 모로고 이러케 괄시[305]를 ᄒ나 보오마는 나으리 아버님씌셔도 내 졋을 잡숫고 자라시고 나으리도 내 졋으로 자라나셧ᄂᆞᆫ듸 나를 엇의로 보기로 이러케 괄시를 ᄒ시오 자근아씨가 내 쏠이오 내 손녀오 어머니 업시 자라나셔 그 모양으로 위즁히 알으시니 ᄆᆞ음이 안이 노혀 엿주어본 것이

---

301 모골(毛骨)이 송연(悚然)하다. 끔찍스러워서 몸이 으쓱하고 털끝이 쭈뼛해지다.
302 몰풍(沒風)스럽다. 성격이나 태도가 정이 없고 냉랭하며 퉁명스러운 데가 있다.
303 피접(避接). '비접'의 원말. 앓는 사람이 다른 곳으로 자리를 옮겨서 요양함.
304 풀방구리. 풀을 담아 놓은 작은 질그릇.
305 괄시(恝視). 업신여겨 하찮게 대함.

대단히 잘못ᄒ얏소 시루썩에 웃켜[306]를 언져 주어도 안이 올 터이니 걱
정 말으시오 ᄒ고 그 다음에는 한 번도 가본 적이 업는ᄃᆡ 자근아씨 일
을 아모리 싱각ᄒ야도 ᄆᆞ음이 안이 노혀셔 그 잇흔날 즉시 공쥬 ᄃᆡ에를
나려갓셧지오

(영) 그릭셔오

(로) 공쥬 ᄃᆡ에를 샹수 나신 아씨 어머니 계실 째에 뫼시고 한 번 가본
뒤에 다시야 언제 가보앗슴닛가 그 ᄃᆡ 마님이나 그져 계신 터 ᄀᆞᆺᄒ면
반겨ᄒ시련마는 모다 ᄉᆡ로 드러오신 아씨들이시고 셔방님네들은 간신
히 걸음발 탈 적에 뵈온 터이라 한 분도 알아보지를 못ᄒ는ᄃᆡ 한멈이
츈치ᄌᆞ명(春雉自鳴)[307]으로 젼후 릭력을 말ᄒ닛가 그제는 알으시고 ᄃᆡ
졉을 잘 ᄒ십듸다마는 자근아씨 거긔 안이 계신 이상에 다만 하로라도
묵고 잇슬 신둙이 잇슴닛가 간신히 하로ㅅ밤을 지닉고 되집어 써나 올
나와셔

(영) 에그 뎌런 고싱 보아

(로) 분심이 팅즁ᄒ야[308] 한다름에 ᄃᆡ으로 쒸어드러가 자근아씨를 죽
엿소 풀아먹엇소 엇더케 쳐치를 ᄒ고 공쥬 외가ᄃᆡ으로 보닛다고 속이
시오 ᄒ며 한번 야단을 치랴다가 미련ᄒ 싱각에도 그러케 ᄒ다가 나를
무셔워 이실직고홀 리 업고 항여나 자근아씨 몸에 더욱 해로온 일이 싱
길갑아 조심이 되야 춤고 춤앗는ᄃᆡ 곰곰 다시 싱각을 ᄒ야 본즉 자근아
씨를 필경 이 셩즁 안이 안이면 언의 디방에다 풀아 자시엇슬 듯십어
위션 셩즁 가가호호[309]를 고로ㅆㅆ 뒤지어 차져 보아 다힝히 차즈면 됴

<hr>

306 켜. 포개어진 물건의 하나하나의 층.
307 춘치자명(春雉自鳴). 봄철의 꿩이 스스로 운다는 뜻으로, 제 허물을 제 스스로 드러냄으로써
　　남이 알게 된다는 말.
308 탱중(撑中)하다. 화나 욕심 따위가 가슴속에 가득 차 있다.

코 셩즁에 업스면 죽기 젼 한을 ᄒᆞ고 팔도강산을 다 도라단여 긔어히 자근아씨를 맛나 보고 말 작뎡으로 방물짐을 차려 니고 우듸 아릐듸 북촌 남촌 즁바닥[310]을 한 집 ᄂᆡ여놋치를 안이ᄒᆞ고 참빗질ᄒᆞ다십히 ᄒᆞ야 오ᄂᆞᆫ 츠이더니 하ᄂᆞ님이 지시ᄒᆞ샤 오늘 그놈의 집에서 셔로 맛나 뵈왓습니다

(영) 한멈 신세ᄂᆞᆫ 태산보다도 더 무겁고려 내가 몸을 ᄲᅵ져 예ᄭᆞ지 텬힝으로 오기ᄂᆞᆫ 힝소마ᄂᆞᆫ 이 압일을 쟝츠 엇지ᄒᆞ면 됴탄 말이오 하나다샹이 나 단이던 학교에 그져 교수로 잇ᄂᆞᆫ지 그를 맛낫스면 엇더케 근쳥을 ᄒᆞ던지 동경으로나 건너가 공부를 ᄒᆞ고 잇다가 츠츠 좌우간 ᄒᆞ얏스면 됴케소마ᄂᆞᆫ

(로) 그ᄂᆞᆫ 걱졍 말고 계십시오 한멈이 오늘이라도 나셔셔 쳣ᄌᆡᄂᆞᆫ 자근아씨 뫼던 년이 누구인지 둘ᄉᆡᄂᆞᆫ 자근아씨 다려다 두엇던 쟈이 엇던 놈인지 엇더케 홀 작뎡으로 자근아씨를 다려갓던지 츠례로 사실ᄒᆞ야 보고 돌ᄉᆡᄂᆞᆫ 하나다샹도 차져보고 올 터이니 대문 밧긔를 아예 나셔지를 말으시고 쑥 드러안져 계십시오

<hr>

309 가가호호(家家戶戶). 한 집 한 집.
310 즁(中)바닥. '즁촌(中村)'을 낮잡아 이르던 말.

1912.2.6. 〈27〉

(廿七)

(영) 에그 아모려나 싱각되로 호오마는 다른 것은 샤실을 호나마나 하
나다샹 거취나 속々히 탐지호야 쥬고 또 탐지는 호던 못 호던지 하로
한 번식을 어렵더리도 와셔 나를 보오

(로) 그 부탁은 호시나 안이호시나 한멈이 궁금호기로 하로 한 번식 와
셔 뵈옵지를 안이하겟슴닛가

셕이어멈이 그러케 말을 호고 간 뒤에 그 잇흔날 종일 이째나 한멈이 올싸
뎌째나 한멈이 올싸 희가 져 밤이 되도록 쇼식이 업스니 기되리다 못호야
혼즈 싱각호기를

　올치 이목이 번다호야[311] 즈긔 드나드는 것이 슈샹시럽게 남의 눈에 씌
　일갑아 필경 밤 져녁 썸々흔되 아모도 안이 보는 째에 오랴는 보다
그 밤이 깁허 즈정이 지나 시로 한 졈 두 졈이 되야도 여전히 쇼식이 업는
지라 또 싱각호기를

　이게 웬 곡절인가 한멈이 이러케 무신[312] 홀 리는 만무흔되 아마 나를 찻
　노라고 스면팔방 도라단이다가 급기 나를 맛나보니 긁력은 업는 늙으
　니가 잇쓰든 모음이 풀니며 믹을 턱 노아 몸살이 나셔 두러누엇나 보다
　오날 또 기되려 보면 좌우간 알겟지

---

311 번다(煩多)하다. 번거롭게 많다.
312 무신(無信). 소식이 없음.

그 잇흔날도 여젼히 히가 지고 밤이 가도록 쇼식이 감ヽ흔지라 쥬인 마누
라도 쌤도리로 대문 밧게를 나아가 씨웃ヽヽ 스면 길을 바라보다가 궁금
징이 대단히 나셔

(쥬) 자근아씨 형의 일이 웬 신듥이오닛가 아마 병이 낫나보이다 병이 나기
   전에야 자근아씨 기디리실 싱각을 ᄒ기로 이러케 쇼식이 업슬 슈가 잇슴닛가
(영) 글셰 말이오 갈 째에 내가 당부도 쳔 번 만 번 ᄒ얏스려니와 즈긔
   도 뎡녕히 하로 한 번식은 단[313]여가겟다 ᄒ얏는디 벌셔 수흘 동안을
   아조 함흥즛ᄉ[314]니 곡졀을 도모지 알 슈가 업소구려
(쥬) 오날은 한멈이 가셔 알아보고 올 것이니 자근아씨 혼즈 계시기
   젹ヽᄒ시더리도 좀 춤으십시오
(영) 작히[315]나 됴켓소 좀 가셔 알아보고 오ヽ

그쌔에 츈식이는 영진이가 죠쇼스의 이실직고로 ᄒ는 말을 듯고 한 마디
반디가 업는 양을 보고 ᄆ음에 흡족ᄒ야 졔 친고 의즁지인[316] 몃을 불너
슐ᄉ잔을 츠려 노코 엉병[317] 먹으며 졔 홍도 풀고 영진이 파겁[318]도 좀 식
일 작뎡으로 김지 리지를 모다 졔 집으로 오라 ᄒ고 마른안쥬 진안쥬ᄉ거
리와 맛바른[319] 슐병을 ᄉ셔 아히 놈을 돈푼 쥬어 들녀가지고 분쥬히 집
으로 드러와 일변 힝랑것을 불너 분별ᄒ기를

   여보게 어멈 즈네 식다리딕 마ヽ딕에 잇슬 째에 안쥬를 만히 작만ᄒ야
   보앗지 이것 가지고 좀 얌전시럽게 츠려 쥬게 응

---

313 '단'의 오류.
314 함흥차세(咸興差使). 심부름을 가서 오지 아니하거나 늦게 온 사람을 이르는 말.
315 작히. '어찌 조금만큼만', '얼마나'의 뜻으로 희망이나 추측을 나타내는 말.
316 의중지인(義重之人). 의리가 두텁고, 말과 행동이 의젓한 사람.
317 엉병. 쓸데없는 것들을 너절하게 벌이어 놓은 모양.
318 파겁(破怯). 익숙하여 두려움이나 부끄러움이 없어짐.
319 맛바르다. 맛있게 먹던 음식이 이내 없어져 양에 차지 않는 감이 있다.

일변 안ㅅ방으로 드러가 영진을 어루달닐 심으로 영창[320]을 드르륵 열며

　가쟝이 츌입을 ㅎ얏다가 와도 마쥬 나와 맛지도 안이ㅎ담

ㅎ야 롱담을 느러노며 방안을 드려다 본즉 사롬은 업고 텡 뷘 방쑌이라

아모 말 업시 부억 뒤로 횡ㅎ게 도라가 뒤ㅅ간 문을 펄젹 열어 보더니 한

거름에 안마당으로 쮜여 오며

　(츈) 여보게 어멈 아씨 엇의 가셧나

　(힝) 아씨게셔 엇의를 가셔오 뒤를 보러 가신 게지오

　(츈) 이 사름 내가 뒤ㅅ간에도 가 보앗ᄂᆞᆫ듸 무슨 소리야

　(힝) 그리면 엇의를 가셧슴닛가

ㅎ며 뎌 역시 눈이 둥그리져셔 츈식이 도라보던 듸를 되풀이로 쏘 도라본다

안ㅅ방 문도 드르륵 열고 고기를 휘々 광문 부억 문도 덜컥덜컥 열고 고기

를 휘々 ㅎ다가

　에그 춤 엇의를 가셧슴닛가

츈식이가 쓸[321]노 파고 박은 듯[322]이 마당 가온듸에 가 셔々 힝랑것의 거

동만 보다가 두 눈이 실쭉ㅎ야지며[323] 듸ㅅ바름 년ㅅ즈를 늬여 놋는다

　이년 무엇 々저고 엇지히 너 몰으고 아씨가 승텬입디[324]를 힛슬가 이년

　진작 바로 토셜[325]을 ㅎ여야지 그러치 안이면 당쟝 경무쳥으로 보늬여

　쳥바지[326]를 입힐 터이다

---

320 영창(映窓). 방을 밝게 하기 위하여 방과 마루 사이에 낸 두 쪽의 미닫이.

321 끌. 망치로 한쪽 끝을 때려서 나무에 구멍을 뚫거나 겉면을 깎고 다듬는 데 쓰는 연장.

322 끌로 박은 듯. 조금도 움직이지 않고 꼿꼿하게 서 있는 모습을 비유적으로 이르는 말.

323 실쭉하다. 어떤 감정을 나타내면서 입이나 눈이 한쪽으로 약간 실그러지게 움직이다.

324 승천입지(昇天入地). 하늘로 오르고 땅속으로 들어간다는 뜻으로, 자취를 감추고 없어짐을 이르는 말.

325 토설(吐說). 숨겼던 사실을 비로소 밝히어 말함.

326 청바지저고리. 감옥에 갇혀 있는 미결수를 비유적으로 이르는 말. 일제 강점기에 아직 판결을 받지 않은 수인(囚人)들이 푸른색의 바지저고리를 입은 데서 유래한다.

1912.2.7. 〈28〉

1912년 2월 7일

(卄八)

힝랑것이 벌々 쓸며

　(힝) 제가 무슨 죄가 잇다고 청바지를 입히셔오 뎌는 대문신칙을 ᄒ라
시기에 사름 드나드는 것만 숣혀볼 짜름이지 안악에셔 아씨 엇의 가신
것은 당장 장하[327]에 죽어도 몰음니다

　(츈) 그러면 대문으로 아씨가 안이 나갓스면 승텬입디를 ᄒ야 엇의로
갓나 보구나 아모도 오니도 가니도 업고 대문도 여다든 적이 업시 아씨
가 업셔젓단 말이야

한참 이 모양으로 뭇거니 듸답거니 홀 즈음에 슐 먹으러 오는 친구 건달
패가 하나 둘 츠례로 와 셔며

　춘식이 집에 잇소

　춘식이 드러가릿가

춘식의 듸답은 거니[328] 업거니 쏙々 드러들 와셔

　여보게 츈식이 이게 웬 야단인가 친구를 청히 노코 야단 구경을 식이려
던가 고만 춤게 웨 이리나

춘식이가 그쟈들을 도라보며

　이런 변도 보앗나 내가 ᄌ네들 잠시 ᄎᄌ보러 나간 동안에 내 녀편네가

---

327 장하(杖下). 예전에, 곤장으로 매를 맞는 그 자리.
328 '잇거니'의 탈자 오류.

부지거쳐[329]로 업셔졋네그랴

그쟈들이 한 놈도 슈혈흔 놈이 안인 즁 그 즁에도 남의 경계판 잘 지는 쟈가 썩 나셔며

　그게 무슨 소린가 녀편네가 엇의로 가다니 집에 아모도 업고 즈네 녀편네 혼즈 잇드런 말인가

츈식이가 힝랑것을 가라치며셧

　웨 혼즈 잇기는 뎌 마누라가 우리 집에 잇는 마누라인듸 대문신칙을 각별히 ᄒ라 당부를 재삼[330] ᄒ기신지 ᄒ얏다네

츈식의 말이 그쯤 나오닛가 그쟈들이 뭇발길질[331]로 힝랑것을 닥달을 흔다

　이년 죽일 년 이 뒥 아씨 엇의로 간 것이 네년의 됴화[332]지 다른 사름의 됴화란 말이냐

　이년 진작 토셜을 바로 ᄒ야 망졍 그러치 안이ᄒ다는 경무청에 가 뒤어지리라[333]

　뎌런 의리부동[334]흔 년을 경무청신지 보늬고 잇셔 우리 발길로 당쟝 조각을 늬지

힝랑 로파가 벌々 쩔고 아모 말도 못 ᄒ고 셧다가

　제가 무슨 죄가 잇슴닛가 뎌는 대문신칙을 ᄒ라시게 대문만 여닷는 것을 직히고 잇셧지 아낙에셔 아씨 엇의로 가시는 것은 진졍 이 즈리에셔 죽스와도 몰낫슴니다

---

329 부지거처(不知去處). 간 곳을 모름.
330 재삼(再三). 두세 번. 또는 몇 번씩.
331 뭇발길질. 여러 사람이 함부로 발로 차거나 밟는 짓.
332 조화(造化). 어떻게 이루어진 것인지 알 수 없을 정도로 신통하게 된 일. 또는 일을 꾸미는 재간.
333 뒤어지다. '죽다'를 속되게 이르는 말.
334 의리부동. 의리에 맞지 아니함.

말ᄒ던 쟈이 와락 달녀드러 로파의 쌤을 닥 붓치며

　이년 늙은 년이 유둘ㅅㅅ[335]도 ᄒ다 대문을 쏙 직히엇스면 이 딕 아씨

　가 월쟝[336]도주(越墻逃走)를 ᄒ얏슬가 그릭 대문을 이 딕 나으리게셔 닷

　고 나가신 후에 다시 열고 닷지를 안이ᄒ고 쏙 그딕로 두엇더냐

로파가 두 손으로 맛즌 쌤을 움켜쥐고 비죽ㅅㅅ[337] 울며

　나으리 나가신 뒤로 방물쟝ᄉ 하나밧게 아모도 드러왓다 가니가[338] 업

　슴니다

츈식이가 그 말을 듯고 압흐로 밧싹 나셔며

　(츈) 그릭 방물쟝ᄉ 단여간 뒤에 문을 도로 쏙 닷앗던가

　(힝) 쏙 닷앗셔오

　(츈) 뎡녕 즈네 손으로 쏙 닷아 노앗던가

　(힝) 안이올시다 쳐엄에 대문 소리가 나기에 뇌다보닛가 방물쟝ᄉ 마

　누라기에 문을 쏙 닷고 드러가라 ᄒ닛가 그 쟝ᄉ가 돌라셔ㅅ 문을 단ㅅ

　히 닷고 드러가더니 조곰 잇다가 대문 소리가 쏘 나기에 뇌다보닛가 그

　쟝ᄉ가 안악에를 단여 나가기에 대문을 쏙 닷으라 쏘 일르닛가 딕답도

　안이ᄒ고 그딕로 가기에 귀가 쳐먹엇나 보다 욕ᄉᆷ지 ᄒ고 마춤 쓸넛던

　초마를 다시 입고 대문을 닷으러 나가랴 ᄒ는딕 신발 소리가 나기에 방

　문을 열고 뇌다보닛가 고딕 나가던 방물쟝ᄉ 마누라가 머리에 쓰도 안

　이ᄒ고 물건 보굼이[339]도 안이 ㅅ고 드러오는 겨를 업시 안으로 나오기

　에 이샹히 넉여셔 엇지히 금방 가더니 쏘 왓더냐 무른즉 그 쟝ᄉ 말이

---

[335] 유들유들. 부끄러운 줄도 모르고 뻔뻔한 데가 있는 모양.

[336] 월장(越墻). 담을 넘음.

[337] 비죽비죽. 언짢거나 비웃거나 울려고 할 때 소리 없이 입을 내밀고 실룩거리는 모양.

[338] '간 이가'의 의미.

[339] 보굼이. 같은말은 보구미로 '바구니'의 방언.

이 압집에 가셔 본즉 집힝이를 잇졋기로 다시 와셔 츳즈가지고 가노라 흐기에 신지무의[340] 흐고 문만 쇽 닷으라 흐야 문을 단々히 닷는 것을 졔 눈으로 보앗슴니다

(츈)[341] 허々 불스 그째 병이 낫고 쎠먹듯이 이르닛가 잡인은 웨 드럿스며 단여 나간 후에 즉시 문을 닷지 안코 그 쟝스가 다른 집에를 갓다가 되오도록 엇지즈고 열어 늬버려 두고옷을 곳쳐 입고 잇셔 그 동안에도 도망 말고 무엇은 못 흘까

---

340 신지무의(信之無疑). 조금도 의심하지 아니하고 믿음.
341 '츈' 뒤에 ')' 누락.

빈 쪽입니다

1912.2.8. 〈29〉

(廿九)

(로) 그째 졔 방문을 꼭 닷지도 안이ᄒᆞ얏ᄂᆞᆫᄃᆡ 아씨가 나가시면 아모려도 졔 눈에 씌엿슬 터인데오

(츈) 방문은 닷앗딋다 안이 닷앗딋다 웬 소리야

ᄒᆞ며 츈식이가 ᄯᅩ 무러보랴ᄂᆞᆫᄃᆡ 건달 ᄒᆞᆫ 놈이 눈을 씀젹々々 ᄒᆞ고 셔々 로파의 말을 듯다가 손짓을 홰々 둘으며

(건) 츈식이 츈식이 여보게 감아니 잇게 이 일이 필유곡절[342] ᄒᆞᆫ 일일세 말은 바로 ᄒᆞ지 뎌 마누라가 ᄌᆞ네 집에 잇ᄂᆞᆫ 터에 그런 짓을 ᄒᆞ얏슬 리도 업고 셜혹 미혹히셔 그런 짓을 ᄒᆞ얏슬 것 ᄀᆞᆺᄒᆞ면 뎌도 ᄀᆞᆺ치 도망을 ᄒᆞ지 안연히[343] 잇슬 리가 잇나 내 싱각에ᄂᆞᆫ 왓다간 방물쟝ᄉᆞ가 엇던 년인지 그년의 됴화인 듯ᄒᆞ니 그년을 치근ᄒᆞ야 보게

(츈) 나도 그년이 의심은 나네마ᄂᆞᆫ 흰구름에 미아지[344] 지나듯 ᄒᆞᄂᆞᆫ 쟝ᄉᆞ 마누라가 엇의 잇ᄂᆞᆫ지 알고 치근ᄒᆞᆫ단 말인가

건달이 힝랑 마누라를 드려다 보며

(건) 여보게 ᄌᆞ네 그 방물쟝ᄉᆞ의 얼골을 어ᄃᆡ셔 보던지 ᄌᆞ세히 알아보겟나

(로) 에그 엇더케 알아볼 슈가 잇다구요

---

342 필유곡절(必有曲折). 반드시 무슨 까닭이 있음.
343 안연(晏然)히. 불안해하거나 초조해하지 아니하고 차분하고 침착하게.
344 매아지. '망아지'의 방언(경북, 전라, 충남, 평북, 함경, 황해).

(건) 그릭도 나이 얼마나 되고 얼골이 둥근지 길쓱흔지 대강이라도 짐
작을 흐겟지

(로) 어렵풋흐기는 흠니다마는 보며는 혹 짐작을 홀는지오

(건) 여보게 츈식이 예서 쟝황히 이릴 것이 안이라 싀다리 죠쇼스 집으
로 가셔 의론을 흐야보세 우리가 모다 협력을 흐게 되면 뎌 하나 못 찻
겟나 졔가 가면 얼마나 갓겟나

(츈) 여보게 즈네들이 내 일을 즈네들의 일 일반으로 넉여셔 보아줄 터
이면 죠쇼스의 집에는 가셔 소용이 무엇인가 지금 이 길로 동셔남븍[345]
촌으로 각각 나셔々 방물쟝스 뒤를 산쟝이[346] 사슴 즈국 흐듯 흐야 어
듸셔던지 붓잡아야 될 터이 안인가

말흐던 건달이 썰々 우스며

(건) 이 사름 어리셕은 소리 작々 흐게 그년이 졔 죄가 업스면 모로거니
와 죄 곳 잇는 이샹이고 보면 그리 어슈록흐게 방물짐을 그듸로 이고
남븍[347]촌으로 단일 쯧흔가 두말 말고 우리 죠쇼스 집으로 가셔 친근을
흐야 보세

(츈) 죠쇼스다려 무슨 친근을 흔단 말인가

( )[348] 죠쇼스는 즈네 쳐가집 늬용을 짐작홀 쯧흐니 그 집에 단골로 단
이는 방물쟝스가 몃이나 되며 살기는 엇의들 살며 나은 얼마식이나 되
나 즈세々々 물어 보아 힝랑 한멈다려 모조리 그 얼골을 보라 힛스면
언의 년이 그년인지 즈연 발각이 될 터이 안인가 츠츠 보면 알겟지마는
별슈 업시 뎌의 친뎡에 즈조 단이던 방물쟝스년이 우연히 즈네 집에를

드러왓다가 달아느느니 졔가 싱면부지 모로는 쟝스 마누라를 싸라 나
셧겟나 병은 쏙 그년 두 번 드나드는 딕셔 싱기엿느니
츈식이가 그 말을 그러히 듯고 건달들과 힝랑것을 압세우고 식다리로 느
려와 죠쇼스를 츳자보고 전후 말 일쟝[349]을 ᄒ며

　　(츈) 누나 한쥬스의 집에 엇더한 방물쟝스가 단입던닛가

　　(죠) 에그 나인들 그 집에를 가본 젹이 업는듸 알 슈가 잇소 그러나 그
계집이 큰 일 져지르겟소 텬연스럽게 조곰도 불평한 스식[350]을 뵈이지
도 안이ᄒ고 슌□[351]ᄒ 듯이 잇더니 고 모양으로 싹도 업시 다른낫단
말슴이오 고년 앙큼도스럽소[352]

　　(츈) 결쟈히지(結者解之)[353]라니 누나가 즁미를 ᄒ야 쥰 것이니 누나가
힘을 써 쥬어야 ᄒ겟소

　　(죠) 내가 즁미는 ᄒ얏소마는 사름의 외양만 보앗지 열人 길 물속은 알
아도 한 길 사름의 속은 모른다는듸 고년의 속이야 누가 알앗소 감아니
계시오 뎌의 어머니를 지금 급히 쳥ᄒ야 그 집에 엇던 것들이 친슉히
단엿나 무러를 봅시다

싸라갓던 건달들이 하낫식 둘식 나안지며

<hr>

349 일장(一場). 어떤 일이 벌어진 한 판.
350 사색(辭色). 말과 얼굴빛을 아울러 이르는 말.
351 문맥상 '종'으로 추정.
352 앙큼스럽다. 보기에 엉뚱한 욕심을 품고 깜찍하게 분수에 넘치는 짓을 하려는 데가 있다.
353 결자해지(結者解之). 맺은 사람이 풀어야 한다는 뜻으로, 자기가 저지른 일은 자기가 해결하
　　여야 함을 이르는 말.

1912.2.9. 〈30〉

(三十)

건)[354] 춤 이 딕 쥬인 아쥬머니를 뵈읍기는 여러 번 ᄒ얏슴니다마는 인제야 말슴이올시다

(죠) 예— 최셔방님 안이심닛가

(건) 나도 일샹 뵈읍고도 말슴을 못ᄒ얏슴니다

(죠) 에그 춤 뎌 어룬도 강릉집에서 종々 뵈읍던 어룬이실세 강션달님이시지오

건)[355] 나도 이왕 뵈왓슴니다 나는 리쥬ᄉ라는 사름이올시다

(죠) 예 그러ᄒ심잇가 딕이 져동이시지오

츈식이가 쏘 인ᄉᄒ랴는 건달들을 가로막으며

이 사름들 인ᄉ는 이 다름[356] 두엇다 ᄒ고 일 의론 좀 ᄒ야 보세 누나 인ᄉ 고만두고 어셔 호동으로 사름을 보닉여 그 계집이 어머니를 불너오시오

죠쇼ᄉ가 벼루를 닉여 노코 쥬지[357]에다 두어 줄 무엇이라 쓱々 쓰더니 밥 짓는 아히 놈을 쥬며

(죠) 이이 독긔야 밥은 쳔々히 잣치고[358] 이 편지 가지고 슈용골 한쥬ᄉ 딕에 가셔 그 딕 나으리 안이 보시게 아씨게 슬몃이 드리고 답쟝 맛하

---

354 '건' 앞에 '(' 누락.
355 '건' 앞에 '(' 누락.
356 '음'의 오류.
357 주지(周紙). 가로로 길게 이어 돌돌 둥글게 만 종이. 편지나 그 밖의 글을 쓸 때 쓴다. =두루마리.
358 잣히다. 밥물이 끓으면 불의 세기를 잠깐 줄였다가 다시 조금 세게 해서 물이 잣아지게 하다.

오너라

(독) 예—

ᄒ고 독긔가 두 쥬먹을 붉근 쥐고 다름박질 한쥬ᄉ의 집에를 가셔 은근히 셩씨를 보고 편지를 쥬며

(독) 우리되 마ᄉ님게셔 얼풋 답쟝을 맛하오라고 ᄒ셧습니다

(셩) 오냐 감아니 잇거라

ᄒ며 편지를 펴보더니

이이 너의 되 마ᄉ님게 내가 지금 가 뵈올 터이니 답쟝홀 것 업습니다 고 엿쥬어라

독긔가 도라와 셩씨의 말을 젼ᄒ니 죠쇼ᄉ와 츈식이가 셩씨 오기만 고되 ᄒ고 잇더라

셩씨는 죠쇼ᄉ의 급히 오라는 편지를 보고 무슨 일이 잇는지 궁금ᄒ야 나드리벌로 작만ᄒ야둔 의복을 되여 입고 나셔는되 쯧 안인 셕이이[359]멈이 쑤루ᄉ 드러오

에그 되에 오릭간만에도 온다 아씨 그동안 나으리 마님 제졀[360] 안녕ᄒ 시오닛가

셩씨가 갓득이나 미워 넉이는 터에 방쟝 남편 몰뇌 츌입을 ᄒ랴는되 말셩ᄉ군 마누라가 왓스니 그 ᄆ음이 엇더ᄒ리오 푄잔시러온 되답으로

(셩) ᄌ네도 내 집을 올 날이 잇던가 무슨 볼일이 잇나 엇지ᄒ야 왓나 나으리게셔 츌입을 ᄒ고 안이 게시고 나도 볼일이 잇셔 엇의 좀 가는 길이니 홀 말이 잇거던 이 다음에 오게

(로) 예— 갑지오 뎌는 그동안 츙쳥도를 갓다 왓습니다

---

359 '어'의 오류.
360 제절(諸節). 듣는 이의 집안 식구들의 기거동작을 높여 이르는 말.

셩씨가 로파의 츙쳥도 갓다 왓다는 말을 듯더니 눈이 둥그릐지며

(셩) 츙쳥도는 무슨 곡졀로 갓더란 말인가

(로) 자근아씨 뵈오러 갓다 왓슴니다

(셩) 자근아씨 자근아씨는 웨 그릐 즈네가 지금 내게 무슨 질문홀 일이 잇셔 이리나 내가 아모리 변〻치 못히도 즈네게 질문 밧을 사름은 안일셰 ᄒᆞ며 힝〻[361]히 나아가는 양을 보니 로파가 분심이 팅즁ᄒᆞ야 셩씨 압흐로 와락 나가 길을 가로막으며

(로) 내가 아씨ᄭᅴ 무슨 질문을 ᄒᆞ얏길니 이리ᄒᆞ시오 아씨 입으로 자근아씨를 공쥬 외가듹으로 피졉을 보닛다 ᄒᆞ시기에 그동안 병환이 감세[362]가 계신지 더ᄒᆞ신지 궁금히셔 늙은 것이 불원쳔리[363] 그 듹에를 니려가니 당초에 자근아씨가 피졉 니려온 일이 업다 ᄒᆞ시니 아씨ᄭᅴ 그 곡졀을 엿쥬아 보는 것이 큰 죄오닛가 대관졀 자근아씨를 엇의로 보니셧슴닛가 아마 젼실소싱이라고 죽여 업시셧나 보구려

셩씨가 죠쇼ᄉᆞ의 집 갈 일이 밧분 즁 로파의 드러셔는 폼이 무에라 듸답홀 말이 업셔 코구멍이 듹〻ᄒᆞ지라[364] 당쟝 말막음으로 쌀〻 우스며 쉼여 듸여 듸답ᄒᆞ기를

에그 억쳑의 마누라도 보겟다 근력은 업듸며 츙쳥도는 엇더케 갓던고 그릐 자근아씨가 업더란 말인가 여보게 즈네가 로혀홀 말일셰마는 즈네가 필경 쏘 니려가 알는 아히 듯는듸 이런 말 뎌런 말 긴치 안케 홀갑아 즈네가 혹 니려가거던 안이 니려 왓다 속이라고 미리 긔별을 ᄒᆞ얏더니 즈네가 꼭 속고 올나왓네그라

<hr>

361 행행(悻悻). 성이 발끈 나서 자리를 박차고 떠나는 모양.
362 감세(減勢). 권력이나 바람, 병 따위의 기운이 수그러듦.
363 불원천리(不遠千里). 천 리 길도 멀다고 여기지 않음.
364 맥맥하다. 코가 막혀 숨쉬기가 갑갑하다.

1912.2.10. 〈31〉

(卅一)

로파가 셩씨의 얼골을 물그럼이 보다가 고기를 쓰덱쓰덱ᄒ며

　　예— 그러케 된 일이야오 나ᄂ 꼭 속앗슴니다그랴 밧부신듸 어셔 나드

　　리를 ᄒ십시오 한멈은 집으로 감니다

로파가 한쥬스 집에를 오기ᄂ 셩씨 입으로 영진이를 엇의로 엇더케 보닛

다ᄂ 말이 나오도록 단々히 슈작을 ᄒ야 볼 작뎡이러니 셩씨가 눙치며 횡

셜슈셜 쩌듸고 황망히 가ᄂ 거동을 보고 혼ᄌ 싱각ᄒ기를

　　뎌 분네가 무슨 급흔 일이 잇셔 이 졈을기에 뎌리 황망히 가노 오냐 지

　　금만 날이냐 뤼일 다시 와셔 나으리실지 계신듸 한번 톡々히 엇던 년이

　　즁믹를 들고 호가에게 무슨 명식으로 보닌 것을 칙근ᄒ고야 말겟다

ᄒ고 우두커니 셔々 셩씨의 초마를 뒤집어쓰고 휘적々々 가ᄂ 거동을 보

더니 무슨 휴지 한 조각이 셩씨의 활긔치ᄂ 바름에 툭 써러지ᄂ 것을 희

미흔 달빗에 얼풋 보고 셩씨의 멀즉이 가기를 기듸려 집어 들고 엇던 집

대문 압헤 달닌 쟝명등[365] 불에 빗취여 본즉 슌언문 편지인듸 로파가 간

신히 씌친 언문으로 쓰뎜々々 뜻어보ᄂ듸 별 ᄉ연은 업고 다만 긴관[366]이

잇스니 어셔 오라 ᄒ얏고 씃헤

　　싀다리 형 죠(趙)샹장

---

365 쟝명등(長明燈). 대문 밖이나 처마 끝에 달아 두고 밤에 불을 켜는 등.
366 긴관(緊關). 꼭 필요하고 중요한 일.

이라 ᄒᆞ얏거늘 혼ᄌᆞ말로

올치 뎌 분네가 죠쇼ᄉ 년의 집에를 가는 모양이로구나 우리 자근아씨를 분명히 죠쇼ᄉ 년의 쇼기로 폴아먹엇ᄂᆞᆫ듸 자근아씨가 도망을 ᄒᆞ고 업스닛가 친뎡으로나 갓나 ᄒᆞ야 이ᄀᆞ치 급히 오라 편지를 ᄒᆞᆫ 모양인듸 아씨라ᄂᆞᆫ 분네ᄂᆞᆫ 이 편지를 보고 싱슈[367]나 날 줄 알고 허둥지둥 가는 것이니 내가 뒤를 발바가 뎌의들 짓거리ᄂᆞᆫ 것을 자세히 드러보리라

ᄒᆞ고 멀즉이 뵈일 만치 아니 뵈일 만치 ᄶᆞᆯ가노라니 과연 쏜살ᄀᆞ치 싯다리로 건너가 너른 밧 압 박우물집으로 쓱 드러가거늘 로파가 그 집 뒤 굴쑥 모통이에 가 귀를 듸고 감아니 업듸려 엿듯더라

이ᄯᅢ 죠쇼ᄉ가 호가와 여러 건달을 향ᄒᆞ야 영진이 도로 ᄎᆞ질 공론을 분々히 ᄒᆞᄂᆞᆫ듸 대문 소리가 나며 셩씨의 드러오ᄂᆞᆫ 것을 보고

(죠) 에그 우리 아오님이 오ᄂᆞᆫ구먼 시원ᄒᆞ게 무러보십시다

(셩) 형님 관계치 안으시오 무슨 일로 나를 히 다 지기에 이러케 잡아오시오 ᄒᆞ며 안ㅅ방으로 드러가랴다가 퇴ㅅ돌에 남ᄌᆞ의 신이 여러 켜레 노인 것을 보고 건너ㅅ방으로 피신을 ᄒᆞ랴 ᄒᆞ니 죠쇼ᄉ가

(죠) 관계치 안소 이리로 건너오시오 한 분은 아오님의 사위 량반이고 ᄯᅩ 다른 량반들도 나와 모다 친남미쳐럼 흉허물 업시 지ᄂᆞᆫ 터인듸 통ᄂᆡ외ᄒᆞ기로 무슨 관계 잇소 지금 세상에 팔면부지 모로ᄂᆞᆫ 사름도 ᄂᆡ외를 안이ᄒᆞᄂᆞᆫ듸 여보 변시럽게 굴지 말고 어서 이리로 건너와오

(셩) 형님도 남다려 웨 작고 건너오라고 성화를 흘ㅅ 여긔도 관계치 안소 무슨 일로 불넛ᄂᆞᆫ지 어셔 말이나 ᄒᆞ오 내가 어셔 가야 ᄒᆞ겟소 우리 나으리가 오릭지 안이ᄒᆞ야 드러오실 터이닛가 오릭 지톄ᄒᆞᆯ 슈가 업소

(죠) 잠시라도 이리로 건너와 잠깐 리약이를 좀 드러보오

셩씨가 려렴가[368] 싱쟝으로 외인샹통을 히본 젹이 업는 고로 쳐엄에는 남의 집 남즈가 지나가기만 ᄒ야도 잡아나 먹는 듯이 쩌ㅇ퉁닉외를 ᄒ던 위인이 일즉 죠쇼스와 츄츅[369]한 이후로 남녀가 셕겨 노는 것이 눈에 익고 귀에 졋져셔 심상히 넉이는 즁 무슨 리약이를 와셔 드르라 여러 번 말을 ᄒ니 권[370]에 못 익의는 톄ᄒ고 안ㅅ방으로 건너오며

(셩) 형님은 웨 사름을 이리 셩가시럽게 굴우

(죠) 셩가시럴 게 무엇 잇소 여긔 좀 안지오 내가 홀 말이 잇스니

죠쇼스 입에셔 밋쳐 말이 나오기 젼에 셩씨가 잠깐 싱각ᄒ기를

나를 이러케 불너다가 무슨 말을 ᄒ랴노

호씨만 잇스면 영진의 잘잘못 ᄒ는 리약이를 ᄒ랴는 것이려니와 다른 남즈들이 여럿이 잇슬 졔는 결단코 영진의 말은 안일 터인ᄃᆡ·······

오— 우리 형님이 즁믹ᄒ기에 슈단이 나셔 나를 엇던 사름에게로 팔즈를 곳쳐 보늬쥬랴고 이리ᄒ나······ 내가 쟝ㅅ독 ス흔 남편이 잇는ᄃᆡ 바로 먼져 말을 ᄒ기 젼에 그런 뜻을 둘 리가 잇다구·····

··

에그 쥐방울 ス히라 내가 사랑ᄒ는 즈식이 잇나 내가 깃흔 지산이 잇나 엇던 두둑흔 놈을 잇스면 열 번이라도 싀집 곳 갈 터이다

ᄒ고 죠쇼스 입에셔 무슨 말 나오기를 기듸리는ᄃᆡ 뜻도 안이흔 쏨 밧게 문뎨 한 가지가 싱긴다

---

368 여염가(閭閻家). 일반 백성의 살림집. 여염집.
369 추축(追逐). 친구끼리 서로 오가며 사귐.
370 권(勸). 어떤 일을 하도록 부추김. 또는 그런 말이나 행동.

151

1912.2.11. 〈32〉

1912년 2월 11일

(卅二)

(죠) 아오님 아오님 틱에 단골로 단이는 방물쟝슈가 멋치나 되오

(셩) 그것은 웨 뭇소 우리 집에는 단골이라고는 하나도 업소 분갑[371] 실 틔[372]나 사려면 문압 가긔에셔 드려다 썻는듸오

(죠) 그러면 단골은 안이라도[373] 자조 다니는 쟝슈는 잇겟지오

(셩) 즈조 단이는 쟝슈도 업지오 우리 집에 누가 스번ᄒ게[374] 드나들기를 ᄒ오 스시쟝철 대문을 닷아 두닛가 별로 드나드는 쟝슈도 업셔오

(죠) 그러면 한집안쳐럼 무간히 드나드는 로파는 혹 잇소

(셩) 로파는 하나 잇지마는 그 역시 내가 밧자를 안이ᄒ닛가 이 근릭에는 별로 오지도 안이ᄒ는 거리오

(죠) 그 로파는 엇의 사는 누구란 말이오

(셩) 그 로파는 아마 형님도 알으실걸

(죠) 엇던 로파인듸 닉가 알 터이란 말이오

(셩) 압다 형님 련동셔 살으시던 집 마즌편 대문 집에셔 살던 셕이어멈 말이오

(죠) 응 셕이어멈 〻〻〻〻은 나도 짐작은 ᄒ지오 그런듸 그 마누라가

---

371 분갑(粉匣). 분을 담아 두는 조그만 갑.
372 실테. 실패에 감긴 실의 한 테.
373 '도'의 글자 방향 오식.
374 사번(事煩)하다. 일이 많고 번거롭다.

아오님 쏠아기와 갓가히 지닛느오

(셩) 에그 형님 그 말은 뭇지도 말오 내가 아조 이숫마다 신물이 나오

(죠) 웨 그리ᄒᆞ오 자셰〻 리약이를 좀 ᄒᆞ오 드러봅시다

(셩) 에그 쳠 뵈웁는 량반들이 모다 계신듸 이런 말슴ᄒᆞ기가 남이 붓그럽소마는 형님이 이쳐럼 무르니 말이오 그년의 한미가 우리 나으리를 졋을 멕엿다는듸 밤낫 그 자셰를 ᄒᆞ고 드나들며 영진이와는 아조 작부작이 되야 마조만 안지면 내 험담을 ᄒᆞ것마는 졀문것과 달나 늙으니를 괄시ᄒᆞ는 슈도 업고 만히 멕엿다던지 조곰 멕엿다던지 나으리 유모라는 것을 듸졉 안이홀 슈가 업셔 그 꼴을 보고도 못 본 톄 듯고도 못 드른 톄 ᄒᆞ닛가 제 버릇이 거〻익심375ᄒᆞ야 영진이 병드러셔도 날마다 하로도 몃 ᄎᆞ례식을 와셔 방에 불을 안이 씌여 쥬엇느니 약을 지어다 쥬지를 안이ᄒᆞ느니 오륙월 더부사리 환즈 걱졍ᄒᆞ듯 ᄒᆞ며 나 하느만 텬하 몹쓸 년을 만들냐고 발광을 혼다오

(죠) 그릭 지금도 그 마누라가 일양376 자조 단이오

(셩) 안이오 그 마누라 힝실이 그 디경이기에 영진이 보닐 째에는 마누라 엇의 가고 업는 승시377ᄒᆞ야 감쪽ᄀᆞ치 보늬고 공쥬 외가로 피졉을 보냇다 속엿는듸 그 후 몃 번을 와셔 그 즁ᄒᆞ게 알는 것을 원로에를 엇지 보냇는냐 늬려간 뒤에 쇼식이나 드럿느냐 별〻 잔소리를 다ᄒᆞ기로 영진이도 업는듸 내 집에를 무슨 일로 펄쩍 오느냐 긴관378 업거던 내 집에 다시 올 싱각도 ᄒᆞ지 말나 ᄒᆞ얏더니 빗쑥ᄒᆞ야가셔 다시는 현영379

---

375 거거익심(去去益甚). 갈수록 더욱 심함.
376 일양(一樣). 한결같이 그대로. 또는 꼭 그대로.
377 승시(乘時). 적당한 때를 탐.
378 긴관(緊關). 꼭 필요하고 중요한 일.
379 현영(現影). 형체를 눈앞에 드러냄.

이 업셧지오

(죠) 그릭 그 마누라를 이 근릭에는 못 맛낫소

(셩) 도모지 못 맛낫더니 오날 왓습듸다

(죠) 언의 새

(셩) 얼마 안이 되오 지금 막 보닉고 내가 여긔를 왓는걸이오

(죠) 무슨 말ᄒᆞᆫ 것이 업습더닛가

(셩) 이 형님이 별안간에 나를 불너다 노코 그 마누라 말은 웨 이러케
무룰식 졔가 ᄒᆞᆫ는 말이 잇습듸다

(죠) 무슨 말

(셩) 졔가 영진이를 보고 십어 공쥬를 닉려갓더니 그 집에셔 말이 영진
이가 당초에 피졉 온 일이 업다 ᄒᆞ니 그게 웬 곡졀이냐고 쌍파기로 뭇
기에 딕답홀 말이 업셔 얼넝々々 속이기를 의원의 말이 번다히 슈졉을
일금ᄒᆞ라 ᄒᆞ얏스닛가 필경 자네를 쏀[380] 것일세그랴 모를 것 무엇 잇나
ᄒᆞ얏더니 뎌도 그러히 넉이고 갓지오

죠쇼ᄉᆞ가 그졔야

(죠) 여보 아오님 큰일 낫소 큰일 나

(셩) 큰일이라뇨

(죠) 영진이가 도망을 ᄒᆞ얏다오

셩씨의 눈이 둥그릭지며

(셩) 무엇이야요 영진이가 다른나닷계

죠쇼ᄉᆞ가 츈식을 도라보며

(죠) 옵바 이 부인이 옵바의 쟝모 되시는 니오 인ᄉᆞ나 ᄒᆞ시고 젼후 말슴

---

[380] 따다. 찾아온 사람을 핑계를 대고 만나지 않다.

을 다 ᄒᆞ시오구려

(츈) 예― 그러ᄒᆞ셔오

ᄒᆞ고 셩씨를 향ᄒᆞ야 두 손으로 방ㅅ바닥을 집고 고기를 슉여 례를 ᄒᆞᄂᆞᆫ 모양을 ᄒᆞ며 지금 말슴ᄒᆞ시ᄂᆞᆫ 것을 듯고 이 사름의 쟝모 되시ᄂᆞᆫ 분인 쥴을 알앗슴이다

빈 쪽입니다

1912.2.13. ⟨33⟩

1912년 2월 13일

(卅三)

그동안 틱닉[381]가 평안ᄒ심닛가

셩씨가 츈식이가 소위 사회라며 쌧々ᄒ고 거만ᄒ게 딕우ᄒᄂ 것을 보니
얼마쯤 분ᄒ ᄆ음이 들기를

쎼가 내 사위라며 졀도 안이ᄒ고 말ㅅ공딕가 도모지 업시 쟝모 되시ᄂ
분이라니 분이라ᄂ 문ᄌ가 엇던 데 쓰ᄂ 문ᄌ인고 팔ᄌ가 사오나와 젼
실[382] ᄌ식 잇ᄂ 집으로 식집을 왓다가 사위 놈에게ᄭ지 하딕를 밧ᄂ구
련히 안ㅅ가님[383]을 쓰며 얼골빗이 변ᄒ야지다가 다시 싱각ᄒ기를

에라 아모러케 딕졉을 밧으면 대ㅅ이냐 뎌를 륙례[384] ᄀ초아 엇은 사위
ᄀ고 보면 그리ᄒ 리도 업고 칙망 말고 ᄭ짓기라도 ᄒ려니와 그쯤 된
사위가 그럿치 별로 딕졉ᄒ 리가 잇나 ᄀ득이나 고 방졍마진 년이 도망
을 ᄒ야 셜왕셜릭가 된 판인딕 열젹게 쎼 비위를 근딕릴 것이 업스니
아모것도 모르ᄂ 톄치인 톄ᄒ고 됴흔 말로 얼넝얼넝ᄒ고 말겟다
ᄒ고셔 웃ᄂ 낫으로

에구 쟝모가 엇지 아오라진지 사위 량반을 인졔야 뵈옵니다마ᄂ 지금
우리 형님의 말을 드른즉 아기가 엇의로 도주를 힛다니 그게 웬말이오

---

381 택내(宅內). '댁내(남의 집안을 높여 이르는 말)'의 잘못.
382 전실(前室). 남의 전처(前妻)를 높여 이르는 말.
383 안간힘. 고통이나 울화 따위를 참으려고 숨 쉬는 것도 참으면서 애쓰는 힘.
384 육례(六禮). 우리나라에서 전통적으로 내려오는 혼인의 여섯 가지 예법. 납채, 문명(問名),
　　 납길, 납폐, 청기(請期), 친영을 이른다.

(츈) 웨 쟝모가 모르고 뭇는 말이오 알고도 뭇는 말이오 공연히 이러케

어림업시 ᄒ다는 큰 봉변을 당ᄒ 것이니 정신 츠리시오

(셩) 에그 이게 웬일이야 내가 그 ᄋᆝ를 보ᄂᆡ 이후에 피츠에 왕ᄅᆡᄒᆫ 젹이

업ᄂᆞᆫ딕 뎌 도망ᄒᆫ 것을 내가 엇지 아알[385] 여보 형님 이게 웬 곡졀이오

그 계집이 도망ᄒᆫ 것을 내가 알기곳 핫스면 아모 말을 듯ᄂᆞᆫ딕도 유구

무언이겟소마ᄂᆞᆫ 형님 아다십히 뎌 한번 보ᄂᆡᆫ 뒤에 잘잘못 잇ᄂᆞᆫ 소식이

나 언졔 무러보앗소

호씨가 ᄯᅩ 무슨 말을 ᄒᆞ랴ᄂᆞᆫ딕 죠쇼ᄉᆞ가 감아니 싱각을 ᄒᆞᆫ즉

셜왕셜ᄅᆡ가 분격히 되다는 삼쳔 량 돈 ᄉᆞ건이 토셜되기가 십샹팔구 쉬

운 일이니 토셜곳 되면 위션 내가 ᄶ옹 친 막ᄃᆡ기가 될 것인즉 진작 방패

막이를 ᄒᆞ여야 ᄒᆞ겟다

ᄒᆞ고 기침을 크게 두어 번 ᄒᆞ야 츈식이 보게 눈짓을 련히 ᄒᆞ며

옵바 내 말 좀 듯고 말을 ᄒᆞ오 쟝모가 무슨 죄가 잇다고 이러케 말을 ᄒᆞ

오 그야 분졍지[386]두[387]에 무슨 말이 안이 나오겟소마ᄂᆞᆫ 그릭도 유무

죄를 가리어 남의 억굴ᄒᆞᆫ 말은 말아야지 이 집네가 나와 친동싱쳐럼 지

ᄂᆡᆫ딕셔 ᄒᆞᄂᆞᆫ 말이 안이라 량반의 집 부인으로 ᄉᆞ셰부득[388]이ᄒᆞ야 그 ᄯᆞᆯ

을 옵바에게 노키ᄂᆞᆫ ᄒᆞᆺ지마ᄂᆞᆫ

츈식이가 열을 벌컥 ᄂᆡ며

(츈) 웨 나ᄂᆞᆫ 기빅뎡 놈이오 엇더케 ᄒᆞᄂᆞᆫ 말슴이오

(죠) 옵바ᄂᆞᆫ 남의 말은 치 듯지도 안이ᄒᆞ고 이리 ᄒᆞ지 누가 옵바 디

쳬[389]가 납부다고 ᄒᆞᆺ소 ᄉᆞ셰[390]가 그러치 안이ᄒᆞ면 옵바에게 싀집을

---

385 '알아'의 글자 배열 오류.

386 '지'의 글자 방향 오식.

387 분정지두(憤情之頭). 분한 마음이 왈칵 일어난 바람.

388 사세부득(事勢不得). 어쩔 수 없는 상황 때문에 그렇게 할 수밖에 없음. 또는 그런 일.

보니기로 류례도 안이ᄒ고 보냇겟소

(츈) 압다 고만두고 어셔 말을 ᄒ시오

(죠) 그 쏠을 그러케 노코 소문이 날가 겁이 나셔 조심조심ᄒᄂ 터인ᄃ 제가 잘 잇거니 못 잇거니 다시 참셥[391]을 홀 리도 업고 ᄯ 웨 잘 잇기나 ᄒ얏나 죽게 된 병을 다 곳쳐 인져ᄂ 완인[392]이 되얏ᄂᄃ 이 일이 두 말업시 셕이어멈의 소위온다 그 마누라를 잡아 죽이면 어렵지 안케 ᄎ질 것이니 지금이라도 그 마누라를 잡아올 쥬션을 ᄒ시오

(츈) 그 마누라 곳 잡아오면 힘드려 죽이지 안이히도 우리 힝랑사름다려 보라고 ᄒ얏스면 알 터이지

건달 놈들이 그 말에 잇ᄃ여

올치 그 마누라 년만 잡아왓스면 분명 알 터이지

아모렴 그러치 자 — 우리 그 마누라를 잡아오세 뎌의 집이 엇의인구 한춤 밧고ᄎ기[393]로 짓거리고 려긔바름으로 몃 놈이 쥬먹을 쎕ᄂ며 느리ㅅ골로 넘어가랴고 그 집 뒤ㅅ골목으로 도라가ᄂᄃ

그째에 셕이어멈은 리약이 듯기에 츰착ᄒ야 사름 오ᄂ 것을 모르ᄂᄃ 건달 한 놈이 압을 셔셔 츙츙 가다가 쥬춤 셔며

이 이 뎌것이 무엇이냐

무엇 말이냐

이이 써들지 말고 뎌긔 져것 좀 보아라 웬 사름이 죠쇼ᄉ의 집 굴쑥 모퉁이에 업ᄃ려 잇고나

---

389 지체. 어떤 집안이나 개인이 사회에서 차지하고 있는 신분이나 지위.
390 사세(事勢). 일이 되어 가는 형세.
391 참섭(參涉). 어떤 일에 끼어들어 간섭함.
392 완인(完人). 병이 완전히 나은 사람.
393 받고채기. 말을 주고받거나 곁에서 채거나 하면서 농담이나 승강이질을 하는 일.

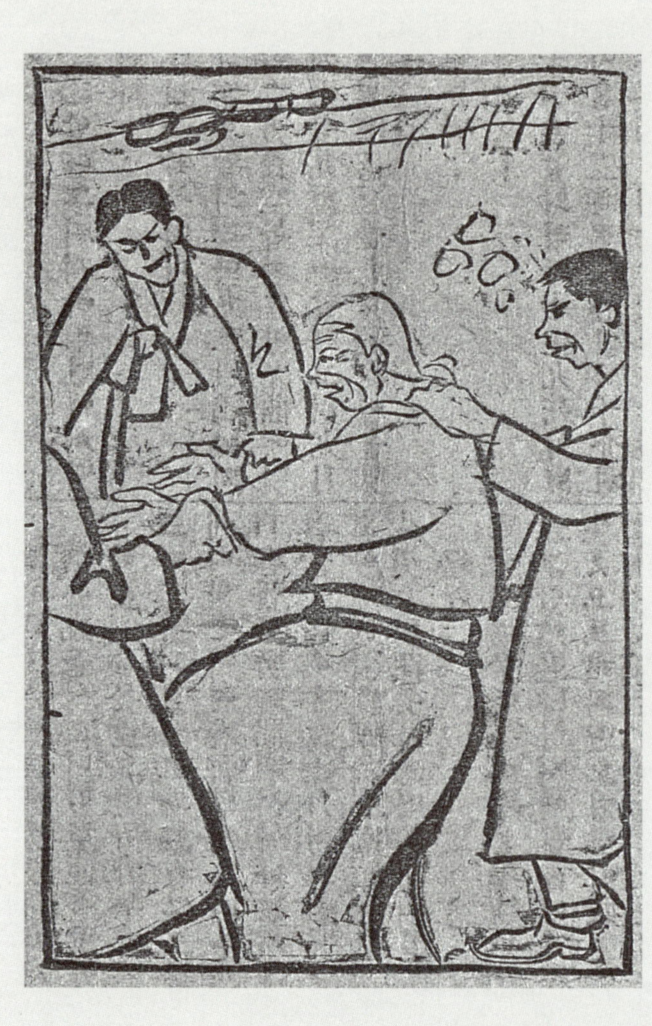

1912.2.14. 〈34〉

1912년 2월 14일

(卅四)

오— 춤 그게 웬 사름이냐 슈샹ᄒ고나 우리 좀 가보즈 이이 가보기만
히 슈샹흔 것을 두말 〃고 치삼이 경칠이는 뎌편으로 드러가게 락여와
나는 이편으로 드러가셔 쏙 붓잡고 힝식을 단단히 무러보세
이이 그러나 사니는 안인가 보다 머리에 아모것도 쓴 것이 업나 보다
글세 아마 계집인가 보다 계집이나 사니나 우리 가셔 보잣구나
ᄒ고 갓가히 간즉 엇더흔 노파가 즈긔들 오는 것을 보더니 깜짝 놀나 몸
을 피ᄒ야 가랴 ᄒ거늘 한 사름이 왈악 달녀드러 탁 붓잡고
　웬 마누라인디 남의 집 뒤에 와셔 무엇을 ᄒ고 잇노
셕이어멈이 쥬져 〃〃ᄒ며
　(로) 지나가다가 소변이 급히 마려워셔 으슥흔 곳을 차자드러 왓슴니다
　(건) 소변이 급히셔 드러왓셔 그러면 소변을 눈 자리가 잇슬 터이지 엇
　의셔 소변을 누엇셔
셕이어멈이 급흔 바름에 소변 핑계는 ᄒ야노코 급기 소변 자리를 보자 ᄒ
는 디에는 무엇이라 홀 말이 업셔 싱쎄를 써셔 말을 흔다
　(로) 에구 망칙도 히라 사니량반들이 갈 길이나 가실 것이지 녀편네 소
　변보고 안이 본 것은 알아 무엇ᄒ시랴오
　(건) 엇지히셔 무릿던지 잔소리가 무슨 잔소리야 쇼변을 엇의셔 보앗셔
　(로) 오리 살냐닛가 별일을 다 보네 웬 량반들인디 남의 쇼변보고 안이

　　보는 것은 웨 무러

ᄒ며 힝ᄼ히 몸을 쎗쳐가라 ᄒ니 건달이 눈을 불으듸며

　　(건) 가기는 엇의를 가 그리 호락ᄼᄼᄒ게 ᄆ음듸로 가러드러

　　(로) 웨 못 가오 당신들이 누구신듸 남을 붓잡고 이리ᄒ시오

　　(건) 붓잡고 이릴 만흔 사름이야 가랴거던 진작 바로 말을 ᄒ

　　(로) 무슨 말을 바로 ᄒ오

　　(건) 그러면 이 밤즁에 남의 집 굴목 뒤에 와 무엇을 힛셔 뎡녕 담구멍
　　을 쑬으고 도적질을 ᄒ야 가랴는 것이지

　　(로) 여봅시오 하늘이 ᄂ려다보심니다 이 늙은 것이 담구멍을 쑬을 위
　　인인가

한 놈이 우악ᄒ게[394] 듸들며 져의 동모다려

　　여보게 이 마누라의 힝싁이 괴이ᄒ니 예셔 무러볼 것 업시 잡아 압세우
　　고 죠쇼ᄉ의 집으로 도로 드러가 거힝ᄉ를 톡ᄼ이 좀 ᄒ여보세

　　어― ᄌ네 말이 올의

ᄒ더니 네 놈이 일시에 달녀드러 두 놈은 좌우 팔을 갈너 잡고 한 놈은 압
헤셔 쓸고 한 놈은 뒤에셔 미러 풍우ᄀᆺ치 모라가니 셕이어멈이 졍신을 차
리지 못ᄒ고 쓰들녀가며 싱각ᄒ기를

　　뎌 사름들이 필경 별슌검들인듸 나를 도적년으로 알고 잡아가나 보다

　　잡아가지 말고 아모러케 ᄒ듸도 내 죄 업스니 겁날 것 업다

　　내가 잡혀가 여러 날 갓치기나 ᄒ면 ᄌ근아씨씌셔 이런 쥴은 모르시고
　　여북[395] 기듸리실ᄂ고

　　올타 잘되엿다 긔회를 엇은 김에 ᄌ근아씨 당ᄒ신 젼후 일을 법뎡에 이

　　실직고를 ᄒᆞ야 신원[396]을 상쾌ᄒᆞ게 ᄒᆞ야 드리겟다

ᄒᆞ고 가더니 뷘 밧길로 휘돌아 드러가ᄂᆞᆫ듸 별곳이 안니라 곳 셩씨 드러가

던 죠쇼ᄉ의 집이라

　　에구머니 이놈들이 나를 웨 이 집으로 다리고 드러갈가 아씨가 보면 의

심을 닐 터이오 죠쇼ᄉ도 내 얼골을 짐쟉ᄒᆞᆯ 터인듸‥‥‥

　　본식이 탄로되면 자근아씨 일이 큰일나지 안이ᄒᆞ얏나 오냐 내 목슘 한

아 ᄭᅳᆫ어지기를 도라보지 안이ᄒᆞ면 고만이지 겁닐 것이 무엇 잇ᄂᆞ냐

---

396 신원(伸寃). 가슴에 맺힌 원한을 풀어 버림.

1912.2.15. 〈35〉

1912년 2월 15일

(三五)

건달들이 로파를 몰아가지고 우루루 드러오니 죠쇼스가 마쥬 나오며

　그 마누라를 잡아 오시오

호가가 뒤밋쳐 나오며

　그년을 노치지 안이ᄒ고 용ᄒ게 붓드럿네그라

건달들이 로파를 끌고 마루 압흐로 올나오며

　그년은 ᄎᄎ 가셔 잡아 오려니와 위션 이 마누라브터 싹졍을 밧아보세

　(죠) 그 마누라는 누군듸 어셔 잡아가지고 와셔 싹졍을 밧는다고 ᄒ시오

　(건) 우리가 싀다리를 가랴고 이 뒤밧 사이길로 가로라닛가 이 마누라

　가 쥬인듸 굴목 뒤에 가 결망고를 ᄒ고 업듸려 잇는 것이 ᄆᆞᆷ에 슈샹

　히셔 잡아가지고 왓슴니다

　(죠) 엇의 엇던 마누라가 남의 집 굴목 뒤 와 무엇을 ᄒ더란 말이오 도

　젹년인가 보구려 담구멍을 쑬으랴고 ᄒ던 것이로군

ᄒ면셔 마쥬 나와 마누라의 얼골을 자셰ᄉᄉ 드려다보더니

　그 마누라 쟝이 낫이 익다 아오님 나와셔 이 마누라 좀 보오 엿차가 실

　차가 되얏나보오

셩씨가 분쥬히 나오며

　그 마누라가 누구길ᄂᆡ 나다러 보라고 ᄒ오

ᄒ고 허리를 숩으리고 드려다보더니 얼골빗에 로긔[397]가 등등ᄒ야지며

(셩) 자네 이게 웬일인가 늙은 사름이 힝실을 잘 가지지 못ᄒ고 안인 밤
중에 남의 집 굴목 뒤에는 도독괴 모양으로 웨 와서 업듸려 잇던가

(로) · · · · ·

(셩) 웨 듸답을 안이ᄒ나 ᄌ네 흔 간이 잇스닛가 도적이 발이 져려셔 게
와 엇드럿나

(로) · · · · ·

(셩) 그러면 이 듹이 두둑흔 부쟈로 알고 무엇을 훔쳐가랴고 게 와 은신
을 ᄒ얏던가

(로) · · · · ·

(셩) 늙은 사름이 큰 욕 당ᄒ지 말고 진작 바로 말을 ᄒ게

로파가 그 디경을 당ᄒ야 감안히 싱각을 흔즉 여간 ᄆ음을 물으게 먹엇다
는 자근아씨 일이 말이 못 될 모양이라

　오냐 나 한아 죽ᄌ스고나

ᄒ고 쇼리를 버럭 질너셔

(로) 여보 아씨 내가 무엇을 잘못힛길ᄂᆡ 도적이 발이 져리니 훔쳐가랴고
은신을 ᄒ얏ᄂ니 ᄒ시고 량반은 의리도 업소 팔면부지 모로는 사름이라
도 횡익[398]에 걸니어 욕을 당ᄒ면 이명기불연을 ᄒ야 쎄여 놋는 것이 업
지 안아 잇는 일인듸 그릭 아씨가 이러케 말슴을 ᄒ야 올탄 말이오

(셩) 나도 열이 나닛가 그럿치

(로) 무슨 열이 그리 나시오

(셩) 한멈을 모로는 터 ᄀ스흐면 뎌 봉변 말고 그에셔 더흔 일을 당ᄒ기로
누가 알안곳이나 ᄒ겟나마는 한집안 ᄀ스흔 터에 남의게 욕 당ᄒ는 것이

---

397 노기(怒氣). 성난 얼굴빛. 또는 그런 기색이나 기세.
398 횡액(横厄). 뜻밖에 닥쳐오는 불행.

분ㅎ닛가 말이지 글세 늙은 사름이 일즉안이 집에셔 편히 잠이나 잘 것
이지 무슨 대스로 게 와 잇셧던가 필경 싯돍은 잇겟지 웨 바로 말을 못
ㅎ나

(로) 내 말을 좀 시원히 드르시랴오 아까 뒥에를 가기는 자근아씨 거취
를 좀 알냐고 갓더니 아씨가 그 뒤답은 얼넝々々ㅎ고 몸만 쎗쳐 츌입을
ㅎ시기에 내 ㅁ음에 얼마쯤 셥々ㅎ던 츳에 아씨 가시는 바름에 무슨 됴
희쪽이 써러지기에 집어 보고 편지 스연이 하도 이샹스럽게 급히 오시
라 ㅎ얏기에 아씨 뒤를 슬々 짜라와 무슨 리약이를 ㅎ시나 듯쟈고 계
와 잇셧습니다 그 죄로 죽일 터이면 죽이고 살닐 터이면 살니시오

(성) 이런 괴악흔 것은 처음 보겟네 내 뒤는 웨 밟아 내가 언의 놈과 통
간을 ㅎ러 단이던가 역적모의를 ㅎ러 단이던가 이따위 어림업는 슈쟉
을 뉘게다 ㅎ고 잇셔

내가 즈네를 등으로 보나 날로 보나 괄시흘 수 업셔 닐으는 것이니 바
로 말을 ㅎ게 자근아씨를 엇의로 셈돌넛나 진작 이실직고를 안이ㅎ다
는 즈네 몸에 큰 욕이 도라가리

1912.2.16. 〈36〉

1912년 2월 16일

(卅六)

셕이어멈이 졍식을 ᄒ며

 아씨 엇진 말슴이오 자근아씨를 쎅돌니다니 자근아씨를 당신이 쎅돌
 녀 업시시고 나다려 되슌라를 잡오셔오
죠쇼수가 겻헤 셧 그 광경을 보다가 방으로 향ᄒ야

 여보게 힝랑어멈 이리 나와 이 마누라 좀 보게 이 마누라 얼골을 못 알
 아보겟나
힝랑것이 나와 셕이어멈을 드려다보더니

 에그 그 마누라가 그 마누라로군 마누라님이 방물쟝수를 단이지 안이
 힛소
로파가 아조 싱자리를 쎄노라고

 (로) 여보 무엇이오 방물쟝수를 누가 힛단 말이오 나는 그런 젹 업소
 (힝) 뎌 마누라님 보아 오날 낫에 번연히 방물보굼이를 이고 우리 딕에
 를 왓다가 가더니 죠곰 잇다가 쏘다시 드러와셔 집힝이신지 차자 집고
 가고 뎌러케 잡아쎄네
 (로) 뎌이가 졍신이 잇나 업나 늬가 언졔 방물보굼이를 이고 엇의를 갓
 더란 말이오 딕이 엇의인지 모로겟소마는 필경 횡보앗나[399] 보오
한참 이 모양으로 힝랑것은 그럿타거니 셕이어멈은 안이라커니 닷호는딕

---

399 횡(橫)보다. 똑바로 보지 못하고 잘못 보다.

츈식이가 와락 듸여드러 로파의 싸귀를 싹 붓치며

　이년 늙은 것이 흉징시럽게 방물쟝스를 안이ᄒ얏셔

　나도 보앗ᄂ듸 안이힛다고 쎄를 써

셕이어멈이 악이 밧삭 나셔 마조 달녀들어 호가의 멱살을 훔켜잡고 뒤로
벌떡 잡버지며

　이놈아 네가 웬 놈인듸 나이 내 손ᄌ보다도 젹은 놈이 늙으니다려 이년
　뎌년 욕을 ᄒ며 치ᄂ냐 이놈 너 죽고 나 죽자

츈식이가 쏘 한 번 발길로 차며

　이년 너 ᄀ죵흔 년은 열 번 죽여도 죄가 남ᄂ다 이년 하늘 무셔운 줄 모로
　고 남의 유부녀를 쇠여늬고 능히 무ᄉ흘 줄 알앗더냐

죠쇼스ᄂ 덩다라 악을 쓰며

　뎌년이 누구다려 놈ᄉᄌ를 쓰며 욕을 흘까 옵바 그년의 아깅이를 짓찟
　쿠려

셕이어멈이 죠쇼스의 다강이를 훔켜잡아 달이며

　이년 너ᄂ 웬 년인듸 늙으니 압헤 아깅이를 함부루 놀니ᄂ냐 아모리 힝
　실을 ᄀ 도야지ᄀ치 ᄒ다가 말판에 인물유인을 히먹고 사ᄂ 잡년이기
　로 오냐 이 년놈들 어셔 씩려라 죄 업ᄂ 사름 이러케 ᄉ미[400]로 죽이면
　너의 년놈도 살지를 못ᄒ리라

죠쇼스도 악이 밧삭 나고 호가도 독이 잔ᄉ득 나고 건달 놈들도 분이 모다
나셔 셕이어멈 한아를 가온듸에다 모라녓코 밧고 차기로 발ᄉ길질 쥬먹
질을 쟝리 싱각은 반푼어치도 안이ᄒ고 함부루 ᄒ며 야단법셕을 ᄒᄂ듸
셩씨ᄂ 팔쟝을 지르고 한편에 빗켜셔셔 무엇이 그리 상쾌ᄒ지

으응 늙은이도 심슐변덕이 그러케 만코야 뎌 봉변을 안이 당홀가 웨 진
솔로 늙지를 못ㅎ고 긱스럽게 홀 짓 못홀 짓 ㅎ다가 필경 주긔 신세를
맛치고 마노

여보 형님 뎌 마누라가 웨 내 뒤를 붋아 단이며 엿드럿나 좀 무러보와
주오

죠쇼스가 다깅이를 쯰들니고 업듸려 로파를 손으로 잡아 쯧고 니를 쎄물
며 독살을 부리는 판이라 언의 겨를에 그 듸답을 ㅎ리오 츈식이가 차던
발ㅅ길을 멈츠며

   (츈) 쟝모 걱정 마르시오 내가 이년을 만조각에 늬더리도 젼후 흉계와
힝동을 낫낫치 공쵸[401]를 밧고야 말 터이오

   (셩) 에그 그런 몹쓸 마누라 보아 빅쥬[402]에 영진이를 졔가 쎄돌니고 내
게 와셔 능청스럽게 엇다 폴아먹엇느냐 죽여 업싯느냔 별々 흉악망측
ㅎ 소리를 다 ㅎ얏지

   밤이 낫 곳흔 세샹에 졔가 엇지쟈고 굿싸위 짓을 홀싯

셕이어멈은 뭇 년놈의 말듸답을 도모지 안이ㅎ고 욕만 물 퍼붓듯 ㅎ다가
셩씨의 짓거리는 것을 언의 겨를에 드럿던지 목구멍이 터지게 소리를 질
은다

   하느님 맙시샤 아씨가 그 불샹흔 싸님을 원슈를 듸여 잡년의 쇠이는 듸
로 난봉놈에게다 속여 폴아잡숫고도 무엇이 부죡ㅎ야 아모 죄 업는 나를
이 민를 맛치오 나 한아 죽으면 고만이니 오쟝이 시원ㅎ게 잘 살으시오
에그 나으리마님은 쌱도 ㅎ시지 녀편네에게 고혹ㅎ시기로 엇지면 당신
혈육을 기 곳고 돗 곳흔 년놈의 슈즁에다 너으셧노 하느님 마읍소셔

---

401 공초(供招). 조선 시대에, 죄인이 범죄 사실을 진술하던 일.
402 백주(白晝). 대낮.

1912.2.17. 〈37〉

(卅七)

리되 자근아씨를 되려다가 말을 잘 안이 드르닛가 뎡녕 죽여 업시고 죄를 감초랴고 싱사름을 잡으러 드는고나

(츈) 이년 무슨 잔말이야 그릐도 말을 안이ᄒ고

ᄒ며 졈졈 더 치니 근력 업는 늙으니가 엇지 견되리오 류혈이 랑쟈ᄒ야 느러져 이를 씸물고 다시 말을 안이ᄒ니

츈식이가 ᄉ면을 휘휘 둘너보아 두쥬 밋헤 잇는 박망이 짝을 집어 들고 무식ᄒ 놈이 뒤싱각 반졈 안이ᄒ고 로파의 일신을 함부루 아모되나 살 박아 치며[403]

(츈) 이년 바로 되라 아씨를 엇의로 쌕돌녓느냐 당쟝 ᄎᄌ 노으면 이어니와 그러치 안이ᄒ면 이 ᄌ리에셔 쯰려죽여 업실 터이다 량반이 너 한나 죽이고 살인당ᄒ겟느냐

(로) 이놈아 량반 네가 량반이야 량반 욕뵈러는 놈 ᄯᅩ 보겟고 네가 나를 죽이지 말고 육포를 켜보렴어나 엇의 가 계신지도 모르는 자근아씨를 쌕냇다고 ᄒ나 알기 곳 ᄒ면 쌕니고 잇셔 바로 고발을 ᄒ야 너의 ᄀᆺ흔 년놈을 본보기를 뇌엿지 이 년놈들 우리 자근아씨를 엇더케 ᄒ다 죽여 노코 그 발쎔ᄒᄌ고 내게 싱씨그렁이를 붓나 보다마는 내 목슘 씃어지기 젼에 자근아씨를 ᄎᄌ 노코야 빅일쎨

---

[403] 살 박아 치다. 매우 세차게 때리다.

입살을 밧짝々々 씹물고 간님을 부드득々々々 쓰며 미를 맛더니 인히 다시 말을 못 ㅎ고 긔식[404]을 ㅎ엿더라

무식ᄒᆞᆫ 쟈들이 일시 긔긔로 남의 일에 발ㅅ길질 한 번식이라도 다 ㅎ다가 급기 셕이어멈의 긔식ᄒᆞᄂᆞᆫ 양을 보고 졔각기 발을 쓱々 쎅여 하나둘 다 도망을 ㅎᄂᆞᆫ디 그 중에도 죠쇼ᄉᆞ에게 긴히 뵈야 슐 한잔이나 쌋々시 엇어 먹을 계교 둔 놈이 잇셔 은근히 눈짓을 ㅎ고

(건) 여보 큰일 낫소 큰일 나 뎌년이 방쟝 죽ᄂᆞᆫ디 진작 츈식이다려 쎠메 여다가 졔집에셔 죽게 ㅎ여야지 엇지ㅎ자고 뎌듸로 늬버려두오 에구 우리ᄂᆞᆫ 가니 싱각ㅎ야 ㅎ시오

죠쇼ᄉᆞ가 건달들의 도망ㅎᄂᆞᆫ 양을 보니 겁이 더럭 나셔 츈식다려

여보 옵바 뎌년의 마누라를 어셔 틱으로 끌어가시오 나도 아모 샹관도 업소 졔가 죽던지 살던지 당쟈되는 읍[405]바네 틱으로 끌어다가 쳐치를 ㅎ시오 팔즈가 사오나와 다 죽게 된 나ᄭ지 못살게 ㅎ지 말고 진작 변통[406]을 ㅎ던지 그러치 안이면 이 아오님 틱으로라도 쓰러갈 작뎡을 ㅎ오

츈식이ᄂᆞᆫ 덤々이 잇ᄂᆞᆫ디 셩씨가 변식을 ㅎ며

여보 형님 이게 무슨 소리오 내가 그 마누라를 잡아를 오라고 ㅎ얏소 쎠리라고를 ㅎ얏소 웨 우리 집으로 끌어가라고 ㅎ오 내가 여긔 오기도 우리 나으리 안이 계신 ᄉᆡ 몰늬 왓ᄂᆞᆫ디 공연히 남의 집에 야단을 늬여 식집도 못 살고 쫓겨가게 ㅎ랴 남듯기 실소 나ᄂᆞᆫ 가오

ㅎ고 누가 당쟝 잡아나 먹ᄂᆞᆫ 듯이 뒤도 안이 도라보고 다라나니 죠쇼ᄉᆞ가 더욱 ᄆᆞ음이 조리어셔 두발을 동々 구르며 목에 침이 말으게 츈식이를 부

---

404 기색(氣塞). 심한 흥분이나 충격으로 호흡이 일시적으로 멎음. 또는 그런 상태.
405 '옵'의 오류.
406 변통(變通). 형편과 경우에 따라서 일을 융통성 있게 잘 처리함.

른다.

　여보 여보 글세 옵바 옵바가 싱사름을 못 살게 호랴고 웨 이리고 천연
세월[407]로 잇소 어셔 삭ㅅ군을 불너 뎌 마루라를 쳐치호시오 어셔 쳐치
를 히오

호며 자리에 붓지를 안이호고 셩화를 호니 츈식이가 견듸다 못호야 한탄
호는 말이라

　이런 졔기 계집 일어버리고 살인당호고 이런 놈의 팔즈도 잇담 뎌 경칠
년이 아깅이를 닥치고 잇지를 못호고 막오 쑬은 창구멍으로 남의 부화
를 부풀 째로 부푸러 노아 믜질 시작을 호얏지

　여보게 힝랑어멈 이 압 병문[408]에 나아가 인력거 하나 불너오게 뎌년의
마누라를 듸려가게

힝랑것이 구셕에 쳐빅여 잇는 치로 벌ㅅ벌ㅅ 쓸기만 호고 간신히 듸답을 호며

　(힝) 지금 닭이 더럭ㅅㅅ 우는듸 인력거를 엇의 가 불너옴닛가 인력거
를 불너오기로 다 죽은 송장을 엇더케 틔여 감닛가

---

407 천연세월(遷延歲月). 일을 그때그때 하지 아니하고 미루면서 세월을 끌어 감.
408 병문(屛門). 골목 어귀의 길가.

1912.2.18. 〈38〉

(卅八)

(츈) 가보지도 안이ᄒ고 앙탈브터 ᄒᆞᆫ단 말인가 이 일이 다 누가 잘못ᄒ
야 싱겻길ᄂᆡ 앙탈이야 쎡 못 불너오겟나

힝랑것이 엇지ᄒᄂᆞᆫ 슈 업셔 ᄃᆡ답을

예—

ᄒ고 그 집 대문 밧게를 나셔니 인력거 불을 ᄆᆞ음보다 겁이 압셔 나ᄂᆞᆫ지라

에라 고만두어라 아모 집에를 가기로 내 힘드려 드난[409]을 ᄒ야쥬면 두
째 밥이야 못 엇어 먹으랴 공연히 어림업시 그 집에 잇다가 싱벼락 맛
져 무엇ᄒ게

ᄒ고 황망히 츈식의 집으로 와 졔 방 셰간을 다 가지고 졔 싀골셔 한씌 올
나온 힝랑것에게로 갓더라

죠쇼ᄉᆞ와 츈식이가 힝랑것의 회보[410]를 기ᄃᆡ리다가 못ᄒᆞ야

(츈) 누나 이년의 마누라가 함흥차ᄉᆞ가 되얏나보오 도모지 쇼식이 업
게 내가 횡ᄒ게 가셔 인력거를 불너 ᄃᆡ리고 오리다

(죠) 여보 안이 될 말이오 발길 한 번이라도 톡ᄉᆞ히 한 놈들은 모다 도
망을 ᄒ고 아모도 업ᄂᆞᆫᄃᆡ 옵바마ᄌ 나가셔 쇼식이 업스면 죄 업ᄂᆞᆫ 나만
령락업시 벼락을 맛게 별소리 말고 어셔 옵바 등에 업고라도 가오

---

409 드난. 임시로 남의 집 행랑에 붙어 지내며 그 집의 일을 도와줌. 또는 그런 사람.
410 회보(回報). 돌아와서 보고함. 또는 그런 보고.

(츈) 내가 달은 놈 모양으로 도망을 홀 리가 잇소 송장 일반으로 쌧〻흔 것을 나 ㄳ혼 약질이 엇더케 업는단 말이오 내게 속는 셰음치고 감아니 계시오 얼풋[411] 단여올 것이니

(죠) 안이 될 말이오 졍 그러홀 터이면 내가 불너올 것이니 옵바가 씀짝 말고 계시오

(츈) 누나는 사름을 픽도 못 밋어 ᄒ오 그러케 의심이 날 터이면 누나 나간 시에도 내가 도망을 ᄒ랴면 못홀신

죠쇼스가 그 디답은 ᄒ지도 안이ᄒ고 그 압 병문으로 나가보니 원리 그 근쳐 병문에는 인력거도 몃 치 못 잇고 여간 잇셔야 별로 타는 사름이 업는 연고로 히만 쑥 셔러지면 각기 졔집으로 드러들 가고 잡아 약에 쓰랴도 하나 맛늘 슈 업는지라 인력거군을 차지랴 집에 츈식이가 엇의로 갈신 념려를 ᄒ랴 올팡갈팡 허둥지둥ᄒ다가 에라 그럴 것 업다 ᄒ고 져의 이웃 집 힝랑 들창 밋헤 가

    여보게 아범〻〻 여보게 아범〻〻

종일 로동을 ᄒ던 쟈이 엇지 잠을 얼풋 씌리오 무한 힐란ᄒ다가 간신히 눈을 부비고 나오는 쟈다려 삭을 얼마나 흠쌕 쥬마고 쑬을 담아 부엇던지 졔 동모 하나를 불너 디리고 죠쇼스를 싸르와 들쩟에다 석이어멈을 올녀 뉘여 마쥬잡이 송장 메고 가듯 ᄒ는디 츈식이가 삭군을 불으더니

    여보게 거긔 잠짠 셧게

ᄒ고 죠쇼스를 향ᄒ야

(츈) 그러치 안인 일이 잇소 뎌 마루라를 우리 집으로 디려갈 것이 안이라 한쥬스 집으로 갓다두어야 올켓소 졔 쓸을 누구를 공히 쥬엇나 내게

---

411 얼풋. 시간을 끌지 아니하고 바로. '얼른'의 방언(경상).

줄로 쓰른 듯흔 돈 삼천 량을 밧고 팔아먹엇는디 그년이 도망을 흔 탓으로 이 분란이 낫고 또는 우리만 씌엿소 한쥬스의 마누라도 사뭇 씌엿는디 져는 무스흐고 나만 죄를 뒤집어 써오

(죠) 이런 째는 옵바가 웨 이 모양으로 옹식흔 말을 흐오 한쥬스 집이 당々흔 스부인디 아모리 죽게 되얏기로 한쥬스가 알앗스면 돈 말고 은을 쥬기로 그 쌀을 옵바에게 슐귀기 들녀 안치라고 보냇슬 듯십소 지금 뎌 마누라를 써메여 보닉면 즈연 이게 웬일이냐마냐 즈초 스실이 발각될 터이니 한쥬스가 병신 안인 바에 감아니 잇슬 터이오 마누라도 그리 무던흐게 즈긔 집에 밧아둘 리도 만무흐고 즈긔 쌀을 당쟝 남모라도 싹 가 세고 돌노라도 다듬어 셰라 흐면 쇼긔흐던 나도 무슨 디경에 갈지 모르고 옵바는 무스흘 터이오 사름 구타흔 죄 인물 유인흔 죄 이죄 뎌죄 흐야 쳥바지가 여럿이 싱길 모양이오

에그 이년이 밋쳤던가 실혼을 흐얏던가 졔 밥 먹고 졔 옷 입고 감아니 드럽디려 잇지 못흐고 무슨 발광으로 그 신부림은 흐야 노코 싱벼락을 맛게 되나 오날밤이라도 내가 먼져 죽어바렷스면 셰샹일이 다 펴이겟지 뎌 마누라를 디려가거라 말거라 입방아는 씨어 무엇흐나

1912.2.20. 〈39〉

(卅九)

츈식이가 잠々히 듯다가

　　에— 슈원슈구(誰怨誰咎)[412] 홀 것 무엇 잇소 청바지를 닙던지 피살을 ㅎ

　　던지 내가 다 당ㅎ지

ㅎ고 막버리ㅅ군[413]을 보며

　　이이 지체 말고 어셔 듹으로 가쟈

호가는 팔즈가 병 치료만 ㅎ라고 타고낫던지 영진의 병구원[414]을 스오

삭[415] 신고ㅎ야 ㅎ던 쯧인딕 또 셕이어멈을 쩌메다 집에다 누이고 각종

엉혈 풀닐 약을 구ㅎ다 쓰며 익를 쓰는딕 영진이 구원홀 째에는 힝랑에

사름이나 잇셔 각종 슈응을 ㅎ야 주엇고 또 건달 친구가 련히 츠즈와셔

여러 가지 쥬션을 ㅎ야도 주더니 이 마누라 치료에는 슈하에 사름도 업고

평일 갓갑다던 친구가 모다 겁을 닉여 한 놈도 드려다보지 안이ㅎ니 져

혼져 고싱을 ㅎ는딕 셕이어멈은 늙은 사름이 믹를 마져 일신이 안이 결니

는 딕가 업시 앏ㅎ기도 ㅎ려니와 슬며시 호가놈의 혼쓰임[416]을 홀 작뎡으

로 몃 갑졀 더 엄살을 ㅎ야 거진々々 죽는 모양을 ㅎ니 츈식은 더구나 겁

---

412 수원수구(誰怨誰咎). 누구를 원망하고 누구를 탓하겠냐는 뜻으로, 남을 원망하거나 탓할 것
　　이 없음을 이르는 말.
413 막벌이꾼. 아무 일이든지 닥치는 대로 해서 돈을 버는 사람을 낮잡아 이르는 말.
414 병구원(病救援). 앓는 사람을 돌보아 주는 일.
415 삭(朔). 달을 세는 단위.
416 혼(魂)뜀. 단단히 혼냄. 또는 그런 일.

이 나셔 줄에 안진 새 몸이 되얏더라

그날 길이모가 영진에게 제 형을 차져가 보고 오마 ᄒ고 한다름에 련동
즈긔 형의 집으로 건너와셔

(길이모) 이이 셕이 집에 잇ᄂ냐 어머니 엇의 계시냐

   (셕) 아쥬머니 건너오심닛가 어머니씌셔 나흘 젼에 나가시더니 엇진 일
   인지 이쌔ᄭ지 안이 드러오셔오 그동안 아쥬머니 ᄃ긕에ᄂ 혹 가셧셔오

   (길) 무엇이야 이쌔ᄭ지 안이 드러오셧셔 호동 ᄃ긕에를 가 계신가 보구나

   (셕) 호동 ᄃ긕에 안이 가셧슴니다 한 번도 그 ᄃ긕 아씨씌셔 웨 펄ㅅ젹단이
   ᄂ냐고 무안을 주어셔 그 후로ᄂ 일뎡 안이 가시ᄂ데오

   (길) 그러면 엇의 가실 데가 잇ᄂ냐 집은 내가 보고 잇슬 것이니 너 직
   금 호동 ᄃ긕에를 가 보아라 가 보아셔 거긔 계시거던 내가 엇줍드란 말
   은 말고 부평 외가에셔 누가 왓스니 얼풋 넘어오시라고 ᄒ여라

   (셕) 웨오 무슨 일이 잇셔오

   (길) 오냐 나 ᄒ라ᄂ 듸로만 ᄒ렴어나

   (셕) 예— 그리면 아쥬머니씌셔 기듸리고 계십시오

   (길) 오냐 그 걱정은 말어라 이이 그리고 어머니씌셔 그 ᄃ긕에 계시던지
   안이 계시던지 어머니 방물쟝ᄉ ᄒ시ᄂ 말은 그 ᄃ긕 아씨 드르시ᄂ듸 ᄒ
   지 말어라

   (셕) 웨 방물쟝ᄉ ᄒ시ᄂ 것이 무슨 천역[417]이오 속히게

   (길) 천역이고 안이고 아쥬미 말듸로만 ᄒ지 무슨 잔소리야

   (셕) 예— 그리ᄒ오리다

ᄒ고 호동 한쥬ᄉ 집에를 가셔 닷은 대문을 덜걱ㅅㅅ 흔들며

---

417 천역(賤役). 천한 일. 또는 그 일을 하는 사람.

　　문 열어 줍시오

안으로셔 셩씨가 영창을 드르륵 열고

　　거 누가 왓느냐

　　(셕) 예― 셕이올시다

　　(셩) 셕이야

ᄒ며 나와 문을 열어 쥬며

　　(셩) 너 엇지 왓느냐

　　(셕) 어멈 뒤에 왓슴닛가

　　(셩) 안이

　　(셕) 그러면 엇의를 갓슬가요 나간 지가 나흘이나 되얏는듸 쇼식이 이
째신지 업셔요

　　(셩) 엇의를 갓길늬 그러케 여러 날 쇼식이 업단 말이냐 너 어멈이 무슨
쟝스를 단이늬

　　(셕) 쟝스는 무슨 쟝스를 단여요

　　(셩) 내 드르닛가 방물쟝스를 단인다는듸그랴

　　(셕) 방물쟝스가 무엇입시오 쇼인은 모름니다 쇼인 물너감니다

셕이가 집으로 도라와 졔 이모다려

　　(셕) 아쥬머니 어머니쎄셔 그 뒤에도 안이 계셔요

　　(길) 에구 그러면 엇의로 가셧단 말이냐 이외 긔진녀학교가 엇의 잇느
냐 너 알겟늬

　　(셕) 몰나요 몰으기는 ᄒ지마는 사스집도 안이오 학교라는듸 물어보면
셜마 알겟지오 그 학교는 웨 무르심닛가

　　(길) 자셰 알 슈는 업다마는 어머니게셔 그 학교에를 가셧기가 쉬울 쯧
히셔 뭇는 말이다

(셕) 그리면 그 학교에를 가볼가오 그 학교에 가셔 누구다려 무러보람
닛가

(길) 오냐 그 학교를 좀 차져가 보아라 차자가셔 거긔 교ᄉ로 단이는 하
나다샹이 엇의 계시냐 무러셔 하나다샹을 뵈읍고 어머니를 언졔 맛나
셧나 엿쥬아 보아라

(셕) 하나샹이 누구신듸 어머니와 친분이 계시던가오

빈 쪽입니다

1912.2.21. 〈40〉

(四十)

(길) 그는 일본 부인으로 그 학교에 교수로 단인다는뒤 아마 어머니와 셔로 친치는 못홀나

(셕) 그리면 하나다샹을 맛나기로 어머니가 누구시라고 말을 호여오

(길) 글셰다 누구라고 호면 얼풋 알아드룰싯 이이 셕아 그릴 것 업시 호동 자근아씨 일홈을 말호고 자근아씨 딕 유모 마누라 엄이라고만 호면 아마 알아드르실나

셕이가 딕답을 호고 나가더니 두어 시간 후에야 도라와셔

(셕) 아쥬머니 공연히 쏘 허힝[418]을 호얏습니다

(길) 웨 게도 안이 가셧드라듸

(셕) 가셧는지 안이 가셧는지 대관졀 하나다샹을 맛낫셔야 무러나 보지오

(길) 하나다샹을 못 맛낫늬 학교는 차잣는듸

(셕) 학교는 무르닛가 찻기 어렵지 안이히오 그런듸 그 학교에 드러가닛가 요시 방학이 되야 교수 임원은 하나도 업고 딕쳥직이쌴 잇길늬 하나다샹 딕을 무러보앗지오

(길) 올치 그 딕을 차즈보앗늬

(셕) 대쳥직이 말이 하나다샹이 방학흔 동안에 동경 본딕에를 가셧스닛가 그 딕을 차져가도 맛나지를 못흐리라고 흐여오

---

[418] 허행(虛行). 헛걸음.

(길) 이이 그러면 어머니를 엇의로 가서 차져뵈옵늬 에그 즈식도 늙은

어머니께셔 여러 날 나가 계시니 진작 스면 슈소문ᄒ야볼 싱각을 안이

ᄒ고 틱연히 드러업틔려 잇셧단 말이냐

(셕) 어머니께셔 각금 나가 주무시고 안이 드러오시닛가 신지무의[419]

ᄒ얏슬 쑨외라 집이 뷔닛가 엇의를 가볼 슈가 잇셔야지오

(길) 에이 즈식 집은 잠그고도 못 가보아 오냐 나도 지금 집에를 잠ㅅ간

단여셔 스면으로 나셔 차져볼 것이니 너도 문을 잠그고 여긔 뎌긔 도라

단이며 탐문을 ᄒ야셔 맛나 뵈옵ᄂᆞᆫ 틔로 우리 집으로 와 알게 ᄒ여라

나도 아ᄂᆞᆫ 틔로 네게 알게 흠아

텬하만ᄉ에 무엇이 그즁 어려오냐 ᄒ면 사름 기틔리기에셔 더 어려온 것

은 업ᄂᆞᆫ 것이라 영진이가 길이어멈을 보틔고 눈이 감도록 기틔리ᄂᆞᆫ틔 바

름에 문만 씩거ㅅㅅ려도 틔다보며

　　길이어멈이 그 형을 압셰우고 드러오ᄂᆞᆫ듯

지나ᄂᆞᆫ 즈최를 듯고 긔만 컹컹 지져도 틔다보며

　　두 마누라가 압셔거니 뒤셔거니 드러오ᄂᆞᆫ 듯

히가 뉘엿ㅅㅅ 져가니 ᄆᆞ음이 조급ᄒ야 자리를 못 붓고 졍히 이를 쓰ᄂᆞᆫ틔

밧그로셔 기침 쇼리가 두어 번 나며 길이어멈이 혼자 드러오더니

　　(길) 자근아씨 얼마나 기틔리셧슴닛가 그러나 형은 엇의로 갓ᄂᆞᆫ지 이

째ᄭᅵ지 스면 찻다 못 ᄒ고 왓슴이다

　　(영) 못 찻다니 엇의 갓길틔 업드란 말이오

　　(길) 알 수가 잇슴닛가 호동 틔으로 알아보아도 안이 왓다 ᄒ고 학교로

알아도 알 수가 업슴니다그랴

(영) 그게 웬일이란 말이오 학교에는 누구다려 무러보앗소

(길) 그리 힛습닛가 몬져 형의 집으로 갓습지오

(영) 그릭셔오

(길) 가닛가 형은 업고 족하놈 혼자 잇길닉 어머니 엇의 가셧느냐 무른
즉 나흘 젼에 나가더니 인히 쇼식이 업다 ᄒ읍기 그놈을 식여 스면 알
아보앗는딕 도모지 혼젹이 업고 학교에는 이동안 방학을 ᄒ얏는딕

(영) 감안히 잇소 올치 지금 하긔 방학 즁이겟구면 그릭셔오

(길) 지금 방학 즁인딕 하나다샹은 동경에를 건너가고 지금 업다고 ᄒ
드릭오

(영) 에구 하나다샹 맛나기를 태산ᄀᆺ치 ᄇ랏더니 인졔는 다 틀넛소구려
ᄒ며 눈물이 별안간에 더벅더벅 써러지더니

그러나 큰한멈은 엇의로 갓단 말이오 하나샹은 언졔 올지 모로고 아모
리 싱각ᄒ야도 내가 죽는 수밧긔 업는딕 죽더릭도 큰한멈은 맛나보아
야 홀 터이오

1912.2.22. 〈41〉

1912년 2월 22일

(四十一)

길이어멈이 질식을 ᄒ며

  (길) 뷘 말슴이라도 그러케 ᄒ지 말으십시오 도라가시기는 웨 도라가셔오 아모조록 살으셔々 셰샹 분푸리를 실컨 ᄒ시고 남 보란 듯이 한번 못 살으시고 어림업시 도라가셔오 아모 말슴 말으시고 감아니 계십시오 형이 자근아씨 기ᄃ리리실 일을 싱각ᄒ기로 무단히 엇의 가 이러케 잇슬 리가 잇슴닛가 무슨 식닭이 단단히 잇는 것이온즉 한멈이 날마다 물 쥐어먹고 나셔々 ᄎᄌ보겟습니다

  (영) 한멈이 병이 낫슬 것 ᄀᆺᄒ면 집에 뎡녕 잇슬 터인ᄃᆡ 집에도 업고 우리 집에도 안이 갓더라니 그 안이 이샹ᄒ오 아마 나 ᄲᆡ온 일이 발각이 되야 붓잡혀 곤욕을 당ᄒ노라고 오지를 못ᄒ나 보오 다시 싱각ᄒ야도 그 의심밧게 드는 것이 업스니 지금 나가거던 나를 쇼개ᄒ던 년의 집과 나 다려갓던 놈의 집을 아모됴록 슈소문ᄒ야 ᄎ자보오

  (길) 글셰올시다 그 년놈의 집을 엇더케 ᄒ면 ᄎ자가 보나 걱정말으십시오 몃칠 두고 쟝안에 집마다 뒤졋스면 셜마 알겟지오

길이어멈이 그 잇흔날 쏘 일즉안이 나셜 터인ᄃᆡ 뷘 몸으로 남의 집에 드나들기가 믝젹어셔 무심히 ᄌ긔 형이 이고 단이던 방물보굼이를 이고 이 골목 뎌 골목 압집 뒤ㅅ집을 모죠리 드러가 보는ᄃᆡ 엇지々々 번져셔 광통교 남쳔변 근쳐에를 올나셧는ᄃᆡ 원슈는 외나무다리에셔 맛난다고 길이

모의 얼골이 그 형과 한조각에셔 쩍위어닌 듯이 흡소ᄒ자 그 형 이고 단 이던 방물보굼이를 엿스니 아모가 보기로 엇지 횡 알지를 안이ᄒ리오 호가의 집에 잇던 힝랑것이 그날 ᄌ겁[420]에 그 집을 비반ᄒ고 무두무 미[421]히 다른 곳으로 간 뒤에 근쳐 반찬 가기 담비 가기에 외샹량 거리ᄒ 던 세음을 ᄒ랴고 광통교 모통이로 슈월루 압을 당도ᄒ더니 길이어멈 오 는 것을 멀ㅅ즉안이 ᄇ라보고 속ᄆ음으로

　그 마누라 방물ㅅ짐 낫이 익다 엇의 갓가히 오거던 얼골을 좀 ᄌ세히 보겟다 ᄒ고 갓가히 마쥬 와셔 한참 드려다보더니 무슨 큰 샹급이나 엇어먹으랴 던지 길이어멈을 유인ᄒ야 가는뒤 여러 히 ᄯᅮ쟝이[422] 집에 듯고 보던 슈 단이 쩍 민활ᄒ다[423]

　(힝) 에그 쟝소 마누라님 잘 맛낫군

　(길) 웨 그리시오

　(힝) 뎌긔 엇던 뒥에셔 흥셩을 만히 ᄒ시랴는뒤 쟝소를 맛나거던 다리 고 오라고 쳔 번 만 번 부탁을 ᄒ시던데 여보 나ᄒ고 갓치 좀 갑시다

　(길) 그 뒥이 엇의쯤이오 뎌 아릐거리는 늬가 도부[424]를 거진 다ᄒ고 오 는 터이오

　(힝) 그틔[425]도 나 말ᄒ는 뒥에는 안이 갓슬리다 예셔 멀지 안이ᄒ니 좀 갑시다

길이어멈이 쟝소 힝식을 ᄒ면셔 물건 산다는뒤 무엇이라 안이 갈 슈도 업

---

420 자겁(自怯). 제풀에 겁을 냄.
421 무두무미(無頭無尾). 머리도 꼬리도 없다는 뜻으로, 밑도 끝도 없음을 이르는 말.
422 뚜쟁이. 부부가 아닌 남녀가 정을 통할 수 있도록 소개하는 사람.
423 민활(敏活)하다. 날쌔고 활발하다.
424 도부(到付). 장사치가 물건을 가지고 이리저리 돌아다니며 팖.
425 '리'의 오류.

고 가자ᄒᆞ니 푼어치 홍정 안이고 본ᄅᆡ 잡ᄉᆞ히본 적이 업셔 물건 시세를 몰오겟스닛가 쥬져ᄼᆞᄼᆞᄒᆞ고 핑계를 ᄃᆡ랴는ᄃᆡ 힝랑것이 이샹시렵게 셩화갓치 가자고 죠르니 마음에 야릇ᄒᆞ게 넉이어셔 못 익의는 톄ᄒᆞ고 ᄯᅡ라가노라니 그 ᄀᆡ천가으로 동을 바라고 한업시 ᄂᆡ려가 효경다리로 건너셔거늘

(길) 여보 얼마 멀지 안이ᄒᆞ다더니 예ᄭᆞ지 엇지히 ᄂᆡ려오오

(힝) 인졔는 거진 다 왓소 걱정말으오

ᄒᆞ며 죠곰ᄼᆞᄼᆞ 더 가는 것이 락산 밋 ᄉᆡ다리동리를 드러셔 엇더ᄒᆞᆫ 집 대문 압에를 오더니

(힝) 여긔 잠ᄉᆞ간 셧소 이 ᄃᆡᆨ 안악[426]에셔 계신가 드러가 보고 나올 것이니

(길) 갓치 드러갑시다 녀편네 사ᄅᆞᆷ이 안악에 못 드러갈 것이 무엇이오 이 ᄃᆡᆨ에셔는 녀편네도 ᄂᆡ외를 ᄒᆞ시오

(힝) 안이오 그러케 ᄒᆞᆯ 말이 안이오 이 ᄃᆡᆨ 형편이 그러치 안은 곡졀이 잇셔 그리ᄒᆞ는 것이니 잠깐만 셔 잇구려

(길) 그리면 얼픗 나오 쟝ᄉᆞᄒᆞ는 사ᄅᆞᆷ이 오ᄅᆡ 지쳬ᄒᆞᆯ 슈 업소

426 아낙. 부녀자가 거처하는 곳을 점잖게 이르는 말.

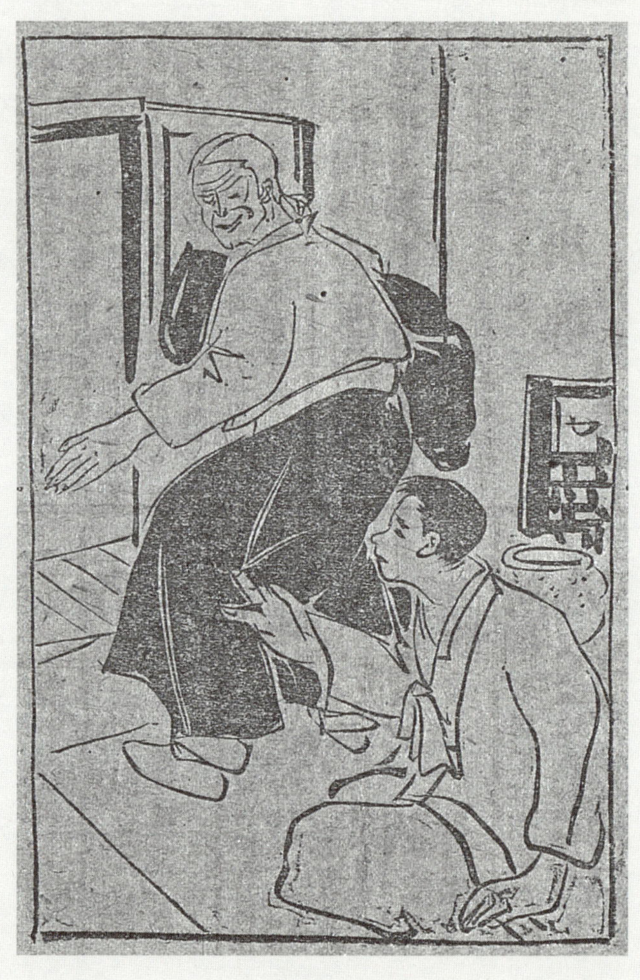

1912.2.23. ⟨42⟩

(四十二)

힝량것이 그 집안으로 드러가더니 얼마 못 되야 도로 나와 어셔 드러가자
ᄒ더니 마루에 안치고

　(힝) 마님 쟝亽 여긔 드러왓습니다

　(죠) 방으로 드러오라 ᄒ지

　(힝) 여보 마누라님 방으로 드러갑시다

길이어멈이 웬 곡절인가 거동이나 볼 작뎡으로 드러가니 죠쇼亽가 압헤
노인 담비ㅅ듸와 혈합[427]을 밀어쥬며

　(죠) 담비 한 듸만 틱우고 잠시 기듸리지

　여보게 어멈 어셔 급히 가셔 그 셔방님 엿쥬아오게

　(힝) 예

　(길) 듸에셔 물건을 사신다더니 누구를 쳥ᄒ러 보닉셔오 어셔 부즈런
히 도라단여야지 한 듸에셔 오릭 지쳬를 ᄒ고 잇실 수가 잇습닛가

　(죠) 압다 오릭지 안일 터이니 넘려 말고 담비나 먹고 기듸려 주어 지금
쳥ᄒ러 보닌 셔방님은 우리 오라바님 되시ᄂᆞᆫ 량반인듸 그 듸에 혼인이
잇셔 물건을 만히 亽켓다고 방물쟝亽 한아를 지시히 달나고 ᄒ셧스니
좀 잇다가 한곤듸에셔 만히 풀면 여북[428] 됴화 다리 얇흐게 여러 집을

427　혈합(穴盒). '서랍'을 한자를 빌려서 쓴 말이다.
428　여북. '얼마나', '오죽', '작히나'의 뜻으로 정도가 매우 심하거나 상황이 좋지 않을 때 쓰는 말.

단이느니

(길) 에그 한멈이 용돈푼이나 엇어 쓰자고 쟝스 시작흔 지 불과 몃칠이 못 되는딕 그런 혼대스에 쓸 물건은 별로 업슴니다 쟝스를 위ㅎ와 이쳐럼 ㅎ시는 것은 곰압스오나 기딕리고 잇셔 소용이 업슴니다

(죠) 압다 고지식흔 쟝스도 다 보겟구 지금 가지고 온 물건이 업거던 물목을 젹고 돈을 줍시샤 ㅎ야 스다 드렷스면 히롭지 안이홀 터인딕 그리히 길이어멈은 엇진 영문인지 모로고 일향 가랴고 엉덩이를 들먹들먹ㅎ는 딕 죠쇼스는 힝랑것을 호가에게로 보닉고 쇼식을 기딕리더라

츈식이가 힝랑것의 드러오는 양을 본즉 환란[429] 중 신부림을 보닛더니 이럿탄 말 한마딕 업시 피신ㅎ야 간 것이 가통ㅎ아[430] 대문 젼에 드러셔지도 못ㅎ게 ㅎ고 십지마는 사름구경을 못 ㅎ던 긋헤 죽엇던 어미나 맛나니에서 감ㅎ지 안이ㅎ게 반가워셔

(츈) 자네 웬일인가 어셔 드러오게 사름이 엇의를 갈 터이면 셔는 이러려 러ㅎ고 후는 이러더러ㅎ니 스세부득[431]이 가노라고 홀 것이지 사름을 그러케 기딕게 흔단 말인가 에— 용렬흔[432] 사름 어셔 이리 드러오게

(힝) 미거흔[433] 속에 겁이 나셔 그리힛슴니다 그런데오

ㅎ더니 호가의 귀에다 무슨 말을 몃 마딕 감안々々히 ㅎ닛가 호가가 급히 두루마기를 입는다 모즈를 쓴다 ㅎ고 힝랑것다려 집을 좀 보아달나 ㅎ고 쏜살ㄱ치 죠쇼스의 집으로 건너갓더라

츈식이가 마루 위로 셩큼 올나셔 방문을 덜컥 열어졧치며

---

429 환란(患亂). 근심과 재앙을 통틀어 이르는 말.
430 가통(可痛)하다. 통탄할 만하다.
431 사세부득(事勢不得). 어쩔 수 없는 상황 때문에 그렇게 할 수밖에 없음. 또는 그런 일.
432 용렬(庸劣)하다. 사람이 변변하지 못하고 졸렬하다.
433 미거(未擧)하다. 철이 없고 사리에 어둡다.

누님 계시오 방물쟝ᄉ가 엇의 잇소

ᄒ며 방으로 드러와 문턱을 가로막아 턱 안더니 길이어멈을 물그럼이 보다가

(츈) 자네 엇의 사는 쟝ᄉ인가

(길) 쟝ᄉ 엇의 사는 것은 알아 무엇ᄒ시렵닛가 흥졍이나 ᄒ실 테면 ᄒ실 것이지

(츈) 집을 알아야 단골을 뎡ᄒ더리도 안이 온 째에 물건을 가셔 ᄉ오지 집이 엇인가

길이어멈 싱각에 집을 바로 듸엿다가 무슨 일이 잇슬지 몰나셔

(길) 쟝ᄉ의 집은 뎌 우듸올시다 집은 아시나 마나 단골만 뎡ᄒ시면 쟝ᄉ가 날마당이라도 오지오

(츈) 우듸 언의 동리 몃 통 몃 호가 쟝ᄉ의 집이란 말인가 집 좀 가라쳐 쥬기가 그리 어려을 것이 무엇이란 말인가

(길) 그 셔방님이야 흥졍이나 ᄒ실 터이면 ᄒ실 것이지 남의 집은 ᄌ세 알아 무엇ᄒ셔 계집 사름이 통호ᄉ수를 엇더케 알음닛가 동늬는 ᄌᄉ 골이람니다

(츈) 집을 ᄎ초 알면 알 터이니 그 말은 고만두고 ᄌ네 우리 집에 일젼 에 단여간 싱각을 ᄒ겟나

(길) 허구만흔 집에를 모다 단이는 즁에 뉘 듸이 뉘 듸인지 엇더케 알음 닛가 듸이 엇의 입시오

(츈) 그러면 집힝이를 닛고 갓다가 다시 드러와 차져가던 집은 싱각을 ᄒ겟나

길이어멈이 그 말을 드르니 뎌놈이 필경 자근아씨 다려갓던 놈인듸 내 얼 골이 우리 형님과 방ᄉᄒ닛가 잘못 보고 뎌리ᄒ는 것이어니

싱각이 나셔 집 써듸던[434] 솜씨와 ᄀᆺ치 짠젼을 붓친다

---

434 떠대다. 어떤 사실의 물음에 대하여 거짓으로 꾸며 대답하다.

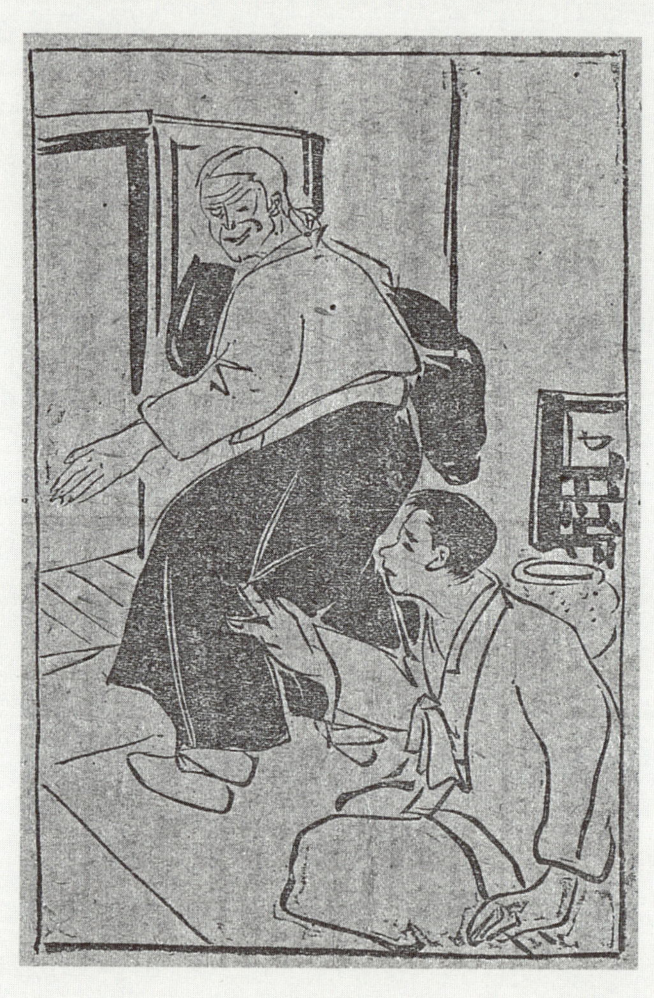

1912.2.24. 〈43〉

1912년 2월 24일

(四十三)

(길) 에그 도셥도 슬어라[435] 쟝亽가 나은 만아도 근력이 아즉 집힝이는 집고 단일 디경이 안인딕 웬 집힝이를 잇고 노앗다가 차즈가오 아마 다른 쟝亽인가 보오이다

(츈) 이것은 뉘 압에다 이짜위 션슈작을 히 내가 범연히[436] 알고 말을 홀신

(길) 알기는 무엇을 알으셔오 홍졍ᄒ신다고 남을 붓잡으시더니 별말ᄉ을 다ᄒ시네

ᄒ며 방물보굼이를 집어 들고 나아가라 ᄒ닛가 츈식이가 와락 잡아 쥬져 안치고

(츈) 가기는 엇의틀[437] 가랴고 그리 호락々々히 갈 터이야

(길) 웨 이리심닛가 그 셔방님이야 공연히 밧비 단이는 쟝亽를 붓잡고 흑칙질[438]을 ᄒ시네

(츈) 흑칙질 々々々이 엇더케 싱긴 것이야 힝세 잘못 가지면 흑칙질 말고 경을 좀 못 칠신

길이어멈이 얼골빗을 변ᄒ며

(길) 쟝亽가 무슨 힝세를 잘못 가졋기에 경을 친다고 ᄒ시오 힝세 잘못

---

[435] 도셥스럽다. 주책없이 능청맞고 수선스럽게 변덕을 부리는 태도가 있다.
[436] 범연(泛然)히. 차근차근한 맛이 없이 데면데면하게.
[437] '를'의 오류.
[438] 흑책질. 교활한 수단을 써서 남의 일을 방해하는 짓.

가지는 것을 당신이 쏙々이 보앗소

(츈) 이년 쏘 죽을 년 낫다 인의로 무르니 바로 토셜[439]을 홀 것이지 무

슨 넉々흔 말로 듸답이냐 이년

(길) 당신이 엇지히 나다려 년ㅅㅈ를 노으시오 간밤에 쑴자리가 사오

납더니 별꼴을 다 보노

츈식이가 우악이 쏘 나셔 쟝ㅅ의 머리를 쓰드러[440] 쥐고 찌려 주랴 ㅎ니

죠쇼ㅅ가 와르々 달녀드러 가로막으며

(죠) 이것은 쏘 웨 이리오 말노는 못 히셔 사름을 치기브터 흐러 드시오

일 져즈른 지가 몃칠이나 되야셔 겁도 안이 나오

(츈) 글세 이싸위 년의 말버릇이 잇단 말이오

(죠) 그 마누라가 말은 잘못ㅎ오마는 고만 참ㅅ고 안져셔 쑤짓던지 남

으러던지 엇의신지 ㅁ음듸로 ㅎ시구려

츈식이가 도로 안져 쥐 노리고 보는 고양이 일반으로 길이모를 앗ㅅ삭 씹

으러 먹을 듯이 쑤러지게 드려다보며

(츈) 압다 그년을 ㅁ음듸로 ㅎ면 한쥬먹에 평토제[441]를 지늬게 ㅎ겟다

마는 그릭 종시[442]도 말을 바로 안이홀 터이냐

(길) 이것은 안이 빈 아기 나라는 일반이지 무슨 말을 ㅎ라고 날다려 이

년 뎌년 ㅎ야 가며 이리ㅎ시오

(죠) 여보게 쟝ㅅ 그 셔방님게셔 분졍지두[443]에 ㅎ신 말슴이니 로혀ㅎ

지 말고 아는 듸로 듸답을 ㅎ게그랴

---

439 토셜(吐說). 숨겼던 사실을 비로소 밝히어 말함.
440 끄들다. '꺼들다'의 잘못. 잡아 쥐고 당겨서 추켜들다.
441 평토제(平土祭). 평토한 후 지내는 제사.
442 종시(終是). 끝내.
443 분정지두(憤情之頭). 분한 마음이 왈칵 일어난 바람.

(길) 무슨 말을 아는 뒤로 ᄒᆞ랍시오 쟝ᄉ가 무엇을 잘못ᄒᆞ얏슴닛가 분
이 나시게 뎌 셔방님이 공연히 늙으니다려 이년 뎌년 ᄒᆞ야 가며 무슨
뒤에를 단녀갓ᄂᆞ니 집힝이를 차자갓나니 ᄒᆞ시니 쟝ᄉ는 그게 다 무슨
말슴인지 알 슈 업슴니다

(죠) 감아니 잇게 늬 말 듯게 대관졀 자네 집이 엇의라고 ᄒᆞ얏나 자ㅅ골
이라고 ᄒᆞ얏지 뎌 셔방님게셔 자네의 집에를 지금 가셔셔 자네 집 식구
가 누가 잇는지 몃 마듸 무러보고만 오시면 자네 유무죄는 ᄌᆞ연 발각될
것이니 쟝황히 말ᄒᆞᆯ 것 업시 자네 집만 쏙쏙이 가ᄅ쳐 드리게그려
길이어멈이 죠소ᄉ의 말을 드르니 큰일이 낫는지라 감안히 싱각ᄒᆞ야 본즉
자ㅅ골로 가쟈니 외착이 나고 집을 바로 가ᄅ쳐 주쟈니 큰일이 날 터이라
굽도 졋도 ᄒᆞᆯ 수가 업셔[444] 그 말디답은 안이ᄒᆞ고 싱쎄를 쓰고 나온다

(길) 여보 쥬인마님 이 뒤에셔 아모 쟝ᄉ라도 보면 이리ᄒᆞ시오 무슨 말
몃 마듸 무르면 발각이 된단 말이오 업소 나는 내 밥 먹고 내 옷 닙고 내
돈 가지고 쟝ᄉ를 단일 ᄯᆞ름이지 아모 죄도 업는 사름이오 남의 집은
알아 무엇ᄒᆞ게 나는 집도 업고 칼집도 업는 사름이니 싱각디로 ᄒᆞ시오
나는 가오 총々히셔 셰 살브터 무당질을 ᄒᆞ야도 목독이라는 귀신은 못
보앗다[445]고 쟝ᄉ는 몃칠 못 단엿셔도 별일을 다 당히보네
ᄒᆞ며 츈식의 붓잡는 손을 홀쌕리치고 마루로 뛰여나아가는듸 츈식이가
초마자락을 훔쳐 붓잡고 방쟝 힐난을 ᄒᆞ려는듸

---

444 굽도 젖도 할 수 없다. 한쪽으로 굽히지도 뒤로 젖히지도 못한다는 뜻으로, 형편이 막다른
데 이르러 어찌해 볼 도리가 없다.
445 세 살 적부터 무당질을 하여도 목두기 귀신은 못 보았다. 오랫동안 여러 사람을 겪어 보았으
나 그 같은 사람이나 일은 처음임을 비유적으로 이르는 말.

1912.2.25. 〈44〉

(四十四)

죠쇼ᄉ가 츈식의 엽구리를 쑥ᄉ 찔으며 손짓을 홰ᄉ ᄒ니 츈식이가 쟝ᄉ
마누라의 초마자락을 슬몃이 노코 죠쇼ᄉ를 물그럼이 보니 죠쇼ᄉ가 입
속말로

　감안 늬버려 두오 감안 늬버려 두오
쟝ᄉ가 문깐에를 나갈 만ᄒ닛가
　츈)[446] 그년은 웨 노아 보늬라고 ᄒ얏소
　(죠) 두말 ᄉ고 옵바가 쏘츠 나가셔 그년이 엇의로 가나 져 못 볼 만치
　멀죽이 뒤를 싸라가 보시면 졔집을 ᄌ연 알 것이니 졔집만 알고 보면
　그년의 죄가 잇늬지 업늬지 탐지ᄒ기가 어렵지 안이ᄒ 일이 안이오
　(츈) 누나 말이 올소 내가 좀 뒤를 쏘츠가 보겟소
ᄒ고 뒤를 뷟아 멀ᄉ즉안이 가늬듸 길이모가 그 욕을 보고 분심이 팅즁ᄒ[447]
즁 그 년놈의 짓거리늬 말을 츄측ᄒ건듸
　쥬인계집은 자근아씨 즁믹ᄒ던 년이오 사늬놈은 자근아씨 듸려갓던
　놈이 분명ᄒ듸 뎡녕 나를 우리 형님으로 횡보고[448] 이리늬 모양이니 어
　셔ᄉ 몸을 쎗쳐가늬 것이 샹칙이라
ᄒ고 텬진의 마누라가 뒤넘려늬 조곰도 안이ᄒ고 어졍ᄉ ᄌ긔 집으로

---

446 ‘츈’ 앞에 ‘(’ 누락.
447 탱중(撑中)하다. 화나 욕심 따위가 가슴속에 가득 차 있다.
448 횡(橫)보다. 똑바로 보지 못하고 잘못 보다.

드러갓더라

영진이가 고되호던 길이어멈 오는 것을 보고 반기며

　　오늘은 엇지히 느졋느냐 큰한멈의 쇼식을 드럿느냐 나를 즁미호 년은

　　누구더냐 나 되려갓던 호가는 엇지호는 모양이더냐

뭇는되 길이어멈이 당쟝 소조[449]를 일々히 말호며 붓잡는 것을 홀색리고

온 리약이를 호며

　　(길) 자근아씨 々々々々 즁미호던 년의 집을 알앗습니다 그런되 한멈

　　을 붓잡고 힐난호던 놈이 뎡녕 아씨 되려갓던 놈인 게야오

영진이가 감안히 듯다가 얼골빗이 노릭지며

　　(영) 에구 큰일 낫소

　　(길) 웨오

　　(영) 그놈이 한멈의 그 모양으로 홀색리고 오는 것을 보고 감안히 잇슬

　　리가 잇소 집을 뭇다 못호야 필경 엇의로 가나 보랴고 뒤를 밟아 와보

　　기가 열 번이면 아홉 번은 되니 그놈이 이 집을 아는 이샹이면 내가 무

　　스홀 리가 만무혼즉 지금 어셔 밧비 피신을 호여야 호겟소

　　(길) 에그 춤 그럿습니다그랴 이 미련혼 것이 그되 싱각은 칙 못호얏지

　　오 밤이 되도록 이리뎌리 빙々 도라단이다 올 것을 그랫습니다 그리지

　　안아도 한멈 나오는되 쥬인년이 그놈을 붓잡으며 무엇이라 슈샹히 짓

　　거리는 양을 보고 마음에 이샹호기는 호여오 그리면 엇더케 호나 엇의

　　로 어셔 피호셔야 홀 터인되 형님은 엇의를 가셔 이러케 오지를 안이호

　　야셔 즈근아씨씌셔 이 고싱을 호시게 호누

호고 즈근아씨 피신식일 계교를 싱각호다가

(길) 올치 된 슈가 잇슴니다 이 담 넘어ㅅ뒥 마님이 리강진뒥 마님 동싱

　　형님 되시는 마님이신뒥 그 뒥에 아모도 업고 늙은 마누라님 흔 분쑨이

　　올시다 그 뒥으로 가셔셔 얼마간 은신을 ᄒ야보십시다

　　(영) 일이 급ᄒ니 아모려나 합시다

그 집 시ㅅ담이 텬힝으로 과히 놉지를 안이ᄒ야 길이어멈이 등상[450]을 담

압헤다 갓다 노코 먼져 넘겨다보고 그 집 마누라를 감안ㅅㅅ이 불은다

　　마님 ㅅㅅ

그 집 마누라가 뒤문을 열고 늬다보며

　　길이어멈인가 웨 그리나

길이어멈이 손짓을 홰홰[451] ᄒ며

　　(길) 감안ㅅㅅ이 말슴을 ᄒ십시오 다름 안이라 즈셰흔 말슴은 츳ㅅ 엿

　　주려니와 지금 자근아씨 한 분이 담으로 넘어가실 터이니 아모 말슴 말

　　으시고 좀 감초아 주십시오

　　(그집마누라) 무슨 일인지 알 수는 업네마는 졍 급ᄒ거던 어셔 넘겨 보

　　늬게 즈네 소쳥 안이 듯겟나

길이어멈이 궤짝 등상을 포갬포갬 놋코 영진이를 뒤소솜을 식여 담을 넘

겨 보늬고 흔젹을 업싯더라

---

450 등상(凳床). 나무로 만든 세간의 하나. 발판이나 걸상으로 쓴다.
451 회회. 이리저리 작게 휘두르거나 휘젓는 모양.

1912.2.27. ⟨45⟩

1912년 2월 27일

(四十五)

이째 츈식이는 쟝ᄉ의 뒤를 ᄯᆞ라 슈구문 안 셩 밋ᄭᅡ지 와셔 드러가는 집을 단단히 보고 지쳬홀 것 업시 바로 드리쳐 보려다가 혼ᄌᆞ 싱각ᄒᆞ기를

　　뎌년이 능청스럽게 졔 집이 자ᄉ골이라 ᄒᆞ더니 뎌 집이 뎌의 집이로구나 뎌년의 집에 한쥬ᄉ 쑬년이 분명 잇슬 터인즉 드리만치면 쏙 붓잡아 가겟다마는 내가 혼ᄌᆞ 드러갓다가 그년의 집에 사름이 여럿이 잇고 보면 나 혼ᄌᆞ 독불쟝군으로 계집도 못 다려가고 봉변만 ᄒᆞ기 쉬우니 내가 예 왓던 싹도 안이 뵈이고 슬멱이 도로 가셔 쥭마진 사름 ᄃᆡ여셧을 다리고 와셔 요졍을 ᄂᆡ여야 ᄒᆞ겟다

ᄒᆞ고 집만 쏙ᄉᆞ히 긔억흔 후 한다름에 올나와 작란ᄉ군 친구를 ᄎᆞ례로 차져보고 ᄉᆞ졍을 대강대강 말ᄒᆞ고 ᄀᆞᆺ치 감을 쳥ᄒᆞ니 그쟈들은 그런 일이 엇의 업셔 걱졍이다가 굿 드른 무당 일반으로 졔각기 팔을 쏩내며

　　가보셰 그년의 집이 엇의란 말인가 어셔 가보셰 우리가 가고 보면 그까짓 년 박살을 ᄒᆞ고 ᄌᆞ네 사름을 번쩍 들어오지 어려울 것이 무엇이란 말인가

츈식이가 압셔고 그쟈들은 뒤를 ᄯᆞ라 풍우ᄀᆞᆺ치 슈구문 안 길의 집을 압뒤로 파슈[452]를 ᄒᆞ고 그즁 말셩시럽고 긔운쓸 쓰는 놈이 츈식을 ᄯᆞ라 ᄂᆡ뎡으로 졸디에 와르ᄉ 쮜어드러가 일변 이 방문 뎌 방문을 덜컥덜컥 잡아젯

---

452 파슈(把守). 경계하여 지킴.

치고 방안을 휘ゝ 둘너보니 길이어멈이 보선발로 쮜어나오며

　이놈들이 웬 놈들인듸 남의 집 늬뎡에를 함부루 돌입ㅎ야 이 야단일까
손ㅅ벽을 쌍ゝ 치며

　도적이야 도적이야
츈식이가 달녀와 길이어멈의 입을 손ㅅ바닥으로 가로막으며

　(츈) 이년아 웬 방정이냐 도적은 누가 도적이야 이년 내 녀편네 쏑다가
엇다가 감츄엇느냐 뒤어지기 젼에 진작 늬여노아라

　(길) 이놈아 갑ゝㅎ다 손 쩌여라 너의 놈들이 날불안당이 안이고 보면
남의 집에를 엇지 셩군작당을 ㅎ야 늬뎡돌입을 ㅎ얏느냐 이놈아 네 계
집을 내 집에 감츈 것을 분명히 아느냐 이런 싱사름 잡을 놈 보아 이놈
네 계집을 당쟝 내 집에셔 츠자늬야지 그러치 안으면 내 손에 못 빅이
리라

　(츈) 이년 그러면 집은 웨 쌴 듸로 쩌듸고 단이느냐

　(길) 내가 이왕에는 그러치 안케 살던 사름이 이 디경으로 지늬닛가 친
혼 사름이 알면 흉볼갑아 빗듸엿다 웨 무슨 죄 밋치냐
여러 놈들이 쥬인마누라의 말을 듯고 싱각혼즉 분명히 헷자리를 집헛스
니 범죄가 착실히 되얏는지라 쥬인마누라가 탄치를 안이ㅎ면 모로거니
와 시비를 차리는 디경이면 져의들이 록록히 부쇠를 칠 모양이라 츈식과
힐난ㅎ는 틈에 츠례로 쇼리가 쌔지게 도망들을 ㅎ는지라 츈식이가 그 광
경을 보고 시셰가 위급ㅎ야 몸을 쏏쳐 가랴는듸 길이어멈이 칼자루 잡은
형셰가 되야 업던 긔운이 한가락 더 나던지 달녀들어 멱살을 훔쳐잡고

　(길) 이놈아 가기는 엇의를 가랴고 네가 무슨 곡졀로 런동셔브터 내혼
테 싱찌그렁이를 붓늬 오— 이놈 잘되얏다 경무쳥으로 곳치 가셔 고소
를 ㅎ야보자 네가 못 빅이나 내가 못 빅이나

(츈) 여보게 내가 주네 집에를 돌입흔 것은 잘못힛나 보이마는 주네가
아모 죄가 업스면 고만이지 모로고 실슈가 례ㅅ의 일이니 용셔ᄒ게

(길) 이놈아 네가 누구다려 허소를 ᄒᄂ냐 나이 내 막ᄂᆡ주식밧게 안이
되ᄂᆫ 놈이 이놈 명기위적이라야 적ᄂᆡ가복(明其爲賊이라야 賊乃可服)[453]
이란다 너ᄀᆺ치 요망흔 놈은 버르쟝이를 단々히 가ᄅ쳐 노아야 나 ᄀᆺ흔
잔피흔[454] 늙으니가 욕을 안이 보겟다 이놈 잔말 말고 경무쳥으로 가자

길이어멈은 가자커니 츈식이ᄂᆫ 참으라커니 이리 잡아달이거니 뎌리 잡아
달이거니

---

453 명기위적 적내가복(明其爲賊 賊乃可服). 옳지 못함을 밝혀야 적이 곧 항복할 수 있다.
454 잔피(屠疲)하다. 아주 가냘프고 약하여 골골하다.

1912.2.29. 〈46〉

 한국 근대 신문 최초 삽화 게재 소설 자료집—춘외춘(春外春)

1912년 2월 29일

(四十六)

쟝뎡 놈이 로파 하나를 엇더케 못 당ᄒ리오 츈식이가 길이어멈의 잡은 손을 후리색리고 몸을 쎅쳐 슘이 턱에 닷토록 달아나ᄂᆞᆫ듸 길이어멈은 것위풍으로 호통을 ᄒ며 쪼츠가ᄂᆞᆫ 흉늬를 늬더라

영진이 슘어 잇ᄂᆞᆫ 집은 강참위의 집이라 강참위가 다년 군듸를 거ᄂᆞ리고 디방의 폭도를 토벌ᄒ기에 종ᄉᆞ를 ᄒ더니 불힝히 즁년 신고를 ᄒ고 그 부인 오씨가 쳘모로ᄂᆞᆫ 아들 학슈를 듸리고 유ᄼᆞ흔 셰월을 눈물로 보늬ᄂᆞᆫ듸 불힝 즁 다힝으로 가셰가 과히 빈한치를 안이ᄒᆞ야 의식은 걱정이 업스니 학슈를 쳐엄에 어의동 보통학교에 입학을 식엿더니 졔가 고집ᄒ기를

   (학) 어머니 나ᄂᆞᆫ 륙군유년학교에를 드러가겟슴니다

   (오) 이이 만만부당흔 소리를 ᄒ지 마라 너의 아바지게셔 군인으로 하로도 편히 집에 계셔보지를 못ᄒ고 풍상[455] 격그시던 일이 싱각ᄒᆞᆯᄉᆞ록 긔가 막힌데 네가 쏘 군인 되기를 싱각흔단 말이냐

   (학) 에구 어머니게셔ᄂᆞᆫ 싹흔 말슴도 ᄒ심이다 아바지씌셔 군인으로 계셧기에 내가 계젹[456]을 ᄒ야 쏘 군인을 단기어야 올치 안이흠닛가

오씨가 졔 말이 긔특ᄒᆞ야 나죵에ᄂᆞᆫ 엇지 되얏던지 당쟝 어린ᄋᆞ희의 됴흔 ᄉᆞ상을 씩글 필요가 업셔셔 못 익의ᄂᆞᆫ 톄 허락을 ᄒ얏더라

---

455 풍상(風霜). 많이 겪은 세상의 어려움과 고생을 비유적으로 이르는 말.
456 계적(繼蹟). 조상이나 부형의 훌륭한 업적이나 행적을 본받아 이음.

학슈가 유년학교에를 열심으로 단이다가 류학을 지원ᄒᆞᄂᆞᆫ 학도를 동경
으로 보ᄂᆡᄂᆞᆫ 통에 학슈도 그중에 참여ᄒᆞ야 동경으로 건너갓ᄂᆞᆫ듸 오씨부
인은 홀로 계집 하인 한아만 듸리고 세월을 보ᄂᆡ며 학슈의 졸업ᄒᆞ고 도라
오기를 기듸리ᄂᆞᆫ 중인듸 오씨의 텬품이 본릭 인ᄌᆞᄒᆞ기로 유명ᄒᆞ야 동리
간에도 인심을 엇어 어룬 ᄋᆞ희 업시 모다

　강참위듹 마님 ㅅㅅㅅㅅ ㅅㅅ

ᄒᆞᄂᆞᆫ 중 길이어멈은 바로 격쟝가[457]에서 살 ᄲᅮᆫ 안이라 ᄌᆞ조 단이어셔 아
조 한집안 사름에셔 못지 안케 갓갑게 지ᄂᆡ더니

하로는 별안간에 처녀 한아를 담으로 넘겨 보ᄂᆡ며 은신을 식여 달나 ᄒᆞ니
엇진 곡절인지ᄂᆞᆫ 알 수 업스나 평일 길이어멈을 샹업지[458] 안케 녁이엇든
탓으로 그 쳐녀를 듸려다가 부리는 하인도 모로게 뒤ㅅ방 다락 속에다 깁
히 감초고 잇노라니 거미긔에 길의 집에셔 야단이 나며 압문 뒤문 소리오
퉁탕ㅅㅅㅅㅅᄒᆞ며 그러리 말니 시비가 니러나더니 얼마 만에 고요ᄒᆞ야 사름
의 소리가 업셔지자 길이어멈이 드러오며

　(길) 마님 마님 덕퇵은 태산보다 무겁슴니다

　(오) 밋친 마누라 덕퇵이 무슨 덕퇵이란 말인구 그러나 이리 드러와 리
　약이 좀 ᄒᆞ게 그게 웬일인가

길이어멈이 방으로 드러가 나즉흔 음성으로 영진의 ᄌᆞ초지종의 력ᄉᆞ를
리약이ᄒᆞ더라

　(오) 에그 셰샹에 무도흔 사름도 잇지 아모리 ᄌᆞ긔 소싱이 안이기로 ᄌᆞ식
　을 그러케 학듸ᄒᆞᄂᆞᆫ 수가 잇나 그러면 영진이ᄂᆞᆫ 이즉 내 집에다 둘 것이니
　아모 념려 말고 어멈은 ᄯᅩ 나셔셔 ᄉᆞ면 슈소문ᄒᆞ야 형을 ᄎᆞ자보게나

---

457 격쟝가(隔牆家). 담을 사이에 둔 이웃집.
458 상(常)없다. 보통의 이치에서 벗어나 막되고 상스럽다.

(길) 그러케 ᄒᆞ야 주시면 작히[459]나 둇스오릿가 마님 덕퇵은 갈스록 하
히 굿슴니다 그러나 ᄌᆞ근아씨끠셔 지금 엇의 계심닛가 불너ᄂᆡ시지오
(오) 뎌 뒷방 다락에 잇네마는 불너ᄂᆡ 와도 관계치 안이ᄒᆞ겟나
(길) 관계치 안슴니다 그놈들이 제 집을 뒤지어보다가 아모도 업스닛
가 져의가 스스로 무안ᄒᆞ셔 슬몃〻 다라낫ᄂᆞᆫ걸이오 그러치 안키로
딕 안악에를 뎌의가 드러와 볼 터이오닛가 엇더케 알겟슴닛가
(오) 관계치 안을 터이면 ᄌᆞ네 드러가셔 불너 ᄂᆡ려오게

길이모가 다락문을 열고 영진을 불너ᄂᆡ여 오씨부인끠 인ᄉᆞ를 식인 후에
아직 의탁ᄒᆞ야 잇슬 일을 당부ᄒᆞ고 ᄌᆞ긔 집으로 도라와 문을 것흐로 잠그
고 여전히 방물님을 니고 셕이모의 종적을 차즈러 단이더라
영진이가 강참위 집에 잇슨 이후로 오씨부인을 ᄌᆞ긔 어머니에 못지 안이
ᄒᆞ게 지셩스럽게 셤기며 침션[460] 등ᄉᆞ를 식이기 전에 쳑쳑 ᄒᆞ야노으니 오
씨가 본릭 극히 불상히 넉이ᄂᆞᆫ 즁 긔특ᄒᆞᆫ ᄆᆞ음이 한이 업시 나셔 흥샹 혼
ᄌᆞ 싱각ᄒᆞ기를

우리 영진이 굿흔 며ᄂᆞ리 한아를 엇엇스면 내가 로릭[461]에 아모 걱정이
업겟다 계모 시하에 구박을 마지며 침션을 엇지면 그러케 얌젼히 빅왓
ᄂᆞᆫ지 신통도 히라

<hr>

459 작히. (주로 의문문에 쓰여) '어찌 조금만큼만', '얼마나'의 뜻으로 희망이나 추측을 나타내는
　　말. 주로 혼자 느끼거나 묻는 말에 쓰인다.
460 침션(針線). 바느질.
461 노래(老來). '늘그막'을 점잖게 이르는 말.

1912.3.1. 〈47〉

 한국 근대 신문 최초 삽화 게재 소설 자료집—춘외춘(春外春)

1912년 3월 1일

(四十七)

흐로는 대문 밧게셔 톄젼부[462]가 소리를 질너

　편지 드러갑시오

오씨가 반겨ᄒ며

　이이 금단아 편지 밧아 오너라 아마 도령님 편지가 왓나보다

금단이가 편지를 밧아 드려오니 오씨가 쎄여 보더니 편지를 쳑쳑 졉어 도
로 봉투에다 너어 손에다 쥐고

　(오) 에그 셰샹에 곰아온 사람도 잇셔라 그 신셰를 엇더케 다 갑나

　(영) 어셔 온 편지인디 무엇이 곰읍다고 ᄒ심닛가

　(오) 우리 ᄋ히에게셔 온 편지인디 학비가 넉넉지 못ᄒ야 려관에셔 몸
　편히 지ᄂᆡ지를 못ᄒ고 월셰집을 엇어 졔 손으로 밥을 히 먹고 공부를
　ᄒ노라고 ᄶᆞ싱이 ᄌᆞ심ᄒ다더니 ᄒ나다 ᄒ루쇼라는 부인이 ᄌᆞ긔 집에
　다 ᄃᆡ려다 두고 친남ᄆᆡ쳐럼 지ᄂᆡ여 인져는 고싱을 안이 격ᄂᆞᆫ다 ᄒ얏스
　니 그런 곰아온 사람이 셰샹에 엇의 쏘 잇겟ᄂᆞ냐

영진이가 부인의 말을 듯고 반ᄉᆡᆨ을 ᄒ야

　(영) ᄒ나다 ᄒ루쇼오 에그 졔가 긔진학교에를 단일 째에 그가 교ᄉ로
　잇셔 져를 쯤즉이 ᄉᆞ랑ᄒᆞᄂᆞ디 그가 그일신요

　(오) 올타 그가 긔진학교에 단이엇다고 ᄒ얏다

편지를 쥬며

　엇다 보아라

영진이가 편지를 밧아 보고셔 부인게 도로 드리며

　(영) 답장을 붓칠 새에 져도 그 션싱님게 편지 한 쟝 ᄒ겟습니다

　(오) 그리ᄒ렴어나

부인은 그 아들에게 답장을 쓰고 영진은 ᄒ나다에게 편지를 써셔 동봉ᄒ야 우톄[463]로 붓쳣더라

이왕에는 동경을 가쟈면 륙로로 몃 날 슈로로 몃 날을 신고[464]가 막심ᄒᆯ 쑨 안이라 반비[465]가 적지 안이ᄒ게 드러 좀톄 형세에 여간ᄒᆫ 일에는 셔소왕복[466]을 ᄒ기 어렵더니 인지가 기발되야 긔챠가 싱긴다 륜션[467]이 싱긴다 우톄법이 싱긴 이후로 졀원ᄒᆫ 곳에도 편지를 붓치려면 일젼 오리ㅅ즈리 우표 한 쟝이면 부비 ᄒᆫ 푼 업시도 넉넉ᄒᆫ지라 영진이 편지 붓친 지 불과 몃칠이 못 되야 ᄒ나다의 답장이 왓ᄂᆞᆫ딕 편지 속에다 위톄[468]로 돈 오십 원 붓친 표를 너어 보ᄂᆡ며 그 돈을 차져 반비를 ᄒ야 가지고 ᄒ로 밧비 동경으로 건너오라 ᄒ얏ᄂᆞᆫ지라

영진이가 오씨부인과 그동안 졍이 드러 졸디에 ᄯᅥ나기는 셥々ᄒ나 소세가 엇지ᄒᆯ 수 업셔 길을 ᄯᅥ나ᄂᆞᆫ딕 밝은 날 나셔쟈 ᄒ니 몹쓸 년이나 놈에게 들킬가 겁이 나셔 일부러 밤챠를 기다려 가ᄂᆞᆫ딕 오씨부인의 셥々ᄒᆫ ᄆᆞ음이 즈긔 아들 ᄯᅥ날 졔보다 조곰 못지 안이ᄒ야 금단다려 집을 슈직[469]

---

463 우체(郵遞). 우편.
464 신고(辛苦). 어려운 일을 당하여 몹시 애씀. 또는 그런 고생.
465 반비(盤費). 노자(路資).
466 서사왕복(書辭往復). 편지가 오고 감.
467 륜션(輪船). 화륜선.
468 위체(爲替). 환(換). 멀리 있는 채권자에게 현금 대신에 어음, 수표, 증서 따위를 보내어 결제하는 방식. 우편환 · 은행환 · 전신환, 내국환 · 외국환 따위가 있다.

ᄒᆞ라 ᄒᆞ고 길이어멈과 흠썩 뎡거쟝신지 나아가 영진의 손목을 잡고 당부
ᄒᆞᄂᆞᆫ 말이라

　(오) 영진아 내가 너를 맛ᄂᆞᆫ 지ᄂᆞᆫ 몃칠이 못 된다마ᄂᆞᆫ 그동안에라도 정
이 깁허져서 친쏠이나 못지안케 넉엿더니 지금 이러케 써나보ᄂᆞ니 내
ᄆᆞ음이 엇덧타 ᄒᆞᆯ 길 업다 이이 긔왕 가ᄂᆞᆫ 터이니 아모됴록 학교에를
드러 공부를 열심히 ᄒᆞ야 가지고 도라와 이왕 지닌 온갖 분푸리를 모다
ᄒᆞ여라

　(영) ᄉᆞ디에 ᄲᅢ진 미거ᄒᆞᆫ[470] 것을 구졔ᄒᆞᆸ셔 친녀ᄀᆞᆺ치 사랑ᄒᆞᆸ신 은
혜가 태산보다 더 무겁ᄉᆞ온ᄃᆡ 이쳐럼 슬ᄒᆞ를 써나오니 ᄒᆞ졍[471]에 엇덧
타 ᄒᆞᆯ 길 업ᄂᆞ이다 아모됴록 안녕히 계시기를 바라나이다
길이어멈을 붓잡고 눈물을 먹음으며

　(영) 여보 한멈 내가 한멈 덕에 피화를 ᄒᆞ고 소원ᄒᆞ던 곳으로 이러케 가니
시원ᄒᆞ기ᄂᆞᆫ ᄒᆞ나 큰한멈 소식을 이째신지 듯지를 못ᄒᆞ고 써나니 ᄆᆞ음에
결연ᄒᆞ기[472]가 비홀 째 업소 나 간 뒤에라도 아모조록 ᄒᆞ로밧비 슈소문ᄒᆞ
야 나 이러케 가더란 리약이를 ᄒᆞ야 굼금ᄒᆞ지 안토록 ᄒᆞ야 쥬오
　(길) 에구 그ᄂᆞᆫ 격졍 말으십시오 자근아씨가 계시닛가 발각이 될갑아
겁이 나셔 ᄆᆞ음ᄃᆡ로 단이며 찻지를 못ᄒᆞ얏슴니다마ᄂᆞᆫ 아씨가 이러케
가신 뒤에야 무엇이 것칠 것이 잇슴닛가

---

469 수직(守直). 건물이나 물건 따위를 맡아서 지킴. 또는 그런 사람.
470 미거(未擧)하다. 철이 없고 사리에 어둡다.
471 하정(下情). 어른에게 대하여, 자기 심정이나 뜻을 겸손하게 이르는 말.
472 결연(缺然)하다. 모자라서 서운하거나 불만족스럽다.

1912.3.2. 〈48〉

1912년 3월 2일

（四十八）

리일이라도 위션 나셔々 졉듸 와셔 야단치던 놈의 집을 차즈가 보아야
ᄒ겟슴이다 아씨 부탁 안이시기로 졔 형의 일에 범연ᄒ겟슴잇가[473] 아
모 념러 말으시고 동경 가셔々 안녕히 계시다가 조혼 긔회를 맛나 건너
오시면 한멈 형뎨가 츔을 츌 터이올시다

그 슈작을 다 ᄒ즈면 몃 시간이라도 부죡홀 터인듸 긔젹 소리가

　새—익

ᄒ고 나더니 시간이 되얏다고 어셔 올으라 직촉을 ᄒ니 할일업시[474] 셔로
작별을 ᄒ얏더라

영진이가 챠에를 올나 살ㄱ치[475] 가니 부모 고향을 버리고 가는 일이 한
이 업시 챵결[476]은 ᄒ나 흉악흔 놈의 욕을 면흔 것이 시원 샹쾌ᄒ야

　에그 아모려나 시원ᄒ다 내가 오늘날 이러케 가기는 흔다마는 하일 하
　시에 다시 와셔 부모의 얼골을 뵈올는지,

　셕이어멈은 나로 ᄒ야셔 그 고싱을 ᄒ더니 엇의로 가셔 쇼식이 그러케
　업는지,

ᄒ며 자최 업는 눈물을 것잡지 못ᄒ더니 부산 와 챠에 ᄂᆞ려 비를 타고 만

---

473 범연(泛然)하다. 차근차근한 맛이 없이 데면데면하다.
474 하릴없이. 달리 어떻게 할 도리가 없이.
475 살같이. 쏜살같이.
476 창결(悵缺/悵觖). 몹시 서운하고 섭섭함.

경창파[477]로 둥々 써가니 물이라고는 나드리 강물도 못 보고 비라고는 나로비 하나도 못 타본 규중녀즈 영진의 회포가 더욱 엇더ᄒ리오 눈물과 한숨으로 그 바다를 건너 동경에를 당도ᄒ얏더라

하나다가 한이 업시 반겨ᄒ며 즈긔 집에다 두엇는듸

　(영) 선싱님 츄긔 샹학 째가 되면 죠션에를 건너가시겟지오 선싱님이 죠션에를 건너가시면 져는 엇더케 ᄒ닛가

　(하) 내가 여긔 학교에 교스로 연빙[478]이 되얏스닛가 긔진학교 々스는 청원[479]ᄒ고 죠션에를 안이 갈 터이다 아모 걱정 말고 츄긔 샹학 째가 되거던 너도 예서 입학ᄒ야 공부를 ᄒ고 잇거라

영진이가 깃거흠을 말지 안이ᄒ며 샹학 째 되기만 눈이 감도록 기다리는 듸 강학슈는 여러 동학과 부사산[480] 구경을 ᄒ고 열회[481]로 갓다가 몃 쥬일 문에 도라오니 엇더흔 죠션 녀즈가 잇는지라 믐에 반거워셔 하나다려 뭇는 말이라

　(학) 하나다샹 뎌 규슈가 거번[482]에 편지흔 규슈오닛가

　(하) 예 그 규슈가 나 긔진학교 교스로 잇슬 째에 학싱으로 담이던 규슈인듸 이리로 유학을 ᄒ러 건너왓셔오

학슈가 나은 어릴 망뎡 지각은 쟝셩흔 사름 못지 안이ᄒ야 영진이와 한집에 잇셔 공부를 ᄒ면셔 지나갈 결에도 셜문흔[483] 말 한마듸 업시 각근ᄒ

---

477 만경창파(萬頃蒼波). 만 이랑의 푸른 물결이라는 뜻으로, 한없이 넓고 넓은 바다를 이르는 말.
478 연빙(延聘). 예를 갖추어 초빙함.
479 청원(請願). 일이 이루어지도록 청하고 원함.
480 부사산(富士山). 후지산.
481 열해(熱海). 아타미. 일본 이즈(伊豆) 반도 동북쪽에 있는 일본 최대의 온천·관광·보양 도시. 사가미 만(相模灣)에 접하여 있으며 행정상으로는 시즈오카 현(靜岡縣)에 속한다.
482 거번(去番). 지난번.
483 설만(褻慢)하다. 하는 짓이 무례하고 거만하다.

게[484] 지니는딕 부지즁 피츠에 마음에 흠모ᄒ야 학슈는

　내가 릭년이면 졸업을 ᄒ고 집으로 건너갈 터인딕 뎌 녀ᄌ갓치 범졀이 무

　던흔 규슈에게 쟝가를 드러 우리 어머니 로릭에 ᄌ미를 보시게 ᄒ얏스면

영진이는

　에그 부모를 원방[485]ᄒ는 것은 ᄌ식의 도리가 안이지만은 나를 뎌런 신

　랑에게 싀집을 보닛스면 고싱도 안이ᄒ얏슬걸

ᄒ야 말은 발표ᄒ야 ᄒ지는 안이히도 은근히 마음에 든든ᄒ기가 친남미

에셔 못지 안이ᄒ게 지니더니 하로는 학슈가 흉악흔 꿈을 꾸고 모친 싱각

이 간졀ᄒ야 학교에 슈유[486]를 ᄒ고 죠션으로 건너올 ᄎ로 총々히 힝쟝을

차려 길을 써날 시 하나다의 쥬긱지졍[487]으로 셥々히 ᄒ는 것은 오히려

례스라 ᄒ려니와 가삼에 셜인 회포를 감히 입을 열이[488] 말은 못ᄒ고 남

몰으게 챵ᄌ가 쓴어질 쯧ᄒ야 삼연흔[489] 눈물이 옷깃을 젹시며 시름업시

문션[490]에 의지ᄒ야 셧는 영진을 학슈가 우두커니 셔 보고 참아 발길이

나셔지를 안이ᄒ야 ᄌ긔 역시 눈물을 흘니고 지삼 쥬져ᄒ는딕 영진이가 오

씨부인ᄭ 올니는 편지 한 쟝을 하나다를 소기ᄒ야 학슈를 쥬며 불감흠[491]

은 지삼 말ᄒ더라

강학슈가 그 편지를 밧아 가방에 집어넛코 머리를 죠아례를 ᄒ며 몃 거름

을 나가다가 무슨 싱각을 ᄒ고셔

484　각근(恪謹)하다. 마음가짐과 몸가짐을 조심하다.
485　원방(怨謗). 원망하고 헐뜯음.
486　수유(受由). 말미를 받음. 또는 그 말미.
487　'졍'의 오류. 주객지정(主客之情). 주인과 손 사이의 정의(情誼).
488　'어'의 오류.
489　삼연(滲然)하다. 눈물이 글썽하다.
490　문선(門線). 문짝을 지탱하도록 문 양쪽에 세운 기둥.
491　불감(不敢)하다. 감히 할 수 없다.

도로 드러와 하나다다려 몃 마듸 당부를 지지지삼ᄒ고 다시 영진을 도라
보며 무엇이라 홀 쑷 々 々 ᄒ다가 믈지 못ᄒ야 직힝션으로 길을 써나 오
십삼 시 믄에 남대문 뎡거쟝에 와 닉려 슈구문 안 ᄌ긔 집으로 드려오는
듸 혼자 싱각에

   어머니게셔 아모 병환이나 안이 계신가

   숨자리가 하도 흉ᄒ니 안이날 념려가 다 업지

   미리 뎐보를 ᄒ는 것이 도리에 올컨마는 뎐보를 보시면 근력 업스신듸

   뎡거쟝신지 나오시기가 쉬온듸

   낫 시간도 안이오 밤에 나오시다가 실셥[492]이 되실갑아 겁이 나 뎐보도

   업시 이러케 나오는듸

   어머니게셔 의외에 나를 보시면 여북 반가워ᄒ실신

   금단이 년은 심히 소견이 업는 것인듸 어머니 쯧이나 거역지 안이ᄒ고

   신부림을 잘ᄒ는지

하며 분쥬불가[493]히 문 압에를 당도ᄒ니

492 실섭(失攝). 몸조리를 잘 하지 못함.
493 분주불가(奔走不暇). 몹시 바빠서 겨를이 없음.

빈 쪽입니다

1912.3.3. 〈49〉

1912년 3월 3일

(四十九)

난ᄃᆡ엄ᄂᆞᆫ 엇득빗득[494] ᄒᆞ고 희황난칙ᄒᆞᆫ 쟈들이 팔을 □ᄂᆡ고 헛흔거리를 ᄒᆞ며 대문으로 들낙날낙 형세가 심히 위험ᄒᆞᆫ지라 인력거에 ᄂᆡ려 얼픗 ᄉᆡᆼ각ᄒᆞ기를

아마 우리 집에셔 써나고 다른 사ᄅᆞᆷ이 와셔 드럿나 보다

그러치 안이ᄒᆞ면 우리 집에셔 뎌런 분란이 잇슬 리가 잇나

안이 우리 집에셔 반이[495]를 ᄒᆞ실 필요도 업고 만일 반이를 ᄒᆞ시랴면 내게 ᄀᆡ별을 ᄒᆞ셧슬 터인ᄃᆡ

에라 문ᄑᆡ를 갓가히 가셔 보면 좌우간 알 터이지

ᄒᆞ고 두어 거름을 압흐로 나오다가 그 놈들의 짓거리ᄂᆞᆫ 말을 잠간 듯고

올치 々々 인졔 알겟다

ᄒᆞ고 병문[496] 밧그로 분주히 나와 그 인력거를 도로 불너 타고 바로 경찰셔로 드러가 김경무관을 ᄎᆞᄌᆞ 비밀히 슈작을 ᄒᆞ더라

김경무관은 학슈와 일반[497] 동경 류학ᄉᆡᆼ으로 피ᄎᆞ 정의[498]가 친밀히 지ᄂᆡᆺᄂᆞᆫᄃᆡ 학슈ᄂᆞᆫ 정치대학교에를 드러가 공부를 ᄒᆞ고 김경무관은 경찰학교에 입학을 ᄒᆞ야 먼져 졸업을 ᄒᆞ고 건너왓ᄂᆞᆫᄃᆡ 건너오ᄂᆞᆫ 길로 경무관이

494 어뜩비뜩. 행동이 바르거나 단정하지 못한 모양.
495 반이(搬移). 짐을 날라 이사함. 또는 세간을 운반하여 집을 옮김.
496 병문(屛門). 골목 어귀의 길가.
497 일반(一般). 한모양이나 마찬가지의 상태.
498 정의(情誼). 서로 사귀어 친하여진 정.

되야 방쟝동 셔에 근무ᄒᆞ는 터인 줄을 임의 관보를 보고 알앗던 고로 학슈가 셔슴지 안이ᄒᆞ고 ᄎᆞ즈간 것인듸 김경무관이 본쳥에 뎐화를 ᄒᆞ야 눈 밝고 려력 잇는 슌사 십여 명을 풀어 보뉘엿더라

학슈가 다시 집으로 가니 잡류비[499]가 그져 야료[500]를 ᄒᆞ는지라 여러 놈을 헛치고[501] 대문 안을 썩 드러셔며 평탄치 못ᄒᆞᆫ 음성으로

이게 웬 량반들이 남의 집에를 이 모양으로 와 야단이오

그쟈들은 다른 놈이 안이라 츈식이가 그날 길이모에게 쪼겨셔 집으로 도라가지를 안이ᄒᆞ고 바로 죠쇼ᄉᆞ를 가 보고 전후 소경력 리약이를 ᄒᆞ니 죠쇼ᄉᆞ 역시 량민오착[502]ᄒᆞᆯ 번흠을 한탄ᄒᆞ고 츈삭[503]다려

(죠) 여보 옵바 옵바의 금년 신슈가 아쥬 말 못 되는 모양이오 그 계집 ᄎᆞ질 싱각도 말고 고만 늬버려 두오 두 ᄎᆞ례ㅅ지나 그런 소조[504]가 엇의 쏘 잇단 말이오 그릐도 그 마누라가 어슈룩ᄒᆞ고 슌ᄒᆞ기에 그만힛지 웬만ᄒᆞᆫ 것들 ᄀᆞᆺ히 보오 옵바를 열 치가 한 치가 되기로 무ᄉᆞ히 노아 보닐 듯십소 내라도 그 소조를 당힛스면 ᄉᆞ싱결단을 힛고야 말엇겟소

(츈) 짠은 일이 그러키는 히오 공교ᄒᆞ지 안은가 그년의 쟝ᄉᆞ 얼골이 우리 집에 왓던 년과 싱긴 것이 흡ᄉᆞᄒᆞ드란 말이오 그도 쏘 알 수 잇소 힝랑것이 밋친년쳐럼 더면ㅅㅅ[505]이 보고 능쳥스럽게 분명 그 장ᄉᆞ라고 ᄒᆞ얏는지

(죠) 그도 그릐오 그러나 그것이 보기에는 못싱긴 듯ᄒᆞ야도 눈총긔는

---

499 잡류배(雜類輩). 잡된 무리.
500 야료(惹鬧). 까닭 없이 트집을 잡고 함부로 떠들어 댐.
501 허치다. 흩어지게 하다.
502 양민오착(良民誤捉). 죄 없는 사람을 잘못 잡음.
503 '식'의 오류.
504 소조(所遭). 치욕이나 고난을 당함.
505 데면데면. 성질이 꼼꼼하지 않아 행동이 신중하거나 조심스럽지 않은 모양.

잇셔々 한번 본 사름을 여합부졀506 알어닉던데 이번에는 엇지ㅎ야 그
모양으로 횡보앗슬고 그나져나 샹말로 외입쟝이가 헌 갓 쓰고 쏭누기
도 례々507라고 계집 한아 엇엇다가 일키도 례샹々508이니 ㅁ음을 아
에 옹싁히 가지々 말으시고 그 몹슬 년 앙큼흔 년 아모싹에도 못쓸 년
의 싱각을 아조 이져ㅂ리시오 나도 고년이라면 이샛509마다 신물이 나
오 죽도록 일은 보아 드리고도 싱각은 한 푼엇치 업시 참혹흔 욕만 당
ㅎ고

(호) 예—나도 그년이라면 진져리가 나오 그년 리약이는 다시 말으십시
다 그러나 뎌 년의 련동마누라 씪문에 큰 우환거리오 엇의가 위골이 되
얏는지 쑴々젹을 못ㅎ고 질편히 두러누어셔 주는 딕로 녑젹々싟510 밧
아만 먹으며 입만 쎄면 욕셜을 ㅎ야 가며 내 즈식 불너주오 이 원슈 갑
게 소리를 나만 번쎡ㅎ면 질으니 셰샹에 사름이 송구히셔 견딜 수가 잇
셔야지오

(죠) 에그 셩가시러워라 져를 엇지ㅎ나 그 마누라 즈식이 아모 쳡511모
로는 아희 녀석인가 봅듸다 치료비로 젼빅이나 쥬어셔 제 어미를 딕려
가라고 히보시구뎌512

(츈) 그리힛다가 밤낫 원슈 갑겟다고 소리를 질으는 마누라가 제 즈식
식여 나를 구타죄로 몰아 졍소513나 ㅎ면 나쑨 안이라 누나싟지라도 큰

---

506 여합부절(如合符節). 사물이 꼭 들어맞음.
507 오입쟁이 헌 갓 쓰고 똥 누기는 예사다. 방탕한 오입쟁이라 헌 갓을 쓰고 똥을 누는 따위의
　　무례한 행동을 하는 것은 이상할 것이 없다는 뜻으로, 되지못한 자가 못된 짓을 하여도 놀랄
　　것은 아니라는 말.
508 예상사(例常事). 보통 있는 일.
509 이샅. 이와 이의 사이.
510 '々'의 오류.
511 '쳘'의 오류.
512 '려'의 오류.

봉변을 ᄒᆞ게오

(죠) 그도 그리히 도모지 그년의 마누라를 엇더케 변통을 ᄒᆞ야 아죠 이 세샹에 업시버리면 엇덜가오

(츈) 그 싱각은 나도 욕먹을 째마다 납듸다만은 말이 그러치 싱사름을 엇지 그러케 ᄒᆞᄂᆞᆫ 슈가 잇셔야지오 그년의 마누라가 썩심갓치 질기어셔 말을 토ᄒᆞ지 안이히셔 그러치 아모리 싱각을 ᄒᆞ야도 고년 도망ᄒᆞᆫ 것이 분명 그 마누라 됴화인 듯ᄒᆞᆫ듸 대관졀 고년만 찻기 곳 히셔 문초를 밧앗스면 그째 가셔는 그까짓 마누라 년 당쟝 뒤어져도 관계ᄒᆞᆯ 빅 업시 큰소리ᄒᆞ고 늬쪼차버리겟소마는

(죠) 그야 말ᄒᆞ나마나 그러치 에그 이러케 ᄒᆞ던지 뎌러케 ᄒᆞ년[514]지 옵바 됴ᄒᆞᆯ 듸로만 ᄒᆞ고 늬게ᄅ낭은 아모 침칙[515]이 업게 ᄒᆞ오

호가가 제 집으로 도라와 셕이어멈 즁졍[516]을 써보노라고 활짝 시셔늘 어케 슈작을 ᄯᅳᆫ늬ᄂᆞᆫ듸

(츈) 여보 마누라님 시쟝ᄒᆞ지 안소 무엇 좀 쥬릿가

(셕) 이놈아 너다려 그 걱졍ᄒᆞ라ᄂᆞ냐 우리 듹 ᄌᆞ근아씨를 당쟝 늬로 차자노코 늬 병도 어셔ᄯᆞᄯᆞ 곳쳐노아라 그리지 안으면 늬가 두러누어 굴너가더릭도 승문고[517]를 울녀 몃 년 □[518] 놈을 잡아□고야 말겟다

<hr>

513 정소(呈訴). 소장(訴狀)을 관청에 냄.
514 '던'의 오류.
515 침책(侵責). 간접적으로 관계되는 사람에게 책임을 추궁함.
516 중정(中情). 가슴속에 맺힌 감정이나 생각.
517 승문고(升聞鼓). 조선 시대에, 백성들이 원통한 일을 당하여 그것을 해당하는 관아에 알리고자 할 때에 치게 한 북. 세종 16년(1434)에 신문고(申聞鼓)를 잠시 고친 것이다.
518 문맥상 '몃'으로 추정.

빈 쪽입니다

1912.3.5. 〈50〉

1912년 3월 5일

(五十)

(츈) 여보게 아모리 분정지두[519]기로 무슨 말을 그러케 ᄒᆞ오 그날만 히도 한멈이 욕셜만 안이힛셔도 손씨검을 ᄒᆞ얏슬 리가 잇나 졀문 려긔[520]에 한멈의 ᄃᆡ답이 것칠게 나오닛가 발길질 쥬먹질을 혼 것이오 나로 말ᄒᆞ면 방장[521] 쳔은 굿혼 돈을 드려 ᄃᆡ려온 계집을 일코 강열[522]이 밧삭 나셔 한멈을 의심을 두쟈 슈샹시럽게 죠쇼ᄉᆞ집 골목 뒤에 업ᄃᆡ려 잇셧스니 엇지ᄒᆞ니 말마듸 단々히 문초를 안이ᄒᆞ겟나 々는 씩 한멈의 묘화로만 넉이고 한멈은 안이라고 싱자리[523]를 쩨니 량편이 셔로 빗치가 되야 한멈 몸의 ᄆᆡ가 도라간 일일세그려 첫ᄌᆡᄂᆞᆫ 내 운슈 불길ᄒᆞ고 둘ᄌᆡᄂᆞᆫ 한멈 신슈 됴치 못ᄒᆞ야 그리된 일이니 조곰도 긔의치 말게

(셕) 개의를 말아 어린 년셕이 쌘々도 ᄒᆞ고 유들유들도 ᄒᆞ다 무죄히 네 손에 마져 죽어도 긔의를 말아 오냐 나ᄂᆞᆫ 죽던 살던 지금이라도 우리 ᄃᆡᆨ 쟈근아씨만 ᄎᆞᆽ 노아라 내 아모 말도 안이ᄒᆞᆯ 것이니

츈식이가 그 ᄃᆡ답은 ᄒᆞ지 안이ᄒᆞ고 담ᄇᆡ를 퓌여 물고 밧갓마당으로 나와 빙빙 돌며 혼ᄌᆞ 궁리ᄒᆞᄂᆞᆫ 말이라

녀년의 마누라를 이리 쇠여도 안이 듯고 뎌리 달ᄂᆡ도 안이 드르니 엇더

---

519 분정지두(憤情之頭). 분한 마음이 왈칵 일어난 바람.
520 여기(膂氣). 남에게 굽히지 않는 굳세고 억척스러운 기운.
521 방장(方將). 방금(方今). 말하고 있는 시점보다 바로 조금 전에.
522 강열(強熱). 괜히 몹시 오르는 열.
523 생(生)자리. 손을 대거나 건드린 적이 없는 자리.

케 ㅎ면 됴탐

에라 고만두어라 집이라고 문셔를 잡혀먹어 구변[524]리ㅎ면 집갑보다
만어졋스니 내 집이 팔 것이 업고 여간 세간 낫부경부치가 잇셔야 무한
년으로 잠바졋는 뎌년의 마누라 병 치료 ㅎ자면 한 가지 안이 남을 터
인듸 우두커니 죽은 말 직희듯 ㅎ고 잇슬 텬치가 업다 죽거나 살거나
졔듸로 닉버려두고 내 고향으토[525] 들구쥬는[526] 것이 샹칙이다 나 간
뒤에야 누가 샹을 타거나 벌을 밧거나 알아볼 시럽의아들[527] 놈 잇느냐
ㅎ고 다시 드려가 듸강 돈푼 싼 것은 뭉쑹거려가지고 문밧게를 막 나오는
듸 엇던 하인이 분라케 오더니 쪽지 편지 한아를 주는지라 츈식이가 ㅂ다
셔 보더니 황〻이 그 하인을 짜라 죠쇼스 집으로 가더라

(츈) 누나 무슨 별〻 이샹ㅎ 일이 잇다고 편지를 ㅎ셧소

(죠) 두말 〻고 이리로 드러오시오 인제야 옵바가 속이 시원ㅎ게 셜
치[528]를 ㅎ게 되얏소

(츈) 웨오 쏘 거번에 보던 방물쟝스 싸위를 붓잡앗나 보구려

(죠) 방물쟝스를 잡기야 여북[529] 잘 붓잡앗스릿가마는 옵바가 다 얼쓰
게 셔드러셔 고년을 못 찻고셔

(츈) 내가 무엇을 얼쓰게 셔드럿단 말이오

(죠) 여보 거긔 좀 안져 내 리약이를 드러 보오 오좀을 쌀 터이니

(츈) 엇의 드러 봅시다 뎌 누나가 무슨 풍을 쏘 치랴고 뎌리노

---

524 구변(具邊). 구본변(具本邊). 본전과 이자를 합함.
525 '로'의 오류.
526 들고주다. '달아나다'를 속되게 이르는 말.
527 시러베아들. 실없는 사람을 낮잡아 이르는 말.
528 설치(雪恥). 설욕(雪辱). 부끄러움을 씻음.
529 여북. '얼마나', '오죽', '작히나'의 뜻으로 정도가 매우 심하거나 상황이 좋지 않을 때 쓰는 말.

(죠) 풍은 누가 풍을 쳐 내가 풍치는 것을 언제 보앗소 그짜위 심ㅅ흔
슈쟉은 흐지도 말고 이번에는 쏙 녀편네도 찾고 두 한미년의 셜치도 시
원흐게 홀 터이니 내게 한 슌빅530를 톡톡히 닉야 흐리다

(츈) 그러코 보면 한 슌빅만 흐겟소 어서 드러 봅시다 무슨 일이오

(죠) 이것 좀 보오 우리 이모님 한 분이 계신듸 긱구멍바지531 계집이
하나를 엇어 길너 싀집을 보뇌 쥬엇더니 그 셔방놈이 노름에 판이 나셔
제 계집을 ㅈ미로 슈구문 안 강참위 집에다 팔아먹고 져는 다라낫는듸
그 계집이 얌젼흐야 범어ㅅ532에 빅령빅리533흐닛가 그 집 마누라가
금단ㅅㅅ이 흐고 대단히 신임을 흔다는듸 늬가 오날 이모님을 뵈오랴
고 갓더니 이모님이 말삼 끗헤 금단이 왓다 갓다는 리약이도 흐시고 금
단의 소젼534이라고 리약이를 흐시는듸 강참위는 이왕 죽고 그 마누라
가 과부로 사는듸 하로는 그 이웃집 로파가 별안간에 소리를 질너 금단
의 샹젼 마누라를 담 넘어셔 불으더니 난듸업는 쳐녀 하나를 넘겨 보뇌
며 급흔 일이 잇스니 은신을 좀 식여달나 흐닛가 그 마누라가 쳐엄에는
이웃 졍리에 그리흐라 흐고 밧어 두더니 나죵에는 그 계집 아희에게 업
드러져셔 그 ㅅ랑흐던 금단이도 대슈롭지 안케 넉닌535다고 흐더라니
그년이 갈 듸 잇소 강참위 집이 쏙 잇지

(츈) 뎌것 보게 그리닛가 쟝ㅅ년이 늬가 뒤발바가는 것을 눈치를 치오
고 그년을 담 넘어로 넘겨 보닛던 것이오구려 그릭도 어슈룩흔 나는 그

---

530 순배(巡杯). '술자리에서 술잔을 차례로 돌림. 또는 그 술잔'의 분량을 세는 단위.
531 개구멍받이. 남이 개구멍으로 들이밀거나 대문 밖에 버리고 간 것을 데려와 기른 아이.
532 범어사(凡於事). 세상의 모든 일.
533 백령백리(百伶百俐). 매우 영리하고 민첩함.
534 소전(所傳). 어떤 사람이 전하는 바의 소식.
535 '인'의 오류.

딕 의심도 안이ᄒ고 그년의 집만 뒤지다가 되슐ᄂᆡ잡힐갑아[536] 도망ᄒ
야 왓구려

(죠) 그 쟝ᄉ가 누구인지나 알앗소

(츈) 그것을 늬가 알 슈가 잇소 그져 방물쟝ᄉ 마누라로만 알앗지

(죠) 그것이 지금 옵바 딕에 미 맛고 잡바져 잇ᄂᆞᆫ 셕이어멈 년의 동싱인딕
제 형이 그 계집이를 쎅다가 져 집에다 두고 나가셔 소식이 업스닛가 제
형을 츠즈랴고 도라단이다가 우리 집에를 힝랑어멈에게 쓸녀왓드라오

(츈) 뎌런 흉측ᄒᆫ 늙은 년들 보아 누나 그 말은 어셔 드르셧소

(죠) 그 말도 금단이가 리약이ᄒ더라고 우리 이모님이 말슴ᄒ십듸다

(츈) 누나 그리면 슈구시터[537] 오나 지금 누나 이모 딕에를 좀 가셔 단여
오시오

(죠) 게ᄂᆞᆫ 무엇ᄒ려오

빈 쪽입니다

1912.3.6. 〈51〉

(五十一)

(츈) 가셔셔 그 어룬씌 금단이를 좀 불너오시라 ㅎ야 고년이 강씨 집에 분명 그져 잇나 단단이 알아쥬시오 내가 작란 친구 몃십 명 모기는 어렵지 안이ㅎ니 부지다언[538]ㅎ고 々 박살홀 계집이브터 집어닉오고 두 늙은 년 황실은 그 다음에 닉겟소

(죠) 옵바가 약듸도 밤낮 더 모양으로 셜약아 먼져번에도 쟝々의 집을 알아보고 와셔 천연세월[539]로 사룸을 모아 가지고 뒤늦게 가기 씨문에 놋쳐노코 또 이번에도 이 모양으로 셧부리 잡도리[540]들 ㅎ러 들우 금단이가 불니어 왓다 갓다 ㅎ면 고 약은 것이 눈치를 치우지 못ㅎ고 잇슬 쯧십소

(츈) 올소 누나 말이 올소 그리면 지금 동모를 모라가지고 강참위 집을 드리쳐볼신오

(죠) 여보 그 집이 졈자는 집이라는듸 넘오 샹업시[541] 굴지들낭은 말고 압뒤에 미북을 ㅎ야 도망만 못ㅎ게 ㅎ고 됴건々々 경계를 픠여 고 계집이 닉노토록만 ㅎ시구려 그리고 보면 그 집에셔 무슨 대소로 창피ㅎ게 남의 시비 드러가며 안이 닉여놀납더닛가

---

538 부재다언(不在多言). 여러 말 할 것 없음.
539 천연세월(遷延歲月). 일을 그때그때 하지 아니하고 미루면서 세월을 끌어 감.
540 잡도리. 아주 요란스럽게 닦달하거나 족치는 일.
541 상(常)없다. 보통의 이치에서 벗어나 막되고 상스럽다.

(츈) 이번에는 누나 훈슈딕로 꼭 ᄒ야 긔어히 셩수를 홀 것이니 넘러 말
　　으시오

ᄒ고 ᄒ어미머이에 불이나 붓흔 듯이 창황히 도라단니며 란봉 놈들을 쏘
모와 딕리고 강참위 집 압뒤와 길이집ᄭ지 뎔통갓치 에워싸고 그즁 긔운
골이나 쓰고 말쥬벅[542]이나 ᄒ는 놈을 퇴ᄒ야 압세우고 강참위 집 문압에
가 쥬인을 불으더라

　　이리 어[543]너라 이리 오너라

금단이가 쑤루루 나오며

　　(금) 어셔 오셧슴닛가

　　(츈) 오— 나는 홍문서ㅅ골셔 왓다 아낙에 드러가셔 이 딕에 감츄어 두
　　신 도망군이 쳐녀 어셔 늬보닙시사 엿쥬어라

　　(금) 에그머니 우리 딕에 웬 쳐녀를 감츄어 두엇다고 늬보늬라셔오 딕
　　에는 그런 쳐런[544]가 업슴니다

　　(츈) 무슨 잔소리야 늬가 범연히 알고 와셔 말을 홀ᄭ 썩 드러가 아낙에
　　엿쥬어

　　(금) 엿줍기는 엿줍지오마는 딕에는 그런 쳐녀가 업셔오

금단이가 안마당으로 드러오며 소리를 질너 마님을 불은다

　　(금) 마님 져 밧갓헤 웬 량반이 오셔셔 딕에 감츄어 둔 쳐녀를 늬보라고
　　더리셔으[545]

　　(오) 늬 집에 쳐녀가 웬 쳐녀란 말이냐 너는 아깅이가 붓허셔 그런 쳐녀
　　가 업다고 말을 못힛ᄂ냐

---

542 말주벅. 이것저것 경위를 따지고 남을 공박하거나 자기 이론을 주장할 만한 말주변.
543 '오'의 오류.
544 '녀'의 오류.
545 '오'의 오류.

(금) 업다고 말슴을 ᄒᆞ닛가 덥허노코 드러가 엿쥽기만 ᄒᆞ라 ᄒᆞ셔오

부인이 밋쳐 ᄃᆡ답을 ᄒᆞ기 전에 츈식이가 안으로 드리ᄃᆞᆯ고 음셩을 커다케 ᄒᆞ야

(츈) 이 이 아낙에 엿쥬어라 그 쳐녀ᄂᆞᆫ ᄂᆡ 계집인ᄃᆡ 이 덤어 집 방물쟝ᄉᆞ 년이 ᄲᅢ닉다 졔 집에 두엇다가 담 넘어로 넘겨 보ᄂᆡ여 지금 ᄃᆡᆨ에 잇ᄂᆞᆫ 것을 쏙 알고 왓스니 공연히 밀막을[546] ᄉᆡᆼ각 말으시고 어셔 ᄂᆡ보ᄂᆡ셔야지 그러치 안으면 졈잔은 ᄃᆡᆨ에셔 모양 사오나온 일을 보실 터이올시다 엿쥬어라

부인이 징을 버럭 ᄂᆡ여 마쥬 쇼리를 질너셔

그게 웬 사ᄅᆞᆷ이 남의 집에 와셔 횡셜슈셜 쩌든다더냐 뎡녕 내 집에 그런 일이 잇ᄂᆞᆫ 줄을 알거던 드러와셔 구셕ᄭᅩᆼᄭᅩᆼ이 모다 뒤져보라고 ᄒᆞ렴어나 뒤져보아 그런 쳐녀를 ᄎᆞ져 노아야 망졍이지 만일 찻지 못ᄒᆞᄂᆞᆫ ᄃᆡ경이면 무스치 못ᄒᆞ리라 ᄒᆞ여라

츈식이가 여간 지각이 잇ᄂᆞᆫ 즈식 ᄀᆞᆺᄒᆞ면 오씨부인이 그져[547]럼 ᄒᆞᄂᆞᆫ 말을 짐쟉ᄒᆞ고 영진이 그 집에 방쟝 업ᄂᆞᆫ 것을 가히 알 일인ᄃᆡ 되지 못ᄒᆞᆫ 심슐이 버럭 나셔 범연히 영진을 감츄어 노코 졔가 ᄭᅩ도록 큰쇼리어니 츄측ᄒᆞ야 우둥ᄭᅮᆼᄭᅮᆼ[548] ᄂᆡ졍으로 드러가 몃 놈은 일병[549] 부엌 광뒤ㅅ것 쟝둑ᄃᆡ 독 속ᄭᅡ지 모조리 열어 보고 츈식은 마루 위로 붓쩍 올나셔 안방 건너방 벽쟝 다락 침방 반침[550]의 ᄭᅵ그룻ᄭᅡ지 열어 보나 그림ᄌᆞ도 업ᄂᆞᆫ 영진을 엇의 가 보리오 감안이 ᄉᆡᆼ각ᄒᆞᆫ즉 영진을 맛ᄎᆞᆷ ᄂᆡ 못 찻ᄂᆞᆫ ᄃᆡ경이면 큰 봉

---

546 밀막다. 못 하게 하거나 말리다.
547 '쳐'의 오류.
548 우둥우둥. 여러 사람이 바쁘게 드나들거나 서성거리는 모양.
549 일병(一竝). 죄다. 남김없이 모조리.
550 '침'의 오류.

변거리가 싱기엇는지라 혼자말로

　　오냐 내가 이년 한아로 신셰 맛치기는 일반일다

ᄒ고 부인 겻혜 셔는 금단의 머리치를 지르ᄶ 잡아쓸어 마당 아리다가 동딍이져[551] 쥬져안치고 두 ᄲᆡᆷ을[552] ᄉ정업시 룩[553]탁치며

　　이년 바로 말히라 내가 분명히 알고 드러왓는듸 그 쳐녀를 엇다 감츄엇늬 그 쳐녀가 뎌 담으로 넘어와 너의 듸에 와 잇지 안이힛느냐

ᄒ며 줍억을 불ㅅ근 쥐고 ᄶᅩ 쥐어박으랴 ᄒ니

　　(금) 예ᄶ 감안이 참으십시오 졔가 발은듸로 엿줍겟습니다

　　(츈) 오— 어셔 말만 히라

　　(금) 져는 아모 죄도 업스니 넘엇집 길이어멈을 잡아다가 문초를 ᄒ시면 다 알으심니다

<hr>

551 '쳐'의 오류.
552 '을'의 글자 방향 오식.
553 '툭'의 오류.

빈 쪽입니다

1912.3.7. 〈52〉

1912년 3월 7일

（五十二）

츈식이가 엽헤 셧는 놈다려

　여보게 그 마누라 년 이리로 잡[554]아오게

당장에 길이어멈을 쓸어다 노코 부인 보는 압헤셔 잔쑥 뭇거 노코 잔치

질[555]을 ᄒᆞ며 문초를 한참 ᄒᆞ는듸 길이어멈이 손짓을 홰々 ᄂᆞ둘으며

　여보 당신들이 아모 관계업스신 이 듸에 와 쩌들 것이 안이라 우리 집

　으로 갑시다 형벌을 당히도 내가 당ᄒᆞ고 욕을 먹어도 내가 먹을 것이니

호가々 쟝작갑이[556]를 들고 한멈을 ᄂᆞ리 박살을 홀 쓧이 으르며

　가기는 엇의로 가 그동안에 쏘 엇의로 돌니자는 계교로 이 집에셔 관계

　가 업다니 엇지히셔 관계가 업셔

길이어멈이 고기를 ᄂᆞ여 밀며

　어셔 쩌려 죽이어라 내가 지금 죽기로 졋쥬졉드러 죽엇다고 홀 터이냐

　한쥬ᄉᆞ듸 자근아씨를 내가 쎅여ᄂᆞ여 집에 두엇다가 너의들이 우리 집

　울 슈식홀 줄 미리 알고 이 듸에다 은신케 ᄒᆞ얏다가 발셔 수십 일 전에

　동경으료 건너가셧다 엇더케 ᄒᆞ라ᄂᆞ냐 이놈들 소용업스니 어셔 가셔

　그싸위로 양반의 듸 규중 쳐녀를 속여 다려다가 못된 영업을 식일 싱각

　을 말고 지게를 지고 병문버리[557]라도 정당ᄒᆞᆫ 싱이를 ᄒᆞ야 먹어라

---

554 '잡'의 오류.

555 잔채질. 포교가 죄인을 신문할 때에, 회초리로 연거푸 때리던 일.

556 장작개비. 쪼갠 장작의 낱개.

츈식이가 로파를 발길로 함부루 차며

  (츈) 이년 량반의 쑬이고 샹놈의 쑬이고 제 부모가 돈 밧고 늬게 팔어먹
  은 이샹에 무슨 노릇을 식이던지 내 슈즁에 잇는 물건인듸 이년 네게
  무슨 샹관이 잇셔 쌔여들엇느냐 이년 길다케 말흘 것 업다 네 입으로
  분명히 쌔돌엇다 토셜을 ᄒ얏슨즉 동경을 갓거니 남경을 갓거니 당장
  차즈노아라 안이 차즈노코는 빅이지 못ᄒ리라

  쏘 이 집에셔는 셔방 잇는 계집은 밤도 못 물어간다는듸 남의 계집을
  함보루 슘기엇다가 엇의로 도주를 식이면 아모일 업슬신오 공연히 큰
  봉변ᄒ지 말고 어셔 챠즈노시오

열업슨 금단이는 식이지도 안는 말참여를 늬다라셔 흔다

  우리 듹에셔는 아무 죄도 업셔오 그 쳐녀를 차져노으라거나 듸려오라
  거나 뎌 마누라다려 말을 흘 것이지 우리 듹에 향ᄒ야는 흘 말슴이 안
  이오 격쟝가[558]로 갓갑개 지늬는 터에 뎌 마누라가 그 쳐녀로 담으로
  넘겨 보늬며 급흔 일이 잇스니 은신을 식여달나 ᄒ닛가 인졍 만으신 마
  님게셔 잠시 밧아두신 일밧게 업셧는듸 그 쳐녀의 교스토[559] 잇던 동경
  녀교스 하나다려 듸려오라던지 하나다에게 가셔 차져를 오던지 듹에
  셔는 아모 말 말으시오

츈식이가 금단의 다깅이를 탁 쥐어박으며

  (츈) 이년 잔소리가 무슨 잔소리야 하나다가 그 쳐녀가 여긔 잇는 것을
  엇더케 알고 듸려갓단 말이니 쪽바로 고ᄒ여야지 그러치 안으면 너도
  무스치 못아리라

<hr>

557 병문(屏門)벌이. 길가의 골목 어귀 같은 곳에서 하는 보잘것없는 막벌이. 또는 그런 일을 하
   는 사람.
558 격쟝가(隔牆家). 담을 사이에 둔 이웃집.
559 ‘로’의 오류.

(금) 제가 무슨 죄가 잇셔셔 무스치를 못ᄒ리라고 ᄒ셔오 우리 딕 도령

님게셔 동경셔 공부를 ᄒ시ᄂᆞᆮ 하나다의 집에 쥬인을 ᄒ고 계지[560]다

ᄂᆞᆫ 소문을 듯고 그 쳐녀가 하나다에게 편지를 붓치더니 몃칠 안이 되야

하나다가 답쟝을 ᄒ고 돈을 보ᄂᆡ며 어셔 건너오라 ᄒ야셔 그 즉시로 갓담

니다

이째에 여러 난봉놈들이 들낙날낙 져의끼리 공론이 부산ᄒ기를

춘식이 계집복은 알뜰시럽게도 업셔 그즁 병든 것을 딕려다 짓고싱을

ᄒ야 간신히 완인을 만드러셔ᄂᆞᆫ 돈 한 푼 버리ᄂᆞᆫ커녕 자미잇게 단 하로

를 지ᄂᆡ보지를 못ᄒ고 일엇스니 그러케 긔막힐 딕가 엇의 잇담

이 스룸 모도 춘식이가 못싱겨셔 그러케 되앗ᄂᆞ니 번연히 ᄲᆡ돌닌 년을

잡아가지고도 셜다르다가 못 찻고 인졔야 뒤늣게 와셔 더리면 동경 가

잇ᄂᆞᆫ 계집을 무슨 슈로 찻겟나 여보게 그 말 ᄉᆞ게 죠쇼ᄉᆞ 집에셔 풍파

날 젹에 나ᄂᆞᆫ 가보지 못ᄒᆡᆺ네마ᄂᆞᆫ 익ᄭ우진 마누라를 잡아가지고 우악스

럽계들 ᄶᆡ려주어셔 지금도 그 마누라가 위셕히 누어잇스니 다른 사룸

ᄀᆞᆺ흐면 무슨 경황이 잇셔 다시 계집 차질 싱의나 ᄒ얏겟나 춘식이가 원

릭 작인[561]이 녕악ᄒ고 단ᄯᆞ히닛가 그 곤경을 격그면셔도 뎌만치 셔드

러보지

감안이 잇게 내가 드러가 말 좀 ᄒ야주겟네 춘식이가 공연히 빈 근력이

다 죽게 된 마누라만 붓잡고 더리다가 계집도 못 찻고 싱쎄만 맛나랴고

그 계집 동경으로 가기ᄂᆞᆫ 이 집에셔 ᄂᆡ준 것이니 속담에 여담졀직[562]으

로 아조 이 집에다 단ᄯᆞ히 안담[563]이를 식이여 안이홀 말로 계집을 못

---

560 '시'의 오류.

561 작인(作人). 사람의 됨됨이나 생김새.

562 '각'의 오류. 여(汝)담절각(折角). 너의 집 담이 아니었으면 내 소의 뿔이 부러졌겠느냐는 뜻
으로, 남에게 책임을 지우려고 억지를 쓰는 말.

247

차즈면 하다못히 왁딕갑[564]이라도 밧아야지

호며 경계판이나 질머진듯이 쮜어드러 가는 판인디 난듸업는 복장순검들이 우둥々々 달녀들어 호츈식 이하로 여러 놈을 쌍그리 포박호야 동셔로 모라간 후에

학슈가 즈긔 즈친의 그놈들 와셔 야료[565]호던 형편을 엿주아보고 길이모를 압흐로 불너 전후 스실을 즈셰히 뭇더니 총々히 다시 김경무관을 가보고 호츈식의 죄범과 죠쇼스의 간샹을 일일이 일너 업졀히 심문홈을 부탁호얏더라 그날 죠스쇼[566]는 츈식을 일부러 쳥히다가 글올 그라쳐 보닌 듸에 무슨 싱슈나 늘 줄 알고 오십궁유(五十窮儒)[567] 과거 듸방호듯[568] 호고 안졋는듸 별안간에 구쓰쇼리가 쑤걱々々 나며 도군쇼리가 데그럭데그럭 나더니 슌사 두 명이 불문곡직호고 마루 위로 썩 올나셔며

　죠쇼스가 누구오 이리로 나오시오

죠쇼스가 깜짝 놀나셔 얼골이 파릐지며

　(죠) 죠쇼스는 웨 차즈시오

　(슌) 웨 찻는 것은 알아 무엇히 나오라면 나올 것이지

---

563 안담(按擔). 남의 책임을 맡아 짐. 또는 그 책임.

564 왁댓값. 자기 아내를 딴 남자에게 빼앗기고 그 사람으로부터 받는 돈.

565 야료(惹鬧). 까닭 없이 트집을 잡고 함부로 떠들어 댐.

566 '쇼스'의 글자 배열 오류.

567 오십궁유(五十窮儒). 나이 오십의 궁한 선비.

568 대방(代房)하다. 남을 대신하여 일을 처리하다. 대판하다.

빈 쪽입니다

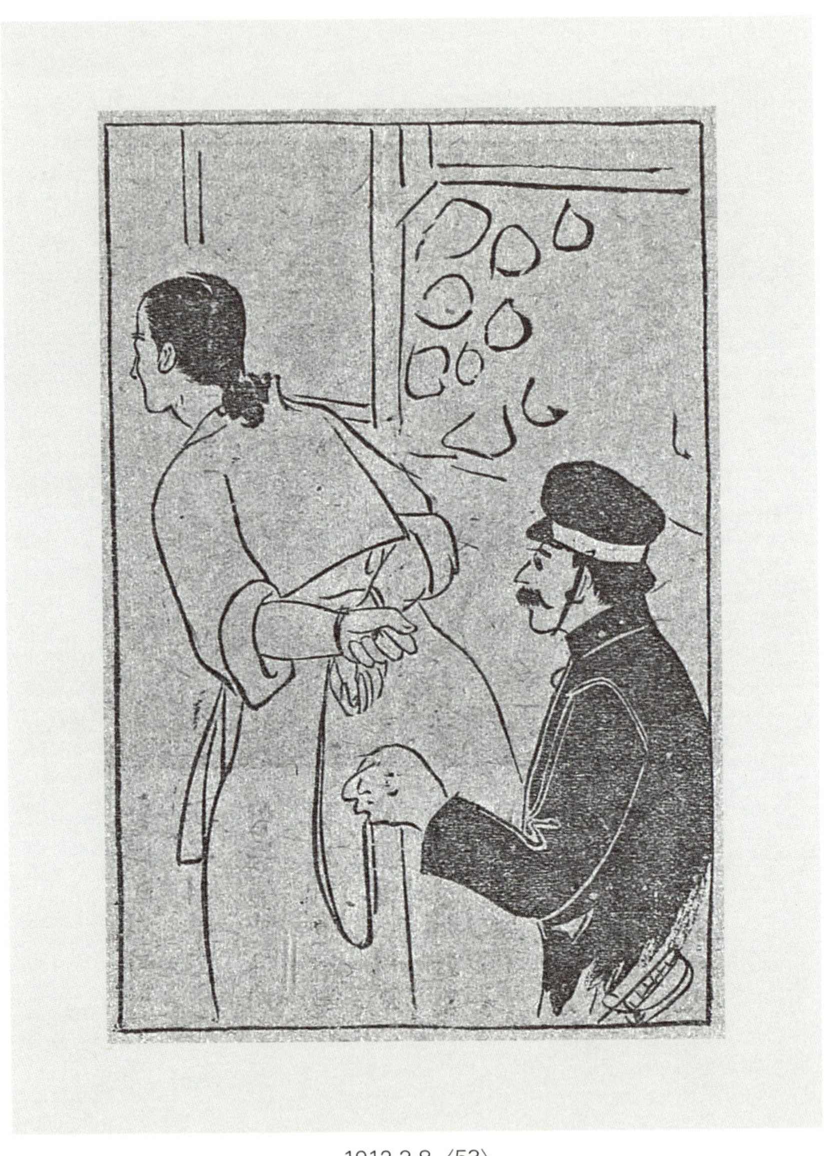

1912.3.8. ⟨53⟩

(五十三)

(죠) 죠쇼스 엇의 출입ᄒ고 업소

(슌) 당신은 누구시오

(죠) 예 나ᄂᆞᆫ 집 보아쥬러 와 잇ᄂᆞᆫ 사름이오

(슌) 집을 보아쥬러 왓써 그러면 당신 집은 엇의오

(죠) 내 집은 뎌 우듸야오

(슌) 그게 무슨 소리오 우듸셔 나드리 온 니가 뎌 모양으로 살님ᄒᄂᆞᆫ 사름처럼 의복을 입고 잇더런 말이오 공연히 거짓말ᄒ얏다ᄂᆞᆫ 큰 봉변ᄒᆯ 터이야

죠쇼스가 그졔ᄂᆞᆫ 눈우슘을 살々 치며

여보 슌사 나으리 죠쇼스ᄂᆞᆫ 웨 차즈심닛가 죠쇼스가 늬올시다

슌스가 소리를 버럭 지르며

(슌) 이년 괘ㅅ심ᄒᆫ 년 관리를 희롱ᄒ고 뎌런 죽일 년 이리 썩 나오지 못ᄒ겟ᄂᆞ냐

(죠) 이게 웬일이야 슌사 단이ᄂᆞᆫ 량반은 남의 녀편네다려 무단히 이년 뎌년 ᄒ나 내가 륙범죄를 범힛습더닛가 안이ᄒᆯ 말로 륙범죄들 범힛더릭도 취초ᄒ기 전에ᄂᆞᆫ 듸졉을 ᄒ야 줄 터인듸 무슨 곡졀로 년ㅅ즈를 노으시오 ᄒ며 졈々 방ㅅ구셕으로 드러가닛가 슌사가 방으로 쏘차 드러가 죠쇼스의 짜귀를 보기 조케 싹 붓치며 쏭문이에서 포승을 끄늬더니 죠쇼스의 두

손목을 잔쏙 묵거 잡아닉세며

　(슌) 이년 쌘々흔 년 류범々々 이년 네가 무슨 죄인지 가보면 알 것이지

　(죠) 에그 나는 아모 죄도 업는 사름이올시다 과부 살님으로 근々득싱 지닉옵는딕 의외에 슌사 나으리가 오셔々 부르시니 무슨 곡졀을 몰나 겁결에 츌입을 흐얏다고 엿주엇습니다 용셔를 흐십시오

　(슌) 이년 잔소리가 무슨 잔소리야 어셔 썩 나셔라

죠쇼ᄉ가 어리셕은 놈 얼너맛치던 슈쟉으로

　(죠) 가다 뿐이오닛가 관리가 々자시는딕 안이 갈 리가 잇습닛가 갈 졔 가옵더릭도 졔 집에 맛츰 변々치 못흔 슐잔이 잇스니 한잔만 잠[569]스시고 가시면 엇더흐겟습닛가

　(슌) 슐이 무슨 슐이냐 너굿흔 드러온 년의 슐은 안이 먹는다 어셔 가자 흐더니 덜미를 썩썩 집허 쓸어간다 한쥬ᄉ가 셩씨에게 고혹흐야 그 쌀을 원슈에 것 쳐치흐듯 보닌 후 텬륜에 감동은 되야 이짜금

　(한) 여보 우리 영진이는 그동안 죽엇단 말이오 살엇단 말이오 한번 딕려가더니 이러탄 말이 도모지 업스니 그 집에셔도 무심도 흐오 그 집이 엇의쯤인지 내가 한번 차자가 보겟소 즈긔 집에셔는 무심히 그럿턴지 골물히[570] 그럿턴지 소위 친아비라며 한 번도 안이 차자보면 무도흐다고 욕을 안이흐겟소

　(셩) 여보 아모 말슴도 말고 감안이 좀 계시오 궁금흐기로 내가 이째ᄭ지 안이 알아보앗슬 쑷십소

　(한) 알아보앗스면 웨 나다려 리약이를 안이흐얏소

　(셩) 무엇이 신신흔[571] 소리라고 리약이를 흔단 말이오 졍 궁금흐실 터

569　문맥상 ‘잡’의 오류.
570　골몰하다. ‘고달프다(몸이나 처지가 몹시 고단하다)’의 방언(평북).

이면 리약이ᄒ리다

ᄒ고 아양시럽게 거짓말을 혀ᄯ혜 침도 안이 뭇치고

    (셩) 더거번에 나으리는 츌입ᄒ시고 안이 계신데 자—ㅅ골 즁ᄆᆡᄒ던 마누라가 젼위ᄒ야 차자왓습듸다

    (한) 그릭셔

    (셩) 드러오더니 지다위[572] 모양으로 쳣ᄃᆡ[573] 말ᄒ기를 당신은 ᄯᅡᆯ을 셰 과부 놋톳 ᄒ시오 엇더케 ᄒᄂ 일이오 ᄒ기에 내가 졍식을 ᄒ며 여보 그게 무슨 말울 그러케 ᄒ오 ᄒᆫ즉 그 마누라 말이 즁병이 드러 다 죽게 된 ᄯᅡᆯ을 그 의원이 듸려다 별ㅅ 약을 다 써가며 무한 신고를 ᄒ야 간신히 완인이 될 만ᄒ닛가 즈긔네 집이 경ᄉ나 난 듯커[574] 됴화셔 츠ㅅ 딕에도 긔별을 ᄒ야 그 아들과 셩례를 식이랴 ᄒᄂᆫ듸 리웃집 머슴놈과 통간이 되야 모야무디[575]에 부지거쳐[576]로 도망을 힛스니 딕에셔는 모를 리가 업슬 듯ᄒ기에 무러보러 왓노라 ᄒ기에 내가 열ㅅ길 스무길 쒸며 ᄂᆢᆷ의 ᄌᆞ식을 약을 잘못 써셔 죽엿거나 다른 곳에다 돈을 밧고 폴아먹고 말막음ᄒ노라고 와셔 이리ᄒᄂ 것이오구려 내 집에서 당신의 말만 듯고 그 익를 보닐 싸름이지 그 집이 엇의 붓헛ᄂᆫ지 알기나 힛습더닛가 그익 거취를 알게 여보 이ᄯ위 어림업ᄂᆫ 말 말고 어셔 가셔 늬 ᄌᆞ식을 차자노으시오 우리 집은 무지막지ᄒ게 ᄯᅡᆯᄌᆞ식을 이리더리 모옴길 줄을 모로니 진작 차자다가 그 ᄋᆞ들과 셩례나 식이라고 ᄒ오 우리 집에ᄂᆞ

---

571 신신(新新)하다. 마음에 들게 시원스럽다.
572 지다위. 자기의 허물을 남에게 덮어씌움.
573 첫대. 첫째로. 또는 무엇보다 먼저.
574 '키'의 오류.
575 모야무지(暮夜無知). 이슥한 밤에 하는 일이라서 보고 듣는 사람이 없거나 알 사람이 없음.
576 부지거처(不知去處). 간 곳을 모름.

달은 일이나 잇스면 모로거기와 이짜위 슈작은 흐러 올 싱각도 말으시
오 우리 나으리가 알으시면 큰 봉변들ᄒ오리다 ᄒ얏더니 그 마누라가
다시 기구[577]를 못 ᄒ고 쪼ㅅ겨갓ᄂ디 늬가 그 말을 듯ᄂ 즉시 나으리
다려 리약이를 ᄒ고 십읍듸다마ᄂ 유난ᄒ 셩품에 늬 ᄌ식 힝실 글은 것
은 싱각지 못ᄒ시고 공연히 이러니뎌러니 왁ᄌᄒ실갑아 시쳡[578]이를
쎼엿소

(한) 죠런 년 보아 진작 뒤여지ㅅ도 안코 살아나셔 어미 아비의 낫을 적
게 싹기나

(셩) 분히도 고만두시오 팔이 드리곱지[579] 늬곰[580] 소[581] 우리가 감아니
잇셔야지 만일 져를 남으려고 알안곳ᄒ면 그것들이 벌의 살[582] 이러나
듯 야단을 ᄒᆯ 터이니 궁게 든 빅암이 몃 자인지 모로게 나으리ᄂ 모로
ᄂ 톄ᄒ고 계시면 나ᄂ 은근히 으르기만 ᄒ고 잇셔 우리에게 와셔 감히
기구를 못ᄒ게 ᄒᄂ 것이 샹칙이오

(한) 그러면 그것은 ᄌ식이라고 다시 코도 못 보겟구려

(셩) 누가 아오 몃 히 후에 엇의로 굴너 다시 맛ᄂ볼 날이 잇슬ᄂ지 그
리고 그ᄉ지 ᄌ식이 그리 알뜰시럽게 보고 십소

---

577 개구(開口). 입을 열어 말을 함.
578 문맥상 '침'의 오류.
579 들이곱다. 안쪽으로 꼬부라지다.
580 '곱'의 오류.
581 내곱다. 바깥쪽으로 굽어 꺾이다.
582 살. 벌의 꽁무니나 쐐기의 몸에 있는 침.

빈 쪽입니다

1912.3.9. ⟨54⟩

1912년 3월 9일

(五十四)

한쥬스가 셩씨의 속이는 말에 넘겨빅히여[583] 다시는 말을 못 ᄒ고 두엇스나 항샹 ᄆᆞ음에 오로닉리는 중 가세가 날로 치패[584]ᄒ야 셩씨의 박아지 극는 소리에 귀가 솔라셔 화도 나고 귀치안아 집에는 별로 안이 붓터 잇고 믹이 업시 공연히 이리뎌리 도라단이다가 밤이면 드러와 간신히 잠만 자는딕 나갓다 드러올 쌔마다 영진이가 마조 나오는 듯 나오는 듯 길에셔 녀학도 지는는 것을 보아도 영진이가 칙을 씨고 오는 듯 오는 듯 예업시 영진이 보고 십은 ᄆᆞ음이 문쯕문쯕 나며 이작고인[585]ᄒ 부인의 싱각이 싸라ᄂᆞ니 혼즈 한탄ᄒᆞᄂᆞᆫ 말이라

> 사름이 텬하에 못당홀 노릇은 즁년 샹쳐야 그 마누라가 살아잇셧드면 집안도 이 모양으로 령체[586]치를 안이힛고 영진이도 그 디경이 안이 되얏슬걸

> 으— 웅 남들은 질동의[587]를 씨트리고 놋동의[588]도 작만ᄒᆞᆫ다더구면 나는 놋동의를 씨트리고,,,,,,,,,

> 셕이어멈은 무엇에 틀니어셔 이동안 한 번도 우리 집에를 안이 오노 인

---

583 넘겨박히다. '넘겨박다(꾀를 부려 남을 곯려 주다)'의 피동사.
584 치패(致敗). 살림이 아주 결딴남.
585 이작고인(已作故人). 이미 죽은 사람.
586 영체(零替). 세력이나 살림이 줄어들어 보잘것없이 됨.
587 질동이. 질흙으로 빚어서 구워 만든 동이.
588 놋동이. 놋쇠로 만든 동이.

은 로용이라고 그리도 나ㅅ살 먹은 사름이 의론 한마듸를 ᄒ더리도 낫고 또 그 마누라가 이싸감 별미가 적어 그러치 우리 집 일에는 지성으로 보는 사름인듸,,,,,,,,,

에라 나션 길이니 슬々 그 마누라 집에를 가셔 답々흔 의론이나 좀 ᄒ야보겟다

ᄒ고 련동으로 넘어가 셕이집 문 압에를 이르러 씨웃이 들여다보니 셕이 놈이 마루 긋헤 쑥구리고 안져 눈물을 쑥々 써러트리는지라 한쥬ㅅ가 심히 고이히 녁여 기침을 두어 번

에험 々々

ᄒ며 대문으로 썩 드러셔더니

너 위[589] 그러케 울고 안졋ᄂ냐 웨 믹를 마졋ᄂ냐 잘못ᄒ면 늙은 모에게 믹 맛기도 례ㅅ지 너의 어멈 엇의 잇ᄂ냐

셕이가 벌쩍 이러나 눈물을 이리 씻고 뎌리 씻스며 마루 아릭로 늬려오더니

(셕) 나으리 마님 힝츠히계십시오 어미가 우연히 나가더니 지금 몃 둘이 되도록 소식이 도모지 업셔오

(한) 무엇이야 그러면 이 ᄌ식아 진작 ᄉ면 츳자보지 그듸로 잇셧단 말이냐 어멈도 업시 그동안 무엇을 먹고 지닛단 말이냐

(셕) 웨 안이 츳기는요 슈구문[590] 안 아쥬미가 와셔 몃칠을 두고 갈 만흔 듸는 다 츳자보앗담니다 어미가 말은 안이힛셔도 집에셔 셰날 째에 아조 한참 안이 드러올 작뎡을 힛던 것이야오 쌀도 몃 둘 먹을 것을 폴아두고 나모도 몃 둘 찔 것을 사두어셔 그동안 끄려 먹고 잇셧ᄂ듸 인졔는 쌀 나모가 거진 써러질 디경인듸 어미는 그져 안이 드러오니 기가

막혀셔 울어오

(한) 허々 그일 참 밍랑ㅎ고나 이놈아 그러면 진시[591] 내게나 와셔 말을 ㅎ지

(셕) 웨 나으리 마님씌셔는 어미가 잇는 듸를 알으셔오

(한) 이놈아 내가 알면 차져왓슬까 진시 말을 힛더면 나도 슈소문ㅎ야 보왓슬 터이란 말이지 오냐 만일 너의 모가 진시 안이 드러오고 먹을 것이 업거들탕[592] 듸으로 오너라 량식이 되나 젼관[593]이 되나 변통ㅎ야 줄 것이니

ㅎ고 집으로 도라오니 귀쑤람이만ㅎ 힝랑어린것 한아쑨이오 집이 텡 뷔엿는지라 혀를 룩[594]툭 차며 혼즈말로

에— 녀편네가 이 쏠이닛가 집안이 될 수가 잇나

요놈아 너의 어멈 엇의 갓늬

그놈이 비죽々々 울며

(그놈) 아씨 뫼시고 갓셔오

(한) 엇의률[595]

(그놈) 몰나요 웬 사름 둘이 와셔 엿주어 갓셔오

(한) 웬 사름 사늬 녀편네

(그놈) 몰나요 엇던 사늬인지 검은 두루마기에 환도를 차고 왓셔오

(한) 검은 두루마기에 환도를 찻셔 그게 무엇이란 말이냐 언의 째

(그놈) 가신 지 얼마 안이 되엿셔오 나으리도 뫼시어 가겟다고 한참 동안은 기다리다가 힌가 느져간다고 어셔 가쟈 직촉을 ㅎ야 뫼시고 갓셔오

---

591 진시(趁時). 진작.
592 문맥상 '랑'의 오류.
593 젼관(錢貫). 엽젼으로 한 관 안팎의 액수를 이르던 말.
594 문맥상 '툭'의 오류.
595 문맥상 '를'의 오류

한쥬ᄉ가 입맛을 쩍々 다시고 벙々히 셔셔

　그게 웬 곡절인고 알 슈 업ᄂ 일도 잇다 검은 옷에 칼을 찻더랄 졔ᄂ 필

경 슌샤 갓흔듸 슌샤가 무슨 일로 남의 집 녀편네를 듸려갓노,,,,,,,,,,,,,

영진이가 도망을 힛다더니 그 집에셔 우리가 쎄돌닌 줄로 넉이고 경찰

셔에 호소를 ᄒ얏나 그 밧게ᄂ 의심들 일이 업ᄂ듸,,,,,,

그리쟈 문ᄉ간으로셔 쑤걱々々 구쓰 소리가 나며 엇더흔 슌샤 하나이 썩

드러스며

　(슌) 듸이 쥬인이시오

　(한) 그럿소

　(슌) 셔에셔 좀 오라고 ᄒ셧스니 갑시다

　(한) 늬가 무슨 일이 잇다고 셔에셔 불으신단 말이오

　(슌) 잔소리가 무슨 잔소리야 가보면 알 것이지

　(한) 그리오 갑시다

한쥬ᄉ가 슌샤를 ᄯ라 동셔로 드러가니 셔쟝이 놉히 안져 한쥬ᄉ를 압헤

불너 셰고

　(셔) 셩명이 무엇이야

　(한) 한뎡쥬올시다

　(셔) 나이 몃 살이야

　(한) 마흔한 살이올시다

　(셔) 집은

　(한) 동부 호동 빅일통 일호올시다

　(셔) ᄌ녀ᄂ 몃 명이야

　(한) 아들은 업고 ᄯᆯᄌ식 하나ᄲᆫ이올시다

　(셔) ᄯᆯ은 몃 살인듸 쳐녀로 잇나 츌가를 식이엿나

(한) 쏠년의 나은 올에 열여삿 살인되 붓그러온 말이오나 싀집을 남과
갓치 못 보늬고 민며느리로 보닛슴니다

1912.3.10. 〈55〉

1912년 3월 10일

(五十五)

(셔) 뉘 집으로 민며느리를 보닛셔

(한) ,,,,,,,,,,

(셔) 웨 말을 안이ᄒ노

(한) 예 말슴ᄒ지오 그것이 기진학교에를 단이더니 우연히 즁병이 드러 가난ᄒ 가셰에 치료식일 슈가 업셔

셔쟝이 소리를 버럭 질너

민며느리를 뉘 집에다 쥬엇ᄂᆞ냐 말ᄒ라닛가 길다케 무슨 짠소리야

(한) 민며느리 보닌 말슴을 하ᄌᆞ닛가 ᄌᆞ연 그 말이 나옵니다 그것의 치료식일 걱정을 ᄒᆞ옵더니 자 — 문 밧 희슈관음 근동에 사ᄂᆞᆫ 사름 하나이 의슐이 썩 고명ᄒᆞᆫ되 그것의 병셰를 듯고 ᄌᆞ긔에게 위임ᄒᆞ야 보닉쥬면 병을 치료식여 며느리를 삼겟다 ᄒᆞ옵기 보닛슴니다

(셔) 그 의원의 셩명은 무엇이야

(한) 그 의원의 셩명은 무식ᄒᆞᆫ 계집사름의 쇼기로 창황히[596] 보닉노라고 밋쳐 알지 못ᄒᆞ얏슴니다

(셔) 이게 무슨 어리셕은 소리야 ᄌᆞ식을 민며느리로 보닉며 사돈의 셩이 무엇인지 일홈이 무엇인지 몰낫셔

(한) 과연 몰낫슴니다

---

596 창황(蒼黃)히. 미처 어찌할 사이 없이 매우 급작스럽게.

(셔) 쇼기는 엇던 계집이 힛누

(한) 그 역시 몰읍니다 본인의 닉즈[597]가 우딕 엇던 친흔 계집사름이 잇
는딕 녀식의 중미를 흐얏다 흐오닛가 그런가보다 흘 쑨이지 별로 알지
는 못흐얏슴니다

(셔) 지금 네 쏠이 싀집에서 잘사나

(한) 져를 보닌 이후로 일졀 쇼식을 몰낫더니 근일에 엇의로 도주힛다
는 말이 들넘니다

(셔) 도주를 힛셔 그 말은 뉘게 드럿소

(한) 본인의 쳐가 중미흐던 계집에게 드럿노라고 말슴을 흐여오

(셔) 네 쳐가 그리히 네 쳐의 셩은 무엇이며 네 쏠이 그 소싱인가

(한) 셩은 셩가온딕 본인의 후취옵고 녀식은 젼실의 소싱이올시다

(셔) 그러히 네 쏠의 싀집 즉 너의 사돈집과 네 쏠 도주흔 스실울 뎡녕
히 알지 못히

(한) 과연 모름니다

(셔) 오—너는 뎌리 물너셔 잇거라

흐더니 슌사를 불너 죄인을 츠례로 잡아 올니라 흐는딕 슌사가 딕답을 흐
고 나간 지 얼마 안이 되야 셩씨가 죠쇼스 년과 호츈식 이하 여러 놈을 일
졔 딕령식이는지라 이째에 한쥬스는 엇진 영문인지 모로고 어리셕게 싱
각흐기를

아마 뎌 계집이 우리 영진이를 쇠여닌 년이고 뎌놈이 우리 영진이를 딕
리고 도망흐얏던 놈인딕 일이 발각이 나셔 이러케 잡혀 온 모양인딕 뎌
몹쓸 년놈들이 긔찰[598]에 몰녀 위급흐닛가 익미흔 우리 닉외를 불어너

엇나 오냐 너의 년놈들이 말만 헤ㅅ썹어 보아라 량반의 ᄌᆞ식[599]으로 이 망신ᄒᆞᄂᆞᆫ 것만 히도 분ᄒᆞᆫ데 감안히 잇슬 터이냐 ᄉᆞ싱결단을 ᄒᆞ야 몃 년놈 본보기를 ᄂᆡ고야 말 터이다 그러나 뎌 즁게々々[600] 잡아 온 여러 놈들은 누구인고

셔쟝이 몬져 셩씨다려

(셔) 너ᄂᆞᆫ 무슨 일로[601] 젼실 ᄯᆞᆯ을 가쟝 모로게 엇의로 보ᄂᆡᆺ던고

(셩) 가쟝 모로게 보ᄂᆡᆯ 리가 잇슴ᄂᆡᆺ가 즁병이 드러 치료식일 형셰ᄂᆞᆫ 못되고 맛츰 고명ᄒᆞᆫ 의원이 병을 곳쳐 며ᄂᆞ리를 삼겟다 ᄒᆞᆫ다 ᄒᆞ웁기 가쟝과 의론을 ᄒᆞ고 보ᄂᆡ엿슴니다

(셔) 그 쇼개ᄂᆞᆫ 누가 힛누

(셩) 뎌긔 셧ᄂᆞᆫ 죠쇼ᄉᆞ가 말ᄒᆞ기에 보ᄂᆡᆺ슴니다

(셔) 뎡녕 의원의 며ᄂᆞ리로 보ᄂᆡᆺ셔 그즛말을 ᄒᆞ얏다ᄂᆞᆫ 즁죄를 당ᄒᆞ렷다

(셩) 져ᄂᆞᆫ ᄌᆞ셰 모름니다 죠쇼ᄉᆞ의 말만 밋고 보ᄂᆡᆫ 일이올시다

죠쇼ᄉᆞ가 얼골이 밝ᄋᆡ지며

여보 아오님 이 디경에 죽더ᄅᆡ도 말은 바로 ᄒᆞ오 내가 언졔 의원 말이나 힛소 아오님이 모다 ᄌᆞ챵ᄌᆞ가로 말울 삼여ᄃᆡ고 웨 내게다가 넘겨씨우러드러

셔쟝이 손으로 ᄉᆞ무상을 탁 치며 죠녀를 보고

이년 잔말이 무슨 잔말이야 감안히 잇다가 뭇거든 말을 못ᄒᆞ고

다시 셩씨다려

(셔) 분명 뎌 계집의 말올 듯고 의원의 밋며ᄂᆞ리로 보ᄂᆡᆺ던가

---

599 '식'의 글자 방향 오식.
600 중게중게. 사람들이 여기저기 번잡하게 모여 있는 모양.
601 '로'의 글자 방향 오식.

(셩) ,,,,,,,,,

(셔) 웨 말을 안이히 미를 좀 맛고 말을 홀 테야

셩씨의 얼골빗이 벌기지고 고기를 졈々 푹 슉이더니 미 맛는다는 말에 혼이 낫던지 목의소리만치

(셩) 의원이라는 말은 제가 죽을 혼이 드러 쥬작부언[602]을 ㅎ얏스오나 영진은 싀집보닉기는 뎌 죠소亽의 말을 듯고 보닛슴니다

(셔) 뎡녕 싀집사리로 보닛던가

(셩) 제가 가셔 엇더케 되얏는지는 알 길 업스오나 져 알기에는 싀집살이로 알고 보닛슴니다

(셔) 도쥬힛다는 말은 웬 말이야

(셩) 예 그 말은 죠소亽가 편지를 ㅎ야 불넛길닉 무슨 일인지 몰으고 갓습더니

ㅎ더니 셕이모 잡아다 쌔리던 일쟝을 슬々 제 발쎄암을 ㅎ야 가며 ㅎ니 셔쟝이 다 드른 후에 셩씨는 물녀셰고 쏘 죠소亽를 압으로 오라 ㅎ야 일호[603] 긔망[604] 말고 발오 고ㅎ라고 호령을 텬동갓치 ㅎ니 죠소亽가 눈을 쌈작々々ㅎ고 셧다가

(죠) 예 말슴 엿쥽지오 한쥬亽의 쏠을 민며느리로 보닌 것이 안이올시다

(셔) 그러면

(죠) 하로는 한쥬亽집이 와셔 그 쏠 쳐치홀 일을 한걱경[605]ㅎ기에 웨 그리느냐 무른즉 한쥬亽집 딕답이 그 쏠이 즁병으로 달포[606] 알는딕 어려

온 형세에 약치료도 못 ㅎ겟는 중 그 이 단이는 학교 교ㅅ 하나다라는
부인이 와셔 보고 치료비를 ㅈ긔가 당흘 것이니 한셩병원에 입원을 식
이라 ㅎ니 뎌 노릇을 엇지ㅎ면 됴ㅎ냐 ㅎ기에 요세 셰샹에 누가 졔 돈
드려가며 남의 ㅈ식 병치료를 식여쥬겟ㄴ냐 넘오 곰아워셔 그리ㅎㄴ냐
ㅎ얏슴니다

1912.3.12. 〈56〉

(五十六)

(셔) 그릭셔

(죠) 한쥬스집 딕답이 하나다가 치료비를 아모리 당히쥬기로 소위 어미 아비 되야 모로는 체ᄒ고 잇슬 슈 업고 알안 체ᄒᄌ니 어려온 형셰에 감당ᄒᄂ는 슈가 업스니 누가 딕려다가 병을 곳쳐셔 계집을 삼던지 종으로라도 부릴 사름이 잇스면 슐령슈[607] 딕답으로 예의 ᄒ고 보닐 터이라고 별々 ᄉ정을 다ᄒ고 간 뒤에 맛춤 뎌긔 잡혀 온 호츈식이가 와셔 자긔 패가흔 리약이로 싱이[608]를 시작ᄒ랴고 젼만이나 작만ᄒᆞ얏다는 리약이로 쏙々흔 계집 하나를 엇々스면 싴쥬가[609] 영업을 ᄒ겟다는 말을 ᄒ며 가합흔 사름을 쳔거ᄒ야달나 ᄒ읍기 감안이 가 잇스라 ᄒ고 한쥬스집을 쳥ᄒ야 그 말을 ᄒᆞ얏더니 아쥬 됴타고 자긔가 우줄겨[610] 그 당장으로 교군[611]을 보니라 ᄒ야 담아 보닛ᄂ딕 그 계집이가 즁병이 쾌차ᄒ 만ᄒ닛가 남의 공 모로고 도망을 ᄒᆞ얏담니다

(셔) 그런딕 네 집에셔 셕이어멈이라는 늙으니는 웨 구타ᄒ얏스며 그 늙으니는 지금 엇의 잇셔

---

607 순령수(巡令手). 대장의 전령과 호위를 맡고, 순시기·영기(令旗) 따위를 받들던 군사.
608 생애(生涯). 살림을 살아 나갈 방도. 또는 현재 살림을 살아가고 있는 형편.
609 색주가(色酒家). 젊은 여자를 두고 술과 함께 몸을 팔게 하는 집. 또는 그곳에서 몸을 파는 여자.
610 우줄거리다. 몸이 큰 사람이나 짐승이 가볍게 율동적으로 자꾸 움직이다.
611 교군(轎軍). 가마꾼.

(죠) 그는 호츈식이가 공드리던 계집을 일코 졔가 즁미를 ᄒᆞ야 쥰 탓으로 졔 집에 와 그러니뎌러니 ᄒᆞᄂᆞᆫ 츠에 셕이어멈이 졔 집 굴목 뒤에 와 업더려 엿듯ᄂᆞᆫ 것울 슈샹시러워 잡아드려 왓ᄂᆞᆫ뒤 호츈식의 집 힝랑것이 보고 그 계집이 도망ᄒᆞᆯ 림시에 들낙날낙ᄒᆞ던 마누라가 분명ᄒᆞ다고 ᄒᆞ닛가 츈식이와 츈식의 여러 친구가 뒤슈룹지 안케 헌[612] 번식 쥐어박더니 그 늙으니가 병이 날 째라 그러턴지 인ᄒᆞ 긔졀ᄒᆞᄂᆞᆫ 양을 보고 즉시 호츈식의 집으로 쎄메여 갓습니다

(셔) ᄯᅩᄂᆞᆫ 다른 일이이[613] 업나

(죠) ᄯᅩ 잇습니다

ᄒᆞ더니 길이어멈을 맛나 셕이모와 얼골 ᄀᆞᆺ혼 것을 보고 츈식이가 뒤를 발바가 집뒤짐을 ᄒᆞ다가 랑패ᄒᆞᆫ 말로 졔 이모에서 강참위집 하인 금단의 리약이를 듯고 츈식을 쳥ᄒᆞ야 쳐녀가 그 집에 슘어잇다는 말을 일너준 일쟝을 션ㅅ히 토셜ᄒᆞ니 셔쟝이 ᄯᅩ 호츈식을 불너 무러본다

(셔) 너ᄂᆞᆫ 소위 반명[614]의 ᄌᆞ식으로 무슨 싱이를 못ᄒᆞ셔 졈쟈ᄂᆞᆫ 집 규슈를 쎅돌녀다가 싥쥬가 영업을 ᄒᆞ러 드럿노

(호) 쎅올 리가 잇습닛가 죠쇼ᄉᆞ가 즁미를 ᄒᆞ야 돈을 삼쳔 량이나 주고 량편이 협의덕으로 뒤려왓습니다

(셔) 그러면 그 돈은 누가 막엇노

(호) 그 돈을 주기는 졔가 죠쇼ᄉᆞ를 주엇스나 죠쇼ᄉᆞ가 한쥬ᄉᆞ집을 주엇담니다

셔쟝이 죠쇼ᄉᆞ를 보고

---

612 '한'의 오류.
613 '이'의 중복 오류.
614 반명(班名). 양반이라고 이를 만한 명색.

(셔) 그 돈을 호가의 말과 ᄀᆞ치 분명히 한쥬ᄉ집을 주엇나

(죠) 예 한쥬ᄉ집을 주엇슴니다

셩씨가 얼골에 피ᄉ듸를 올니며 죠쇼ᄉ를 향ᄒᆞ야

(셩) 여보 그 말이 웬 말이오 나를 돈 이쳔 량밧게 더 주엇소 웬 삼쳔 량
이란 말이오

(죠) 이게 무슨 짠소리야 번연히[615] 삼쳔 량을 밧고 웬 이쳔 량을 밧앗
다고 훌가 한 푼도 안이 밧앗다고 ᄒᆞ야보지

(셩) 여보 누구를 삼쳔 량을 주엇단 말이오 그새 이쳔 량밧게 더 주엇소

셔쟝이 눈을 부르ᄯᅳ고 텬동ᄀᆞ치 호령을 ᄒᆞᆫ다

무슨 잔소리들이야 감안히 잇지 못ᄒᆞ고

슌사 뎌년들 아강이를 트러막으오

슌사가 두 계집의 압ᄒᆞ로 가셔 싸귀를 제썩제썩 붓치며

이년들 아강이 답치고 잇지 못ᄒᆞᄂᆞ냐

(셔) 호가 듯거라 량가 녀ᄌᆞ를 속여 다려다가 ᄆᆞ음을 식이랴 ᄒᆞᆫ 죄도 죽
고 놉지 못ᄒᆞ려던 무뢰비를 셩군작당[616] ᄒᆞ야 ᄂᆞᆷ의 집 늬쟝돌입을 무단
히 ᄒᆞ야 무소부지[617]로 야료[618]를 ᄒᆞ얏스니 네가 살기를 ᄇᆞ랄까

(호) ᄂᆞᆷ의 집에를 무단히 돌입ᄒᆞ얏슬 길이 잇슴닛가 그 집 하인 금단이
리약이를 듯고 계집 늬노라고 말을 ᄒᆞ온즉 그 집 부인이 드러와 ᄆᆞ음듸
로 수식ᄒᆞ라 ᄒᆞ기로 드러갓슴닛[619]다

(셔) 금단의 말을 네 귀로 드럿스며 그 집을 수식ᄒᆞ야 그 쳐녀를 차졋나

---

615 번연히. 어떤 일의 결과나 상태 따위가 훤하게 들여다보이듯이 분명하게.
616 성군작당(成群作黨). 무리를 이루어 패거리를 만듦. 또는 그 무리.
617 무소부지(無所不至). 이르지 아니한 데가 없음.
618 야료(惹鬧). 까닭 없이 트집을 잡고 함부로 떠들어 댐.
619 '니'의 오류.

(호) 금단의 말은 오늘도 제 귀로 분명히 드럿스온딕 쳐녀는 벌셔 엇의
로 쳐치ㅎ양는지 동경으로 갓다고 홉더니다

(셔) 그 쳐녀가 강위집에를 엇더케 가 잇섯던고

(호) 예 길이어미타[620]는 것의 집이 강참위 집과 격장[621]인딕 담을 넘
겨 보닉여 은신을 식엿더람니다

셔쟝이 슌사를 뇌보닉여 길이어멈과 츈식의 집에 가미 맛고 누어 잇는 셕
이어멈을 담여[622]ㅎ야 불너드려 그 일 즈초지종을 다시 뭇더라 그날 셕이
어멈이 믹는 몹시 맛젓스나 그 모양으로 운신부득홀 디경은 안이엇마는
이놈을 아죠 혼쓰임을 식여 영진이 차질 싱의[623]를 못 ㅎ도록 ㅎ노라고
아죠 한 일 년 그놈의 집에 누어 잇슬 작뎡인딕 그리고 보면 영진이가 즈
긔 아오 집에 잇스닛가 죠만간에 필경 하나다를 차자갈 것이오 셕이 놈은
아즉 몇 달간 먹고 지닐 량식을 작만ㅎ야 쥬고 나왓스니 위션 그것으로
지닉다가 그 싀량[624] 써러지면 져의 이모의 집에라도 가셔 엇어먹으려니
ㅎ야 편히 누어먹기만 ㅎ면 호가가 번쎡ㅎ면 되슌라잡기로 자근아씨 차
자 노으라 휘욕[625]을 ㅎ야 썩 셩가시러워 못 견딕게만 ㅎ더니 그늘은 츈
식이가 예업시 눈을 부르딕며

오— 이년 견딕보아라 늙은 년이 음흉시럽게 으—응
ㅎ며 황々히 나가는 양을 보고 혼즈 의심ㅎ기를

져놈이 쑬걱 소리를 못ㅎ고 다 죽엇던 놈이라셔 오날은 엇지히 뎌 모양

---

620 '라'의 오류.

621 격장(隔牆). 담 하나를 사이에 두고 이웃함.

622 담여(擔舁). 가마나 상여 따위를 어깨에 멤.

623 생의(生意). 생심(生心). 어떤 일을 하려고 마음을 먹음. 또는 그 마음.

624 시량(柴糧). 땔나무와 먹을 양식을 아울러 이르는 말.

625 휘욕(諱辱). '후욕(詬辱, 꾸짖어서 욕함)'의 잘못.

으로 시 긔운이 나셔 말씨를 함부루 ㅎ노 필경 우리 자근아씨 엇의 계
신 것을 탐지ㅎ고 뎌리는 것인가 보다 우리 동싱은 쥬변셩도 업지 늬가
이러케 안이 드러가니 졔가 아모러케 쥬션을 ㅎ던지 하로밧비 하나다
샹에게로 보늬드리지를 못ㅎ고 엇더케 ㅎ다가 뎌 잡놈이 눈치를 알게
ㅎ엿노 그놈의 긔식을 보건듸 아마도 심샹치 안이ㅎ즉 늬가 이 모양으
로 잇다는 안이 되겟다 이놈 업는 승시⁶²⁶ㅎ야 도망을 ㅎ야가야 가셔
변통을 ㅎ는 것이 가ㅎ겟다

---

626 승시(乘時). 적당한 때를 탐.

1912.3.13. ⟨57⟩

1912년 3월 13일

(五十七)

병셕에셔 부스스 이러나 방문 밧게를 막 나오랴고 ᄒᄂ 차인딕 슌사가 우루々 드러와 교군을 드려노코 ᄌᄀ긔를 안아다 틱오더니 풍우갓치 모라가ᄂ지라 쳐엄에ᄂ 곡졀을 모로고 안이 가랴고 앙탈을 ᄒ랴다가 다시 싱각ᄒ기를

그러치 안이ᄒ다 나를 슌사가 이러케 딕려갈 졔ᄂ 뎌놈이 자근아씨가 잇ᄂ 딕를 알고 차ᄌ달나고 호쇼를 힛거나 그러치 안으면 자근아씨가 당신 욕본 것을 셜치[627]도 홀겸 나를 차츠랴고 호가를 졍ᄒ야 나를 딕려 가거나 ᄒᄂ 일인즉 내가 아모 말 업시 가셔 법뎡에셔 졀々히 말을 ᄒ야 우리 자근아씨 셜분[628]도 ᄒ야드러고 나 믹 마진 보독[629]도 ᄒ리라

ᄒ고 눈을 싹 감고 죽을 듯이 교군에 누어 동셔로 드러갓더니 교군을 셔 압에다 닉려노으닛가 거진다 죽어가던 셕이어멈이 벌ㅅ덕 이러나 교군 밧그로 썩 나셔며

이 늙으니를 웨 셔로 딕려왓슴닛가

슌사가 소리를 질너

거긔 감안이 잇셔

ᄒ고 드러가더니 도로 나와 셕이어멈을 불으니 셕이어멈이 언졔 엇의를

---

627 설치(雪恥). 부끄러움을 씻음.
628 설분(雪憤). 분한 마음을 풂.
629 보독(報毒). 품었던 원한을 앙갚음함.

알앗더냐십게 싱션굿치 조곰도 압흔 긔식 업시 셔장 압으로 썩 드려가 셔
니 길이어멈의 반가온 것은 한량[630]이 업스려니와 츈식과 죠쇼스는 눈이
둥그릿지니 이는 셕이어멈이 무슨말을 홀는지 몰나 겁이나셔 그리홈이
안이라

  녀 마누라가 쏨작 운신을 못ㅎ고 위셕[631]ㅎ얏던 것이 엇지면 뎌러케 멀
  셩ㅎ고

홈이러라 셔장이 셕이어멈을 압으로 갓가히 오라 ㅎ야 뭇는 말이라

  (셔) 네가 셕이어민다

  (셕) 예 그러ㅎ오이다

  (셔) 네가 뎌 호가의 계집을 쎅돌녓는가

  (셕) 예 호가의 계집이 안이라 한쥬스 딕 자근아씨를 뫼셔 갓슴니다

  (셔) 무슨 일로 남의 계집을 쎅닛셔 인물초인[632]□[633]이 잇는걸

  (셕) 말슴을 엿줄 것이니 드르십시오 제가 한쥬스 나으리 삼딕를 졋을 먹
여 길넛슴니다 그딕 대쇼스간에 제가 샹뎐딕[634] 굿치 아옵고 그 딕에셔는
져를 한식구쳐럼 넉이는딕 한쥬스 나으리씌셔 즁년 샹쳐를 ㅎ시고 뎌긔
셧는 셩씨아씨를 후취로 딕려오셧는딕 젼실 쏠님 일홈으로 영진이라 ㅎ
시는 자근아씨를 알뜰살뜰이 몹시 굴어셔[635] 자근아씨가 학교에를 단이
는딕 신켜레도 별로 사쥬지를 안이ㅎ야 잇다감 밉발로 단일 째가 만아셔
제가 돈푼 잇스면 신을 사드리기도 여러 번이올시다 연약ㅎ 자근아씨가

편히 굼다십히 ᄒ며 학교에를 단이다가 병이 턱 나셔 두누으니 원슈 안인
바에 어머니명ㅅᄌ를 가지고 셔약도 부즈런히 지어다 쓰고 방에 불도 덥
게 쎄고 미음이고 죽이고 먹을 것을 아모됴록 병이 더치지[636] 안이ᄒ도록
ᄒ야주어야 가홀 터인ᄃᆡ 졔가 잇다감 가보면 삼쳑빙둘에 ᄭᅮ드러진[637] 찬
밥덩이를 주어먹거니 안이 먹거니 모로ᄂᆞᆫ 쳬ᄒ니 그 병이 나을 수가 잇슴
닛가 졈々 침즁ᄒ야 말이 못되ᄂᆞᆫᄃᆡ 학교에 교ᄉᆞ로 잇ᄂᆞᆫ 하나다 하루ᄉᆞᆼ
이 문병을 왓다가 그 광경을 목도ᄒ고 ᄌᆞ긔가 치료비ᄂᆞᆫ 당ᄒ줄이니 ᄅᆡ일
로 곳 한셩병원으로 입원을 식이라 ᄒ얏스니 그런 곰아올ᄃᆡ가 엇의 잇겟
슴닛가 그러컨만은 뎌 아씨ᄂᆞᆫ

(셔) 쏙바로 말히 헤ㅅ쉽지 말고

(셕) 바로 말슴을 ᄒ다 ᄲᅮᆫ이오닛가 하나다상 듯ᄂᆞᆫᄃᆡᄂᆞᆫ 곰아오니 엇더
니 ᄒ며

(셔) 누가 말이야

(셕) 셩씨아씨 말슴이올시다

(셔) 그릭셔

(셕) 그 이튼날 즉시 자근아씨를 입원식일 듯이 ᄒ고 하나다상 간 뒤에
뎌긔 셧ᄂᆞᆫ 뎌 ᄯᅮ장년과 부동[638]을 ᄒ야 뎌놈 뎌 호가에게다 병 치료ᄒ
야 식쥬가 미음ᄒ라고 폴아먹엇슴니다

(셔) 네가 당쟝 그 광경을 보왓던가

(셕) 졔가 보왓스면 다깅이를 독긔ᄉᆞᆷ기로 자근아씨가 뎌놈에게 가시도
록 감안히 잇셧겟슴니가 여러 날 그 뒥에셔 자근아씨 병구원[639]을 ᄒ야

---

[636] 더치다. 낫거나 나아가던 병세가 다시 더하여지다.
[637] 꾸드러지다. 마르거나 굳어서 뻣뻣하게 되다.
[638] 부동(符同). 그른 일에 어울려 한통속이 됨.
[639] 병구원(病救援). 앓는 사람을 돌보아 주는 일.

드리다가 제 집에를 잠시 단여오온즉 그동안에 자근아씨가 엇의 가고 안이계시기에 릭일 입원을 식인다더니 오늘 벌셔 식이셧느냐 무른즉 뎌 아씨 말이 자근아씨 외가ㅅ딕에셔 치료츠로 인마[640]를 보닉여여[641] 딕려갓다 ㅎᄋᆞ기 이 미련ㅎᆫ 것은 그 말을 폭 고지듯고 오히려 다힝히 녁여 신지무의코 집으로 왓다가 수일 후에 다시 딕에 가 자근아씨 무스히 가신 회보[642]를 드르셧느냐 엿쥬어본즉 뎌 아씨가 시퍼러케 핀잔을 주며 인졔는 내 집에 펼적오지 말나고 야단을 ㅎ니 졔 ᄆᆞ음에 야속ㅎ야 일졀 딕에를 투죡[643]지 안이ㅎ고 곰々 싱각ㅎᆫ즉 자근아씨 공쥬 가셧다는 말이 의심이 나셔 방물짐을 차려 니고 동셔남북촌 집々마다 뒤지기를 시작ㅎ얏슴니다

(셔) 그리셔

(셕) 달포[644]만에 뎌놈에 집을 드러가온즉 천만 의외에 자근아씨씌셔 거긔 계신딕 뎌 몹쓸 놈에게 욕을 안이 당ㅎ시랴고 방장[645] 슈건으로 목을 민려다가 져를 보시고 반가워셔 방으로 드러오라 ㅎ야 몸이 풀녀온 말솜을 ㅎ시며 피신홀 근심을 ㅎ시기로 져 쓰고온 초마를 씨우고 져 이고온 방물보굼이[646]를 이워셔 먼져 닉가게 ㅎ고 죠곰 잇다가 졔가 나갓슴니다

(셔) 그째 그 집에는 아모도 업던가

(셕) 예 호가 뎌놈은 제 집에 경ᄉᆞ나 난 듯이 졔 친구를 쳥히가지고 슐

---

640 인마(人馬). 마부와 말을 아울러 이르는 말.
641 '여'의 중복 오류.
642 회보(回報). 돌아와서 보고함. 또는 그런 보고.
643 투족(投足). 발을 내디딤.
644 달포. 한 달이 조금 넘는 기간.
645 방장(房帳). 방문이나 창문에 치거나 두르는 휘장. 흔히 겨울철에 외풍을 막기 위하여 친다.
646 보구미. '바구니'의 방언.

을 먹으랴고 쥬안작만ᄒ러 나가고 업고 힝량것만 잇ᄂᆞᆮ 먼져 자근아
씨 나갈실 졔ᄂᆞᆫ 드러왓던 쟝슈가 나가거니 ᄒᆞ야 말이 업다가 나죵에 졔
가 나갈 졔 닉다보며 무엇이라 뭇기에 집힝이를 놋코 갓다가 찻즈려 왓
타간다 ᄒᆞ얏더니 감쪽갓치 속고 다시 말을 안이 합더니다

(셔) 그ᄅᆡ 믹ᄂᆞᆫ 웨 마졋스며 믹를 맛고 죽게 되야 운신을 못ᄒᆞᆫ다더니 엇
지히셔 져리 셩ᄒᆞᆫ구

(셕) 감아니 계십시오 졔가 말슴을 다ᄒᆞ겟슴니다 그길로 자근아씨를
뫼셔다 슈구문 안 졔 아오의 집에다 두고 거간[647]ᄒᆞᆫ 것이 누구며 호가
놈이 엇던 놈인가 알냐고 나셔셔 분ᄒᆞᆫ 마음으로 위션 셩씨아씨게 질문
을 좀 ᄒᆞ야볼 ᄎᆞ로 바로 호동딕으로 갓셧슴니다 아씨를 보고 자근아씨
가 진졍 엇의 가셧ᄂᆞ냐 짐짓 무른즉 뎡녕 공쥬로 보닛다 ᄒᆞ옵기 졔[648]
가 공쥬로 가보아도 안이 계시더라 ᄒᆞ온즉 아씨가 텬연시럽게 둘너딕
여 ᄒᆞᄂᆞᆫ 말이 의원이 외인상졉을 식이지 말나 ᄒᆞᆫ 탓으로 그 딕에셔 속
인 것을 자네가 고지듯고 왓네 ᄒᆞ며 웬 편지를 밧아보고 황황히 나가기
로 졔가 가쟝 속ᄂᆞᆫ 쳬ᄒᆞ고 됴흔 말로 그렁뎌렁ᄒᆞᆫ 후에

---

647 거간(巨姦). 큰 죄를 저지른 간악한 사람.
648 '졔'의 오류.

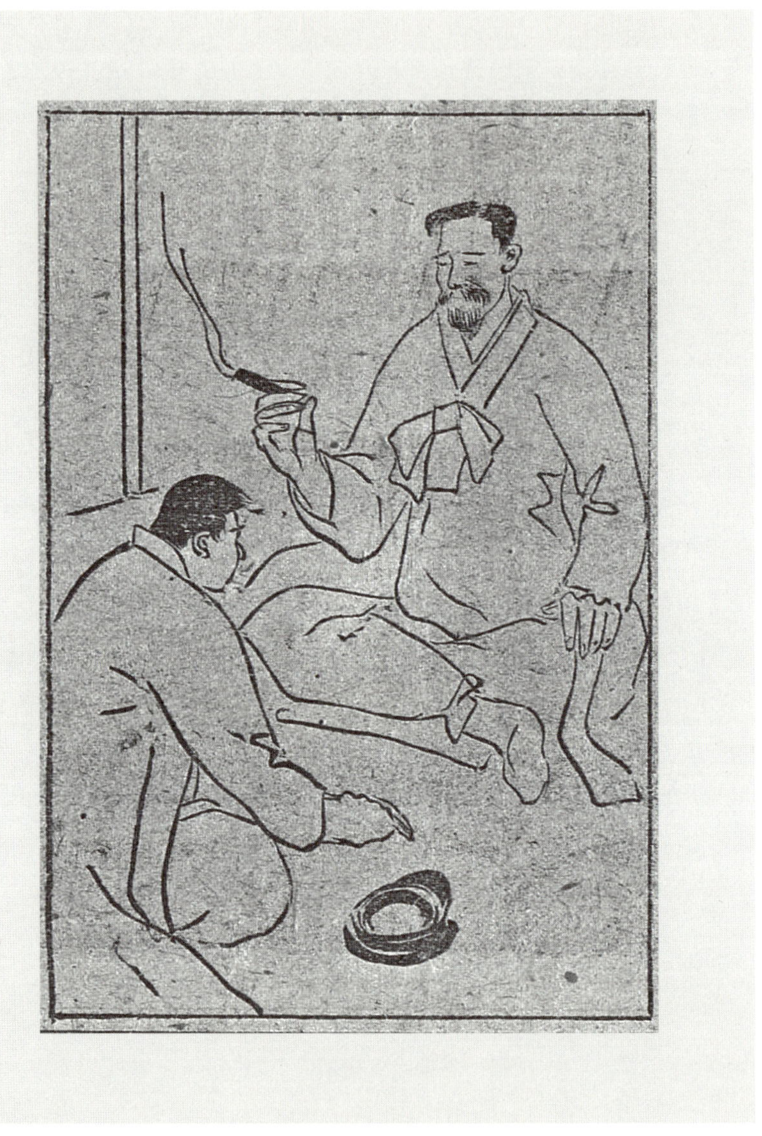

1912.3.14. 〈58〉

1912년 3월 14일

(五十八)

나으리게셔 드러오시거던 이실직고를 ᄒ야가며 한바탕 야단을 ᄒ리라
ᄒ고 아씨 가는 것을 문ㅅ간에가 우두커니 셔ㅅ 보노라니 급히 가로라
고 활기치는 바름에 편지쪽이 ᄶ러러지기에 슬몃이 가셔 집어보온즉 뎌
죠쇼ㅅ년이 급ᄒ 일이 잇스니 어셔 오라는 편지옵기 혼ᄌ 싱각ᄒ기를
올치 죠쇼ㅅ년이 자근아씨를 쇼기ᄒ얏구나 필경 호가놈이 졔집에를
드러와 자근아씨 안이 게신 것을 보고 죠쇼ㅅ에게 와 말을 ᄒ닛가 죠쇼
ㅅ가 아씨를 불너가는 모양이다 ᄒ고 뒤를 발바 싀다리를 넘어간즉 아
씨가 무슨 공론을 ᄒ나 ᄒ고 그집 굴목 뒤에 가 감아니 업듸려 엿듯노
라니 그 년놈들 쏭본가마귀 짓듯 ᄶ드는 것은 이로 다 말슴ᄒ 슈 업슴
니다 그런듸 호가 ᄶ라왓던 놈들이 졔가 굴목 뒤에 업듸려 잇는 것을
보고 달녀드러 잡아다가 뭇믜로 ᄶ리는듸 뎌년 죠쇼ㅅ도 ᄶ리고 져의
되 아씨라는 량반도 덩다라 ᄶ리고 뎨일 뎌 호가놈이 더 ᄶ리니 늙은
근력에 믜는 견딜 슈 업고 믜에 못 익의여 자근아씨 계신듸를 토셜ᄒ
슈도 업셔 한가지 의ㅅ를 늬여 당쟝 긔식을 ᄒ야[649] 죽는 모양을 ᄒ얏
더니 그놈들이 살인을 당ᄒ는 줄 알고 모다 도망을 ᄒ고 한쥬ㅅ되 아씨
도 슬며시 쌔져갓는듸 죠쇼ㅅ년이 겁이 나셔 호가놈다려 어셔 ᄶ메여
네 집으로 가져가라고 성화를 ᄒ닛가 호가가 할 일업시 들것에다 틱여

---

[649] 기색(氣塞)하다. 심한 흥분이나 충격으로 호흡이 일시적으로 멎다.

제집으로 딕려다 누이고 약시 ᄉᄉ650 ᄒ노라 분쥬불가651 ᄒ게 날치ᄂ듸 이째ᄭ지 엄살ᄒ고 누어잇습기ᄂ 뎌놈이 져를 구원ᄒᄂ듸 골몰ᄒ야 쟈근아씨 ᄎ질 여가가 업도록 홀쌘 안이라 셧불니 나셧다가 그 흉악궁측ᄒ 놈들이 뒤를 붉아 쟈근아씨 거취를 알ㅅ갑아 엇의ᄭ지던지 쟈근아씨가 피신을 확실히 ᄒ시기를 기딕림이로소이다

셔쟝이 듯기를 다ᄒ더니 여러 남녀의 공초652를 일ᄉᄉ히 필긔ᄒ야 슈쟝653을 밧은 후에 셩씨와 죠쇼ᄉ와 호가ᄂ 본쳥으로 넘기어 함거654에 실어 직판소로 넘기고 몬져 한씨를 불너 졔가 잘못ᄒ 죄로 엄졀히 효유ᄒ655 후 셕이모 형뎨를 향ᄒ야 그 츙직ᄒᆷ을 무한 포양ᄒ야656 일톄로 딕보닉고 호가 ᄯᅡ라단이며 야료ᄒ던 놈들은 일톄로 즁쟝657을 ᄒ야 다시 그런 힝실을 못ᄒ게 경계를 ᄒ얏더라

이날 학ᄉ가 심히 궁금ᄒ야 동셔문젼에 와 하회658를 기다리고 비회ᄒ다가 공졍히 쳐결됨을 보고 ᄌ긔 일이나 다름업시 시원ᄒ야 집으로 도라와 묘친ᄭ 젼후말슴을 일ᄉᄉ히 고ᄒᄂ듸 밧게 와 누가 찻거늘 분쥬히 나아가 본즉 이곳 한쥬ᄉ라 한쥬ᄉ가 학ᄉ를 향ᄒ야 빅빅샤례ᄒ며 ᄒᄂ 말이라

(한) 이 우미ᄒ 사름이 요쳐에게 고혹ᄒ야 ᄌ식을 악ᄒ 놈의 슈즁에 넛ᄂ 것을 ᄭᅢ닷지 못ᄒ얏더니 존딕 혜틱으로 쳔식의 싱명을 구ᄒ시고 ᄯᅩ 존공의 힘으로 요쳐 악한을 엄즁ᄒ야 셜분을 통쾌히 ᄒ얏ᄉ오니 무엇

---

650 약(藥)시시. 앓는 사람을 위하여 약을 쓰는 일.
651 분주불가(奔走不暇). 몹시 바빠서 겨를이 없음.
652 공초(供招). 조선 시대에, 죄인이 범죄 사실을 진술하던 일.
653 수장(手章). 지장(指章). 도장을 대신하여 손가락에 인주 따위를 묻혀 그 지문(指紋)을 찍은 것.
654 함거(轞車). 예전에, 죄인을 실어 나르던 수레.
655 효유(曉諭)하다. 깨달아 알아듣도록 타이르다.
656 포양(襃揚)하다. 칭찬하여 장려하다.
657 중장(重杖). 곤장으로 몹시 쳐서 엄중하게 다스리던 형벌.
658 하회(下回). 어떤 일이 있은 다음에 벌어지는 일의 형태나 결과.

이라 치샤홀 말숨이 업고 쏘는 존공[659]이 동경서 천식과 흠쯰 하나다샹
의 집에 계셧다 ᄒ오니 천식의 쇼식을 듯고자 ᄒ오니 불안[660]ᄒ오나 대
강 리약이를 ᄒ여주심이 엇더ᄒ올는지오

(학) 천만의외 말숨도 ᄒ심니다 내 집에서 령이를 구졔흠은 우연ᄒ 바
이라 다시 말숨ᄒ실 것이 업습고 령이는 동경 하나다 집에 무고히 잇셔
학교에를 잘 단이오니 아모 념려 마르압소셔

한참 이 모양으로 쥬긱이 말을 ᄒ는딕 톄젼부가 편지 한 쟝을 쑥 드리미는
지라 학슈가 얼◀[661]밧아 피봉[662]을 보니 이곳 동경 하나다샹의 편지라 피
봉을 쎄여 일변 한쥬ㅅ와 슈작을 ᄒ며 일변 편지를 보다가 빙글ㅅㅅ 우스
며 보던 편지를 손에다 졉어들더니

(학) 미안ᄒ니다마는 잠ㅅ간 안져 계십시오 안에 좀 단여오겟슴니다

(한) 예— 어셔 드러가시오

학슈가 안으로 도[663]러간 뒤에 한쥬ㅅ가 혼져 ᄒ는 말이라

에그 사름 쏙ㅅ도 ᄒ다 엇던 사름은 즈식을 더리 잘 두엇노

그러나 지금 보는 편지를 얼풋 보닛가 하나다 하류고라고 씨웟던데 하
나다에게셔 무슴 편지가 왓노 우리 영진의 긔별도 혹 잇슬가

늠의 ㅅㅅ편지를 엿보지 말나 ᄒ얏는딕 겻눈으로 엿보고 무러볼 수 업고

학슈가 그 편지를 가지고 안으로 드러가 즈긔 어머니를 드리며

(학) 어머니 이 편지 좀 보십시오

(오) 그게 어셔 온 편지이냐 이리 다고[664]

---

659 존공(尊公). 지위가 높은 사람을 높여 이르는 말.

660 불안(不安). 분위기 따위가 술렁거리어 뒤숭숭함.

661 ‘◀’는 오식으로 추정. 문맥상 ‘른’의 자리임.

662 피봉(皮封). 봉투의 겉면.

663 ‘드’의 오류.

오씨부인이 그 편지를 쥬두々 늬려보더니 부인 역시 빙긋々々 우스며

　　(오) 학슈야 네 싱각에는 엇더ᄒ냐 나는 그 규슈의 외화[665]나 범졀을 보
고 항샹 ᄒ던 말이라 에구 늬가 뎌런 며ᄂ리를 엇엇스면 늙기에 자미를
비샹히 보겟다 ᄒ엿더니

　　(학) 싱각이 그러ᄒ시면 어머니 됴ᄒ실 딕로 ᄒ시지오 하나다샹인들
범연히 알고 이쳐럼 권고를 ᄒ겟슴닛가

　　(오) 이이 그러치 안이ᄒ다 우리 모즈의 마음은 그러타마는 그 규슈의
뜻과 밧게 오신 한쥬ᄉ 어룬의 싱각을 알 슈가 잇ᄂ냐 그런즉 하나다샹
에게 답쟝을 ᄒ야 그 규슈의 의향도 탐지ᄒ고 사름을 식여 한쥬ᄉ의 쥬
견[666]도 알아셔 좌우간 하는 것이 됴흘 쯧ᄒ다

　　(학) 한쥬ᄉ에게 말ᄒ보는 것은 그러ᄒ겟슴니다마는 그 규슈의 의향이
야 하나다가 모로고 편지를 ᄒ얏겟슴닛가

　　(오) 그도 그러홀 쯧ᄒ다 그러면 이 담넘어 길이모를 불너 즈긔 형 식여
한쥬ᄉ 어룬딕으로 가셔 죵용히 의론을 ᄒ야보라 홀 작뎡으로 어셔 나
가셔 한쥬ᄉ 어룬을 졉딕ᄒ여라

학슈가 나아가 한쥬ᄉ와 이시토록 문답ᄒ다가 한쥬ᄉ가 작별ᄒ고 즈긔
집으로 도라간 뒤에 즉시 길이모를 쳥ᄒ야 하나다샹의 편지를 말ᄒ고 그
형 셕이모 식여 한쥬ᄉ에게 통혼을 ᄒ니 한쥬ᄉ가 유공불급(猶恐不及)[667]
ᄒ야 허락을 ᄒ엿더라

학슈가 그 연유로 하나다에게 답셔를 붓치고 몃칠 동안 즈긔 모친게 혼뎡
신셩[668]을 졍셩ㅅ것 ᄒ다가 슈유ᄒ 한이 당도ᄒ닛가 모친씌 하직ᄒ고 동

---

664 ‘오’의 오류.
665 외화(外華). 겉으로 드러난 풍채의 모양새.
666 주견(主見). 자기의 주장이 있는 의견.
667 유공불급(猶恐不及). 두려워할 바가 못 됨.

경으로 건너갈 시 오씨는 아모죠록 몸 편히 공부를 잘ᄒ고 잇다가 영진과 한케 도라와 길례⁶⁶⁹를 슌셩홈⁶⁷⁰을 부탁ᄒ더라

668 혼정신성(昏定晨省). 밤에는 부모의 잠자리를 보아 드리고 이른 아침에는 부모의 밤새 안부를 묻는다는 뜻으로, 부모를 잘 섬기고 효성을 다함을 이르는 말.
669 길례(吉禮). 관례나 혼례 따위의 경사스러운 예식.
670 순성(順成)하다. 어떤 일이 아무 탈 없이 순조롭게 이루어지다. 또는 그렇게 하다.

작가 연보

이해조(李海朝)

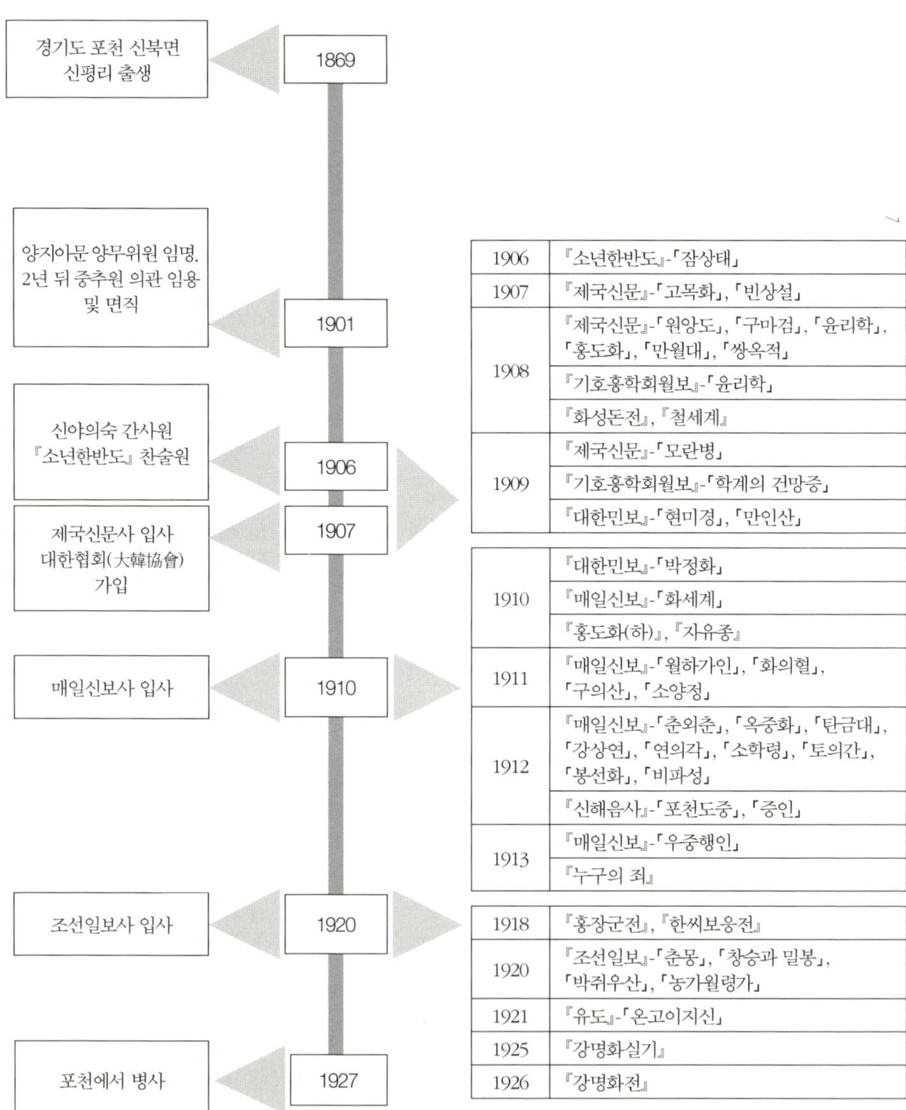

1906	『소년한반도』-「잠상태」
1907	『제국신문』-「고목화」, 「빈상설」
1908	『제국신문』-「원앙도」, 「구마검」, 「윤리학」, 「홍도화」, 「만월대」, 「쌍옥적」
	『기호흥학회월보』-「윤리학」
	『화성돈전』, 『철세계』
1909	『제국신문』-「모란병」
	『기호흥학회월보』-「학계의 건망증」
	『대한민보』-「현미경」, 「만인산」
1910	『대한민보』-「박정화」
	『매일신보』-「화세계」
	『홍도화(하)』, 『자유종』
1911	『매일신보』-「월하가인」, 「화의혈」, 「구의산」, 「소양정」
1912	『매일신보』-「춘외춘」, 「옥중화」, 「탄금대」, 「강상연」, 「연의각」, 「소학령」, 「토의간」, 「봉선화」, 「비파성」
	『신해음사』-「포천도중」, 「증인」
1913	『매일신보』-「우중행인」
	『누구의 죄』
1918	『홍장군전』, 『한씨보응전』
1920	『조선일보』-「춘몽」, 「창승과 밀봉」, 「박쥐우산」, 「농가월령가」
1921	『유도』-「온고이지신」
1925	『강명화실기』
1926	『강명화전』

춘외춘 관련 참고자료

강민성, 「한국 근대 신문소설 삽화 연구」, 이화여대 석사논문, 2002.
공성수, 「근대 소설 형성기 신문연재소설 삽화의 구성 원리 연구」, 『한국문학이론과 비평』
　　　　제59집, 한국문학이론과비평학회, 2013.
김영민, 『문학제도 및 민족어의 형성과 한국 근대문학(1890~1945)』, 소명출판, 2012.
배정상, 『이해조 문학 연구』, 소명출판, 2015.
송민호, 「초기『매일신보』연재소설 삽화면의 풍경 (1)−최초의 삽화가 야마시타 히토
　　　　시(山下鈞)」,『한국학연구』제43집, 인하대 한국학연구소, 2016.
이희정, 『한국 근대소설의 형성과『매일신보』』, 소명출판, 2008.
최원식, 『한국 근대소설사론』, 창작과비평사, 1986.
함태영, 『1910년대 소설의 역사적 의미』, 소명출판, 2015.